계백의 칼

경성라인

글쓴이의 말

백제(百濟)!

한때는 고구려와 신라의 간담을 서늘케 하고 3국 중에서 가장 융성한 힘으로 중국까지 점령하려 했던 절대 강국이었다.

그런 백제가 의자왕 재위 20년 만에 초라하게 무너지게 된 것은 백제에 의해 자신의 딸과 사위를 잃은 무열왕 김춘추(金春秋)의 복수일념과 백제를 멸망시켜야만이 자신의 야망을 이룰 수 있다는 명장 김유신(金庾新)의 알려지지 않은 무서운 계략과 집념 때문이었다.

그리고 간신배들에게 둘러싸여 자신의 의지를 실현할 엄두조차 내지 못했던 의자왕의 어리석음이 가져온 필연적인 결과였다.

하지만 주변국의 간계에 의해 힘을 잃어가고 나라의 운명이 풍전등화의 위기에 몰려도 꿋꿋하게 의지를 버리지 않고 최후의 순간까지 자신이 백제 사람이라는 사실을 자랑스럽게 여긴 이가 있었으니 그가 바로 충절무인의 표본 계백이었다.

계백(階伯)!

황산벌에서 5천 결사대를 이끌고 김유신과 처절하게 결전을 벌인 끝에 아스라이 사라져간 인물로만 기억될 뿐 그에 관해서 알려진 것은 거의 없다.

그것은 신라가 당나라와 결탁하여 3국을 통일한 후 김유신의 필생의 적수였던 계백에 대한 사료(史料)를 완전히 말살해 버렸기 때문이었다.

또한 후에 삼국사기를 쓴 김부식이 모든 역사를 김유신의 업적에만 치중하는 바람에 삼국사기는 거의 김유신의 활약을 치장한 것에 다름 아니었다.

하물며 서토 정벌에 평생을 바쳤던 연개소문과 을지문덕, 그리고 천하의 명장이자 대장부였던 계백 등 진정한 사나이들의 활약상이 김유신의 활약에 비하면 단 몇 줄에 지나지 않는 조족지혈에 불과할 정도였다.

하여 단재 신채호 선생은 삼국사기를 썼던 김부식을 무열왕 김춘추, 최치원 등과 함께 중국 사대주의를 추앙한 모화사상의 결정체 3인방이라고 성토했을 정도였다.

하지만 김유신이 평생 두려워한 사람은 고구려의 연개소문이 아니라 바로 백제의 계백이었다.

김유신은 계백을 제거하기 위해 자신이 직접 키운 자객과 첩자를 침투시켜 끝없이 암습을 단행한다.

계백이 있는 한 자신의 야망이 한낱 물거품에 지나지 않다는 것을 알고 있었기 때문이었다.

계백!

그는 김유신의 모든 계략을 꿰뚫고 있던 인물이다.

하지만 자신을 시기하는 간신배들과 결탁한 김유신의 계략과 음모에 의해 운신의 폭이 있을 수 없어 오로지 혼자서 신라를 상대했던 사람.

비교할 수 없는 힘의 차이였지만 자신을 필생의 적수로 여긴 김유신에 맞서 추호도 물러섬이 없이 나라를 수호하고자 피눈물을 흘린 진정한 대장부였다.

황산벌 전투에 앞서 자신의 가족까지 내치고 결전에 임해 하마터면 5천의 결사대로 5만 대군의 김유신에게 항복을 받아내기 일보직전까지 갔지만 또다시 보이지 않은 계략에 의해 결국 장렬한 최후를 맞는다.

그러나 그가 보여준 의기와 충절, 그리고 불굴의 의지는 천 년이 훨씬 지난 지금까지도 후세 사람들에게 감동을 주기에 충분하다 할 것이다.

과연 누가 진정한 영웅이고 사나이인가?

음모와 배신.

지금까지 알려지지 않았던 영웅들의 진면목.

또한 그들을 둘러싼 이름 없는 영웅들의 활약.

숨겨진 역사는 알려져야 하고 잘못된 역사는 바로 잡아야 하는 것이 아닐까?

지금부터 그러한 진실들이 펼쳐지게 될 것이다.

그렇지만 탈고를 하고 나니 아쉬움 또한 크다.

영웅을 바라보는 작가의 시각이 너무 어두워 더 많은 것을 그려내지 못한 것은 아닐까?

어쨌든 사명을 갖고 최선을 다해 쓴 글이다.

오랫동안 일간지에 다른 글을 연재하고 드라마 시나리오를 쓰면서도 늘 내 마음속의 진정한 영웅이었던 계백에 대해 독자들에게 알리고 싶었다.

바쁘신 중에도 이 글을 위해 늘 기도해 주신 예원교회의 정은주 담임 목사님.

예수가 그리스도라는 사실을 정확히 알며 장차 전 세계의 중심이 될 수많은 렘넌트들.

 RUTC와 OMC를 위해 이 책이 많이 팔렸으면 좋겠다.

 그래서 작은 힘이지만 내게 주어진 글 쓰는 달란트가 모두 복음사업에 사용되기를 바라며 그렇게 될 것이라고 확신한다.

 힘든 상황에서도 든든한 버팀목이 되어주는 내 아내.

 사랑하는 딸 주리, 은비에게 지면을 빌어 내 사랑을 전한다.

 그리고 이 땅의 모든 렘넌트들에게도…….

2007년 어느 여름날

황 운 성

계백의 칼 ① ——·—·—·—·—·— 차례

사비성의 전운

서기 660년 초여름.

백제의 왕도 사비성(泗批城).

이게 무슨 일인가?

때 이르게 찾아온 엄청난 더위에 온 나라의 생물들이 헉헉대고 있을 때 계백(階伯)의 집 마당을 거닐던 닭들 역시 까닭 없이 픽픽 쓰러지고 있었다.

별다른 돌림병이 있는 것도 아닐 것이다.

아직까지 사비성 내에 사람을 상하게 하는 역병이나 짐승이 죽어 나자빠지는 돌림병이 있다는 말을 듣지 못한 터였다.

더구나 아직 오뉴월의 시뻘건 더위가 시작되기도 전이 아닌가.

계백은 마당에 서서 쓰러진 채 버둥대는 닭을 물끄러미 바라보고 있었다.

생사의 갈림길에서 몸부림치는 닭의 처절한 고통과 몸부림을 보면서도 별다른 감정이 일지 않는다.

"대장군! 한낱 축생들도 나라가 망할 것을 알고 원통하여 먼저 하직하는가 보옵니다!"

계백의 옆에서 연신 씩씩대며 불만을 털어놓는 흑치상지(黑齒常
之) 장군의 탄식이 들려왔다.

더위가 기승을 부리는데도 두꺼운 갑옷을 걸친 모습이었다.

하지만 계백의 얼굴을 보자면 희로애락을 나타내는 일체의 표정이
없이 무심했다.

무휼(撫恤)은 마당 구석에 서서 두 사람을 보다가 더 이상의 몸부
림을 멈추고 숨이 끊어진 닭의 모가지를 들어 두엄더미 위로 던져
버렸다.

그러나 무휼의 눈은 여전히 계백의 주위를 벗어나지 않고 있었다.
어떤 경우에도 계백을 보호해야 하는 것이 그의 운명이기 때문이다.

성격이 급하고 불의를 참지 못하는 흑치상지는 눈을 부릅뜬 채 발
부리 근처에 있는 돌멩이를 냅다 차버리는가 싶더니 다소의 불만이
서린 눈으로 계백을 쳐다보았다. 그리고 곧이어 예의 쩌렁쩌렁한 목
소리가 터져나왔다.

"황산벌이라니요? 대장군! 이게 말이나 되는 소립니까?"

"……."

"옥사에 계신 성충 상좌평께서 숯고개 탄현과 백강에서 적을 맞이
하라는 장계를 올렸음에도 대왕폐하께서는 끝내 황산벌을 격전지로
정했사옵니다! 세상에 이런 당치도 않은 전략이 어디 있단 말입니
까?"

"……."

화통을 삶은 것처럼 거침없이 큰소리로 불만을 토해내는 흑치상지
와는 달리 계백은 여전히 말이 없다.

그래서인지 흑치상지는 더 화가 나는 듯했다.

큰 키에 우락부락한 인상의 흑치상지는 성격이 급한 것이 흠이긴
했지만 타의 추종을 불허하는 무술 솜씨에 좌중을 휘어잡는 지도력

을 인정받아 백제 역사상 가장 젊은 나이에 장군의 반열에 오른 대단한 장수였다.

특히 말을 할 때면 유난히 검게 보이는 이빨 때문에 흑치상지라는 이름을 갖게 된 것이라는 소문이 있지만 당사자인 그가 확인해 준 것이 아니라서 단지 추측에 불과할 터이지만 어쨌든 검은 이빨과 이름이 진한 연관 관계에 있는 것은 분명한 듯했다.

그리고 그가 지금 화를 내는 것은 장수의 입장에서 볼 때 당연한 것인지도 모른다.

어찌 이럴 수가 있는가?

숯고개 탄현(灘峴)이나 백강(白江)같은 천혜의 요지를 놔두고 허허벌판인 황산벌(黃山筏)에서 적의 대군을 맞아 싸우라니?

도대체 이런 전술이 어디 있다는 말인가?

거기다 군사라고 해봐야 기껏 수백인데 은신처조차 마땅치 않은 확 트인 벌판에서 5만의 군대를 상대하라는 것은 나가서 그냥 죽으라는 것과 무엇이 다른가? 이것은 병법의 기본조차 무시한 하책(下策)의 하수(下手)였다.

흑치상지의 말에 계백은 지금도 예의 무덤덤한 표정 그대로였다.

그럴수록 흑치상지의 불만은 끝없이 이어졌다.

"전장에 나가본 적도 없고 입으로만 전투를 외치는 자들이 이 나라를 망치게 하질 않습니까?"

"……."

"대장군께서 그자들과 드잡이를 해서라도 막으셨어야 했사옵니다! 어찌 그런 모리배들의 군략을 그대로 보고만 계신단 말이옵니까?"

이윽고 계백의 눈이 흑치상지를 향했다.

그리고 처음으로 특유의 카랑카랑한 목소리가 흘러나왔다.

“흑치상지 장군!”

“예, 대장군.”

“이미 전세를 뒤집을 수 없을 만큼 기운 전쟁일세. 자네도 장수라면 잘 알 것 아닌가.”

“……”

계백의 말에 이번에는 흑치상지의 입이 다물어졌다.

맞는 말이다.

패잔병이나 다름없는 수백의 군사로 5만의 대군을 맞아 무슨 수로 싸울 수 있단 말인가?

“탄현과 백강에서 싸우든 황산벌에서 싸우든 단지 시간의 차이만 있을 뿐일세.”

“대장군……!”

“우린 지금 군인답게 죽을 수 있는 명분을 찾는 일 외에는 달리 할 일이 없어.”

“그렇다고 해서 이대로 맥없이 당할 수야 없지 않습니까?”

“그래, 싸워야지. 목을 내놓고 말이야.”

“이길 수는 없겠사옵니까?”

흑치상지의 말에 계백은 힘없이 작은 미소를 머금었다.

처절함이 묻어 있는 서글픈 미소였다.

계백은 당연하다는 듯 고개를 흔들었다.

“없네. 대신…… 이기든 지든 우린 천하를 얻을 수 있을 것이야.”

흑치상지의 얼굴에 어리둥절함이 묻어나왔다.

전쟁에서 패하면 나라를 빼앗기는 것이고 그렇게 되면 파멸뿐 일진대 천하를 얻을 수 있다니?

계백은 자신의 손가락을 펼쳐 보였다.

평생을 군인으로 살아온 장군답게 여기저기 옹이가 박혀 있는 단단한 손.

"이 손…… 이 손가락…… 허다한 잡기를 위해 있는 것이지. 허나 이 손에 검을 쥐면 천하를 자신의 것으로 움켜쥘 수도 있다네. 그것이 우리 같은 군인의 길. 사내의 길일세."

"그렇기야 하지만 추악한 자들이 이 나라를 좌지우지한다는 것은 견딜 수 없사옵니다."

"그자들이 간악하고 경솔하다는 것은 세상이 다 알고 있어. 하지만 인간의 경솔한 세치 혀는 언제나 자신을 파멸로 이끄는 법이지. 역사란 선과 악으로만 구분할 수 없는 것이지만 후세의 역사는 그들을 난도질하게 될 것이야. 우리가 아니더라도."

"……."

"그러니 더 이상 마음 쓰지 말게. 싸우기도 전에 머리가 터질지도 모르니……. 허허허."

계백은 흑치상지와는 달리 최후의 전장이 황산벌로 정해진 것에 대해 크게 신경 쓰지 않는 듯했다.

흑치상지는 천천히 고개를 끄덕이기 시작했다.

이해할 것도 같다.

어차피 결과가 정해진 싸움이라면 어디서 싸우든 무에 문제겠는가.

계백의 말이 이어졌다.

"흑치상지 장군! 가서 몰려오는 자원병들에게 전술이나 숙지시키게. 사흘이면 김유신이가 도착할 테니 어쨌든 그를 맞이해야 하지 않겠나."

일순 계백의 말에 흑치상지의 얼굴이 심하게 일그러진다.

"대장군!"

"말하게."

"결사대를 모집한다는 방을 성 안 곳곳에 붙여놨지만 자원하는 자들이 거의 없사옵니다."

"……."

"어쩌면 기껏 수백에 지나지 않는 왕궁 수비대만 데리고 전쟁을 해야 할지도 모르겠사옵니다. 민심이 왕실을 외면한 지 오래 아니옵니까?"

"지원하지 않는다고 해서 백성들을 나무랄 수는 없지."

"그렇다 하더라도 나라를 위해 싸워줄 사람이 이렇게까지 없다는 것은 참으로 서글픈 노릇입니다."

"기다려보게. 아직 며칠의 시간이 있으니……. 분명 어디엔가는 자신보다 나라를 먼저 생각하는 사람들이 있을 것이야."

그래도 백성들을 믿고 싶어하는 계백의 말에 흑치상지는 긴 한숨과 함께 고개를 저었다.

이미 신라군의 위세에 겁을 먹은 사람들이 택할 길은 싸움이 아니라 도피가 먼저일 것이기 때문이었다.

세상에 죽음이 두렵지 않은 사람이 어디 있겠는가. 사람들을 나무랄 일도 아니었다.

무휼은 그런 두 사람을 보면서 이따금씩 눈을 씰룩였다. 주군(主君)의 위험이 눈앞에 보여서일까?

이때 다급하게 달려오는 말발굽 소리가 대문 앞에 멈추는가 싶더니 곧이어 대문을 두드리는 소리가 들려왔다.

그리고 무휼이 문을 열어주자 주황색 군복을 입는 야전의 군인과는 달리 휘황한 붉은 전포를 입은 왕실의 호위군 태위가 조심스럽게 안으로 들어와 계백에게 정중하게 군례를 해보였다.

"대장군! 대왕폐하께서 급히 찾으십니다!"

왕이 은밀히 찾는다는 것은 보통 일이 아닐 터였다.

계백의 얼굴은 여전히 무색했다.

"잘됐구먼! 그렇지 않아도 찾아뵙고 하직 인사를 올리려던 참이었는데."

계백의 말에 흑치상지의 얼굴이 조금씩 창백하게 일그러진다.

하지만 마당 구석에서 물끄러미 계백을 보고 있는 무휼의 표정은 오히려 시간이 지날수록 차분해지고 있었다.

젊디젊은 나이에 마치 모든 것을 달관한 것 같은…….

왕궁 성문 앞.

전운(戰運)을 느낀 탓인지 사람들의 발걸음이 뜸해 보초를 서는 군졸들이 그늘을 찾아 연신 하품을 해대며 지루함을 견디고 있었다.

무휼은 성벽에 몸을 기댄 채 마인(磨仁)을 기다리는 중이었다.

마인은 그가 유일하게 믿을 수 있는 동지였다.

그때였다.

성문 앞 정면에 있는.

벌써 피난을 갔는지 문을 닫아버린 주막의 싸리문을 발로 툭툭 건드리며 마지못해 오는 것처럼 흐느적대는 걸음으로 다가오는 마인이 눈에 들어왔다.

무휼과 동년배인 20대 후반이나 됐을까?

일견 보기에도 온몸에 반항기가 가득한 주먹꾼처럼 보였다.

그랬다.

마인은 무휼의 의제이면서 사비성의 뒷골목을 한손에 쥐어틀고 있는 소매치기 패거리의 두목이기도 했다.

하지만 어쨌든 그는 무휼의 지기 중의 지기였다.

"신라 놈들이 쳐들어온다고 헝께 도망갈 궁리를 하던 참이었는디 뭣 땜시 불러쌌소?"

보자마자 뱉어내는 마인의 심드렁한 말이었다.

무휼은 대답 대신 가느다란 실소를 살짝 머금는다.

세상에서 무휼을 웃게 만드는 단 한 사람이 마인인지도 모를 일이었다.

"대장군님께 인사라도 드려야 하지 않겠냐?"

무휼의 말에 마인은 여전히 냉소적인 표정을 풀지 않았다.

"쪽시럽게 인사는 무슨……? 자고로 헤어질 때는 말없이! 형님은 그런 말도 모르요?"

"……."

"그나저나 장군님께서 중책을 맡았담서라?"

"왕명이니까."

"나는 이번에도 장군께서 뒷전에 계셨으면 좋겠소! 인자 와서 죽기 십상인 전쟁터에 중책을 맡으면 뭣 허겄소? 차라리 뒷전에 물러나 있으면 목숨이라도 부지할 수 있을 턴디라!"

"마인! 우린 장군님께서 내리시는 명령만 따르면 돼. 그분께서 무얼 하시든 우리가 상관할 바가 아니야."

"누가 뭐시라고 했소? 허구헌 날 변방으로 뺑뺑이 돌리다가 막상 발등에 불이 떨어징께 장군님을 다시 써 먹겠다는 수작이 하도 기가 맥혀서 허는 말이우!"

"……."

"좌우간 높은 놈들이 허는 꼬락서니를 보면 배알이 뒤틀려 죽겄수다! 사흘 전에 먹은 국수 가락을 토할 지경이랑께! 퉤."

"……."

"그라고? 장군님께서 좌 장군인가 뭐신가를 맡은 것은 일의 형편상 어쩔 수 없다고 칩시다! 그란디 군대가 있어야 쌈을 허든지 뭣을 허든지 헐 것 아뇨? 암 것도 없이 어치케 싸운다요?"

"……."

"군졸이라고 혀 봐야 기껏 수백이라등만 고것 갖고 신라와 쌈을 헌다고 허면 지나가는 소가 웃을 일 아뇨? 참 나, 말이 안 나오는고 만! 말이 안 나와!"

"결사대를 모집하고 있으니 곧 진영이 갖춰질 것이다."

"음마……? 싸움터에 나가면 모두 뒈질 턴디 어뜬 미친놈이 저 죽을 자리에 얼씨구나 자원하겄소? 골 빈 놈들이나 그러제 지정신인 놈들은 그러코롬 못 허지라! 암요!"

"……."

"그라고? 왕실 족속들이나 귀족들은 벌써부터 짐을 싸 도망치고 있다는디 누가 전쟁을 허겄소? 결사대에 지원허는 놈들이 미친놈들 이제. 안 그라요?"

"그들만 이 나라의 사람인 것은 아니다. 신민도 있고 천민도 있어. 우리 같은 노비도 마찬가지고."

"얼래? 우리 같은 노비나 천민이 사람이다요? 택도 없는 소리 마쇼! 우리가 언제 사람 취급을 받아본 적이 있수? 대갓집 똥개도 우리 같은 신세보다는 훨 낫수다! 지기미."

"……."

"좌우간 나는 모가지에 칼이 들어와도 이번 쌈판에는 끼지 않을 것잉게 그리 아쇼! 내가 형님을 무지무지 좋아하기는 허지만 나헌티 이번 쌈판에 끼라고 말했다가는…… 그땐 형님이고 자시고 헐 것 없이 맞짱 떠 버릴팅게 당최 그런 명령은 허들 마시씨요이……! 나, 분명히 말 허는디 헛소리 허는 것 아녀! 알지라?"

"……."

"그라고 장군님도 그려. 이쯤 됐으면 우릴 놓아줘야제 어째 끝까지 함께 죽자고 헌다요? 참말로 복장 터져 미치겄고만!"

마인은 진짜 화가 난 것인지 일그러진 얼굴로 연신 자신의 가슴을 주먹으로 쳐댔다.

　답답할 때면 그는 언제나 자신의 가슴을 치며 일종의 자해행위로
분을 삭이곤 했다.

　"저, 거시기…… 나 빼고…… 형님허고 장군님만 죽으면 안 되겠
수?"

　마인의 말에 무휼은 실소를 머금으며 주먹으로 마인의 이마를 툭
쳤다.

　"자식! 너는 나 없이는 아무것도 못 할 놈이야. 까불지 말고 나중에
내가 시키는 대로 하기나 해."

　"우이 씨! 툭하면 때리고 지랄이여! 그라고 이번만큼은 장난으로
허는 말이 아니랑께라! 진짜여!"

　마인이 눈을 부라리며 금방이라도 달려들 듯 꽥꽥 소리를 질러댔
지만 무휼은 소 닭 보듯 상관하지 않고 딴청을 부리기 시작했다.

　그러자 그에 더 화가 난 마인은 주먹으로 무휼의 얼굴을 때리려는
시늉을 하다가 차마 그러지 못하고 다시 자신의 가슴을 때리기 시작
했다.

　"워메! 내가 미쳐! 어쩌다가 이 인간을 만나가꼬 요 모양 요 꼴이
됐다냐?"

　그러나 그런 마인의 뒤늦은 후회를 귀담아 들을 사람은 아무도 없
었다.

　인연이란 때로는 늪과 같은 것이기 때문이다.

　마음대로 빠져나올 수도 없는.

　평소 같으면 그 화려함이 세상의 으뜸일 터인 왕궁의 편전이 전쟁
을 앞둔 지금은 오히려 삭막하게까지 느껴지는 것은 착각일까?

　군례를 하는 계백을 일그러진 얼굴로 쳐다보는 의자왕의 입에서

신음 같은 괴음이 쉬지 않고 새어 나오고 있었다.

계백은 정중한 자세로 군례를 한 다음 왕의 맞은편에 자리를 했다.

역시 추호도 변화가 없는 무표정 그대로였다.

의자왕은 긴 한숨을 내쉰 뒤 차마 계백을 마주보지 못하고 눈을 천장으로 향하며 회한이 서린 목소리를 내기 시작했다.

"장군! 참으로 오랜 세월 동안 나를 원망했을 줄 아오."

"……."

"짐이 장군에게 그동안 못할 짓을 많이 했소. 내 그릇이 작아 장군을 중용하지 못하고 천대만 했으니 나를 많이 원망했을 것이오."

"아니옵니다. 폐하! 소장은 이미 지난 일을 가슴에 묻은 지 오래이옵니다. 하오니 괘념치 마시오소서."

계백의 말에 의자왕의 눈에 살짝 이슬이 지는 듯했다.

계백의 말은 사실일 것이다.

그는 죽어도 마음에 없는 말은 하지 못하는 사람이 아니던가.

그런 계백이기에 의자왕이 더 미안해하는 것인지도 모를 것이었다.

"언제나 못 할 짓만 시켰으면서도 그 못된 버릇을 버리지 못하고 이번에도 장군을 사지에 몰아넣을 생각이오."

"소장은 목숨을 다해 왕명을 따를 뿐이옵니다."

"장군……!"

"예, 폐하!"

"황산벌에서 적군을 맞아 승전고를 올릴 수 있겠소?"

"……."

"나도 아오. 지금 우리 백제가 돌이킬 수 없는 풍전등화의 위기에 처해 있다는 것을 말이오."

"……."

"장군! 왜 가만히 있는 거요? 탄현이나 백강 같은 천혜의 요지를 놔

두고 황산벌을 결정한 좌평회의의 결정에 대해서 장군이 반대하면 재고해볼 수도 있소이다."

"폐하! 탄현과 백강이 요지이기는 하나, 그렇다고 해서 적을 막지는 못하옵니다. 단지 적에게 약간의 타격은 줄 수 있어도 황산벌과 큰 차이가 없기 때문이옵니다."

"으음……."

"소장이 고집을 부리지 않는 이유는 황산벌에서…… 소장을 비롯한 모두가 옥쇄하려고 하기 때문이옵니다."

"옥…… 쇄? 모두가 죽는단 말이오?"

"폐하! 지금 우리의 힘으로 신라를 상대하는 것은 불가능하옵니다. 신라는 막강한 군세로 우리의 손목을 비틀고 있사옵니다. 반면에 우린 너무나 미약하옵니다."

"압니다, 알아요. 이 모두가 짐의 탓이지. 하지만 이제 와서 후회한들 무엇 하겠소? 참으로 부끄럽구려."

"……."

"무고한 백성들을 살릴 수 있다면 항복할 수도 있지만……. 지금 이 상황에서 저들이 들어줄 리도 만무하고……. 장군! 이 일을 어찌해야 좋겠소? 이 일을!"

"항복도 병법의 한 가지라지만 저들은 지금 우리 백제를 파멸시키려 하고 있습니다. 역사를 지우려 한다는 말이옵니다. 그리고 이미…… 적의 화살은 시위를 떠났사옵니다."

"그렇다면 장군께서 황산벌을 받아들인 이유가?"

"원통하게도 전쟁에서 패하겠지만, 모두가 결사하여 우리의 충절을 보여야 하옵니다. 몸은 비록 죽더라도 혼은 살아 있어야 후손들이 이 나라의 복흥을 포기하지 않을 것이기 때문이옵니다."

"장군……."

“황산벌은 장차 이 나라의 혼이 될 것이옵니다.”

마치 석상처럼 미동도 없이 카랑카랑한 목소리를 내는 계백의 모습이 천신(天神)을 닮아 있다.

죽음을 말하면서도 두려워하거나 주저하는 기색이 전혀 없는 사람.

세상에 이런 사람은 그리 많지 않다. 생각해보라. 인간의 죽음이 무엇이고 어떠한지를.

꼼짝달싹 못 하게 기둥에 묶인 몸을 지배하기 위해 소리 없이 물길이 밀려든다.

이어 조금씩 물의 수위가 발목을 덮고 무릎을 넘어 허리에 차오른다.

비명이나 고함을 질러 봐도 도와줄 사람은 어디에도 보이지 않는다. 그런데도 물의 수위는 가슴을 지나고 목을 지나 드디어 입에 다다르고 코를 막는다.

시커먼 천길 무저갱 속의 으스스한 바람처럼 물이 입과 코를 막는 순간 죽음의 공포는 인간의 육체를 떠나 뇌를 지배하고 끝내 자신의 죽음을 들여다보게 만든 후 결국 숨통을 끊어 버린다.

그것이 죽음인 것이다. 죽음은 인간이 견디기에는 불가능한 공포. 그 자체인 것이다.

그런데도 계백은 자신의 죽음을 마치 타인의 죽음인 양 아무렇지 않게 말하고 있는 것이다.

왕은 이 모든 것이 자신이 저지른 과오라는 생각에 심하게 몸을 떨기 시작했다.

하지만 너무 늦었다.

사신(死神)은 이미 저승을 떠나 나약한 인간을 체포하기 위해 이승의 턱을 넘어섰지 않은가.

“장군! 참으로 가슴이 미어지고 부끄럽구려. 그렇다면 짐은? 짐은 어찌해야 하는 것이오?"

회한보다는 거의 통곡에 가까운 비음이 섞여 있는 왕의 목소리였다.

계백은 참으로 가슴이 아파온다.

존경하는 것은 아니었지만 어쨌든 이 땅의 지존이자 백성의 어버이가 아니던가. 비록 초라하기는 해도 말이다.

"폐하! 황송하오나 부끄럽게 살려고 하지 마시고 백제의 제왕답게 꿋꿋하셔야 하옵니다."

"……!"

"적에게 사로잡혀 치욕을 당하지 마시고 행여 생을 마감할 시기가 오면…… 물러섬이 없는 용기를 보여주시오소서!"

"죽게 되면? 죽어라 이 말이오?"

"대왕폐하! 이런 불충이 어디 있겠습니까마는 후세에 남을 폐하의 이름에 연연하지 마소서! 부끄러움까지 역사의 그늘에 봉인시키려 해서는 아니 될 줄로 아옵니다!"

"모사꾼이 되지는 말라?"

"감히 폐하께 이런 불충한 말을 올리는 소장 역시, 그 죄를 죽음으로 다하겠사옵니다! 부디 소장의 고언을 유념하시어 치욕을 당하지 마시오소서!"

계백의 말에 의자왕은 창백한 표정으로 잠시 무엇인가를 생각하다가 천천히 고개를 끄덕였다.

지금까지와는 다른 결연함이 배어 있는 얼굴이다.

"고맙소이다. 장군! 할 수만 있다면 그리 하겠소이다. 허나 내게 그럴 만한 용기가 있을지 모르겠소. 그게 두렵구려. 하지만 하늘에 확고한 의지 따윈 없고 땅에는 확고한 역사가 없다고 했으니 죽음이 짐이 품어야 할 대의라면 피하지 않겠소이다."

“미련을 버리신다면 폐하께서 하시지 못할 일은 없을 것이옵니다.”

“알겠소, 장군의 그 말씀을 잊지 않으리다. 거기다 사실은 옥사의 성충 상좌평한테서도 그 같은 말을 들었소이다. 내게 장계와 함께 서찰을 따로 보냈더이다.”

의자왕의 말에 계백의 눈이 조금 커진다.

그럴 것이다.

상좌평 성충이라면 왕한테 부끄러움 없이 죽으라는 말을 할 수 있을 것이었다.

왕의 말이 이어졌다.

“장군! 그렇게 보면 이 몸은 장군과 상좌평을 부릴 인품을 지니고 있지 못했던 것 같소이다. 어쩌면 너무 뛰어난 두 사람이 두려워서 애써 천대를 했다고 봐야겠지.”

“소장은 미력하지만 상좌평은 뛰어난 전략가이기도 합니다! 그분이 계셨다면 참으로 많은 도움이 됐을 것이옵니다. 하오니 그분을 풀어주는 것이 어떻겠사옵니까?”

계백의 말에 왕은 뺨을 씰룩이다가 이윽고 천천히 고개를 저었다.

거절하는 것인가?

“장군! 기실, 상좌평은 내가 가둔 것이 아니오. 상좌평 스스로 갇힌 것이지. 권력 싸움에서 밀려 그리 된 것이라는 말이오.”

“……!”

“상좌평은 내가 명한다 해도 옥사에서 나오지 않을 것이오. 자신이 다시 등원을 한다면 이미 풍전등화의 위기에 처한 이 나라가 더욱더 혼란스러워질 것이라는 생각 때문이지. 전쟁을 하기도 전에 내분에 휩싸이게 될 것이라는 사실을 누구보다 잘 알기 때문이오.”

“…….”

"충신이지만…… 상좌평 성충의 역할은 거기까지요. 그러니 장군께서 짐의 마음을 헤아려 주시오."

"……."

"장군! 떠나기 전에 내게 청이 있다고 했는데 말해 보시오. 무엇이든 들어주겠소."

의자왕의 말에 계백은 잠시 생각에 잠기기 시작했다.

놈…….

그래.

결국 최후의 순간에서야 네놈의 소원을 들어주게 되는구나.

네놈이 짊어졌던 그 험한 형극과 질곡의 멍에를 이제야 벗겨주게 되는구나.

지금 같은 이 절박한 순간에 계백이 생각하는 인물은 과연 누구일까?

결코 간단한 자가 아닐 것이었다.

계백과 무휼.

그리고 마인은 말을 달려 상좌평 성충이 수감되어 있는 옥사를 향했다.

죽음의 여행을 떠나기 전.

평생을 존경하고 존중해 온 대인(大人)을 뵙는 것은 전쟁 못지않게 중요할 것이다.

상좌평 성충은 멍석이 깔린 초라한 옥사 안에 누워 있었다.

금방이라도 숨이 끊어질 것 같은 초췌한 모습이었다.

평소 몸이 약한 데다 일흔이 넘은 나이에 수감생활을 하려니 견디기 쉽지 않았겠지만 그보다는 마음의 상처가 훨씬 클 것이었다.

6백년 넘게 이어온 나라가 이제 바람 앞의 촛불처럼 그 생을 마감하기 직전에 있지 아니한가.

막을 수도 있지 않았을까?

하지만 그것은 모를 일이다.

힘들게 노구를 뒤척이는 성충의 뒤로 목제 식판에 담긴 주먹밥과 약간의 반찬이 흉물스럽게 덩그러니 놓여 있고 그것도 음식이라고 달려드는 수많은 파리떼들의 날갯짓 소리가 그나마 이곳이 저승이 아닌 이승이라는 것을 깨닫게 해주는 것 같았다.

계백은 옥졸의 안내를 받으며 옥사 안으로 들어섰다.

평상시 같으면 국사범으로 갇힌 성충을 가까이 대면하는 것이 불가능했지만 전쟁을 앞둔 지금은 모든 것이 대충 이뤄질 수도 있는 것이기에 계백은 옥졸에게 은자 두 냥을 집어 주고 옥사 안까지 들어온 것이다.

옥문을 열어준 옥졸이 밖으로 나가자 계백은 옥사 안으로 들어섰다.

순간.

계백의 얼굴이 심하게 일그러진다.

정말 처참한 모습이다.

계백은 성충이 생의 마지막을 얼마 남겨두지 않았다는 것을 직감했다.

계백의 뺨이 파르르 경련을 일으킨다.

결국 패국(敗國)과 함께 이 거인(巨人)도 생을 마감하게 되는구나.

슬프기보다는 오히려 허무했다.

계백은 가느다랗게 숨을 헐떡이고 있는 성충의 앙상한 손을 잡았다.

그 바람에 기척을 느낀 성충이 힘없이 눈을 떴다. 생기가 거의 없는 눈빛이다. 그렇지만 계백을 알아본 것인지 성충의 입가에 살짝, 그러나 파리한 미소가 힘들게 떠오른다.

"장군…… 다 죽어가는 이 늙은이에게 무슨 볼 일이 있어 오신 게요? 허허허."

몸은 이미 생사의 경계를 넘나드는데 그래도 목소리만큼은 아직도 성성한 것이 의외였다. 거기다 보이지 않아도 되는 웃음까지.

계백은 애써 몸을 일으키려는 성충을 부축해 벽에 기대게 했다.

아마 산송장이 이런 모습일 것이다.

"상좌평! 늦게 찾아와 송구하옵니다."

"아니오. 나라의 운명이 저러할진대 장군께서 이 늙은이에게 어찌 신경 쓸 겨를이 있겠소? 괜찮소이다, 괜찮아요."

"곡기를 끊으신 지가 오래된 것으로 아옵니다."

"나라의 죄인 된 몸이 무슨 낯으로 끼니를 잇겠소이까. 또한 곡기를 취한다 한들 썩어가는 몸이 무에 달라지겠소."

"……."

"그래, 여기까지는 무슨 일이오?"

"상좌평! 소장은 전장에 나갈 것이옵니다."

"그럴 줄 알았소이다. 지금 이 나라에 장군을 빼면 누가 있겠소?"

"대왕폐하의 명에 따라…… 황산벌에서 김유신을 맞이할 생각이옵니다."

성충의 눈이 휘둥그레졌다.

계백의 말이 꽤나 큰 충격으로 다가온 모양이었다.

"황산벌이란 말이오? 내 탄현과 백강에서 적을 맞아야 한다고 죄인 된 몸으로 장계까지 올렸거늘……. 결국 간신배 무리의 농간에 그리 된 모양이구려."

"상좌평께서도 아시질 않사옵니까? 전장이 어디가 됐든 김유신을 막기가 불가능하다는 것을 말입니다.”

“…….”

“오히려 황산벌이 더 나을 수도 있습니다. 백제의 앞날을 위해서
는…….”

성충의 눈이 천천히 계백의 얼굴을 향한다.

거물답게 이미 계백의 심중을 알아차린 것이 분명했다.

“장군! 죽음을 생각하는 게요? 옥쇄 말이외다.”

“…….”

“그렇구려, 그래요.”

“소장의 운명이 그런 것인가 보옵니다.”

“장군, 참으로 분하고 원통한 일이오. 어찌 이리 될 수가 있는 것인
지.”

“소장은 전투에서 이겨도 죽을 것이요, 패해도 죽을 것이옵니다.
절대로 김유신에게 잡혀 능욕을 당하거나 이 계백의 혼을 파는 일은
없을 것입니다.”

“장군! 힘없는 나라의 장수라는 짐 때문에 많이 분노하고 있구려?”

“…….”

“대신 죽기 전까지 김유신에게 마음껏 분풀이를 하시구려. 밖으로
내뿜지 못하는 화는 안에서 독으로 변해 고약한 냄새를 풍기는 법이
니……. 생을 마감할 때는 모든 것을 다 털어버리고 가서야 할 게
요.”

“하여 미리 상좌평께 하직 인사를 올리려 왔사옵니다.”

“그런 게요? 그렇다면 잘 왔소이다. 나도 며칠 견디지 못할 것 같
아 장군을 보고 갔으면 하는 마음이 간절하던 참이었소.”

“……!”

“내 몸은 내가 잘 아오. 이미 저승사자가 내 주위에서 기다리고 있

어요. 그래도 내가 장군보다 먼저 갈 것 같으니 다행이오이다. 허허허."

"……."

"좌우간 얼마 안 있으면 불귀의 객이 될 우리 두 사람이지만 주군에 대한 인사는 하고 가야 하지 않겠소? 나 좀 일으켜 주시구려."

계백이 마른 장작에 다름 아닌 성충의 몸을 일으킨다.

이 시대.

휘청대는 조국을, 뼈를 깎는 고통과 고난을 참으며 아등바등 지켜 왔던 두 거인.

평생을 불의에 물들지 않고 오직 대의에 충실하려고 했던 두 거인.

그런데 지금은 자신들이 그토록 지키고자 했던 조국의 패망을 눈앞에 두고 원통하게도 생을 마감하려는 하직 인사를 세상에 전하려는 것이다.

그것도 초라하고 차가운 옥사 안에서.

성충은 금방이라도 쓰러질 것 같은 몸을 혼신을 다해 추스르며 옥사 벽에 나 있는 창문을 향해 겨우 겨우 삼배의 절을 하기 시작했다.

그것은 늙은 충신의 몸부림에 다름 아니다.

계백은 눈을 감은 채 입술을 질끈 깨물고 있었다.

입을 열면 분노의 괴성이 터져나올 것이기 때문이었다.

절을 마친 성충은 무릎을 꿇은 자세로 왕에 대한 마지막 고언을 털어 놓는다.

"대왕폐하! 신 상좌평 성충! 저승길을 떠나기 전에 마지막 예를 올렸사옵니다! 부디 하늘의 도움을 받아 만대까지 사직을 보존하시오소서!"

제문(際文)을 외듯 또랑또랑한 말이었다.

그런 성충을 물끄러미 보던 계백의 눈이 갑자기 불거졌다. 성충의 입에서 피가 흘러나오고 있기 때문이었다. 이어 성충은 한 무더기의 핏덩어리를 토해냈다.

깜짝 놀란 계백이 달려들자 성충은 손사래를 쳤다.

"장군! 놀랄 것 없소이다. 이런 모습이 어제 오늘의 일이 아니니……. 사실 지금까지 이렇게 버틴 것도 하늘의 보살핌이라오."

"상좌평……."

"김유신은 모든 것을 파괴할 것이오. 참으로 무서운 사람이지."

"압니다. 그는, 바라는 것은 무슨 수를 쓰더라도 손에 넣고 마는 본성을 지니고 있지요."

"하지만 어쩌겠소. 시대를 잘못 골라 태어난 장군의 길은 여기까지인 것을……. 푸른 창천에 이제 장군의 길은 없다는 말이오."

"사내로 태어나 한 자루의 검에 운명을 걸었고 후회 없이 싸우다 죽을 판이니 여한은 없습니다."

"우리 백제에 장군 같은 사람이 한 사람만 더 있었다면 어찌 신라나 당나라 오랑캐 따위에게 이런 수모를 당하리오. 이 늙은이는 그 점이 원통하고 원통하오이다."

"패장은 역사에 기록되지 않는 법입니다. 그러니 과분한 칭찬은 듣기에 민망하옵니다."

"……."

"상좌평! 뵈었으니 이제 소장은 가봐야 합니다. 싸울 준비를 해야 하니까요."

"장군! 마지막으로 부탁이 있소이다. 꼭 들어주시구려."

"……."

"김유신 따위에게 지지 마시오. 죽더라도 꼭 이긴 다음에 장군답게 죽도록 하시오. 이 늙은이의 간절한 소원이외다. 그래 줄 수 있겠소?"

성충의 말에 계백은 결연한 표정으로 고개를 끄덕인다.

어찌 그런 소원조차 들어주지 못하랴.

"하오면 저승에서 뵙겠사옵니다."

마지막 인사를 하는 계백의 얼굴이 경련을 일으키는가 싶더니 심하게 떨리기 시작한다.

성충의 눈은 그런 계백을 보며 조금씩 감겨지기 시작했다.

평생을 존경해온 사람과의 이별.

그것도 사별이다.

어찌 마음이 찢어지지 않을 손가.

성충의 힘없는 말이 이어졌다.

"그 아이는…… 잘 있소?"

"무휼이 말이옵니까? 지금 밖에 있사온데……. 상좌평의 원이라면 들어오라고 하겠습니다."

계백의 말에 성충은 처연한 미소를 떠올리며 고개를 설레설레 흔들었다.

"아니오. 이 모든 것이 결국 그 아이의 말을 듣지 않아 생긴 것을 내가 무슨 낯으로 만나겠소. 대신, 내 말을 전해 주시구려."

"말씀하시오소서."

"살아 있는 동안……. 이 성충이 만난 최고의 사내는 바로 무휼! 그놈이었다고 말이오."

"그리 전하겠습니다."

"어서 가보시구려. 이별은 짧아야 하는 법이외다."

성충의 말에 계백은 창백한 표정으로 물끄러미 쳐다보다가 몸을 돌려 옥사를 빠져나가기 시작했다.

그래.

이별은 짧을수록 좋은 법이다.

어차피 오래 지나지 않아 저승에서 다시 만나지 않겠는가?

계백이 나가자 성충은 혼신의 힘을 다해 입술을 달싹여 무슨 말인가를 되뇌였다.

식도를 타고 넘어온 핏덩이의 잔해가 주르르 흘러내리면서…….

하지만 그보다는 조금씩 감겨가는 그의 눈에 동공이 사라지는 것이 더 처절했다.

'하늘이시여……! 이 늙은이를 용서하시오소서. 용서하시오소서……. 그리고 나라가 망하는 것을 차마 볼 수 없사와 먼저 떠날까 하오니 받아주시오소서…….'

성충의 모습이 처절하다. 아니 참혹했다. 하지만 그의 혼신을 다한 독백은 약간의 시간을 두고 계속됐다.

'계백…… 천하제일의 영웅이시여……! 이 늙은이의 어리석음이 그대의 용틀임을 막은 것이오. 하지만 어쩌겠소. 그대와 나의 운명이 여기까지인 것을…….'

성충의 손이 조금씩 굳어지기 시작했다.

사람이 죽을 때의 모습은 이런 모양이다.

입이 약간 벌어지고…… 뼈가 굳어가며…… 동공의 초점이 사라지면서 실핏줄이 터지는 끔찍함.

지금의 성충의 모습이 그랬다.

'무휼아……! 원하고 원하노니 계백을 지켜다오……! 그의 높고 높은 충절이 허튼 자들의 손에 난도질을 당하지 않도록 네가 지켜다오……! 이 늙은이가 죽어 저승에서도 기억하고 또 기억할 이름은……. 계백과 네놈의 이름…… 무휼…… 무휼이니라……! 너는 어리석은 이 늙은이를 용서하지 말거라……. 무휼아……!'

이윽고 성충의 손이 툭 하며 바닥에 닿는다.

혼신을 다한 그의 독백이 이승에서 그가 내뱉은 마지막 말이었다.

백제 만고의 충신은 그렇게 죽어가고 있었다.

계백을 쳐다보는 무휼의 눈이 조금씩 붉은빛을 띠어가며 충혈되어가는 모습이 눈에 확연히 들어왔다.

꽤나 충격이 큰 것 같았다.

계백은 그런 무휼을 보며 긴 한숨을 내쉬었다.

한때는 모두가 힘을 합하고 뜻을 모았던 동지들의 이별. 나이와 신분고하를 떠나 그들은 동지였다.

"상좌평께서 너를 만나지 않겠다고 하셨다. 네 말을 따르지 않은 죄가 너무 크기 때문이라고 하시는구나."

하지만 계백의 말에 무휼은 아무런 말도 하지 않았다.

조금 전과는 판이하게 다른 모습이었다.

계백의 말이 이어졌다.

"하지만 기력이 없으시니 인사드리고 싶으면 들어가 뵙도록 해라."

"아니옵니다. 여기서 종례를 하겠사옵니다."

말을 마친 무휼은 옥사를 향해 선 다음 잠시 눈을 감고 생각에 잠기는 듯했다.

이어 입술을 지그시 깨문 그는 옥사를 향해 세 번의 큰 절을 한 다음 땅바닥에 이마를 갖다댔다.

계백은 차마 볼 수 없다는 듯 망연자실한 표정으로 고개를 돌리고 격정을 참지 못한 마인은 짐짓 아무렇지 않다는 듯 코를 휙 푼 다음 몸을 돌려 버렸다.

'어르신! 이 종놈의 인사를 받으시고 부디 저승에서는 현세의 아픔을 되새기지 마시오소서……! 하늘이 이놈을 시샘하여 어르신을 먼저 부르시는가 보옵니다. 그러니 편안히 떠나소서……!'

짧지만 짧지 않은 하직 인사였다.
그리고 세 사람은 한동안 자리를 떠나지 못하고 망부석처럼 서 있
을 뿐이었다.

거인의 침묵

의자왕을 제외하면 백제 제일의 권력자라고 할 수 있는, 아니 오히려 의자왕을 손아귀에 쥐고 흔드는 그였기에 백제의 지존이라고까지 할 수 있는 내두좌평(內頭佐平) 임자(任子)의 집에서는 초상집과 다름없는 사비성의 모습과는 달리 웃음소리가 쉬지 않고 흘러나오고 있었다.

모든 것이 임자의 뜻대로 되었기 때문이었다.

그것은 신라와 최후의 전쟁을 앞둔 상황인데도 상다리가 휘어지게 차려진 술상만 봐도 알 수 있는 일이었다.

임자의 맞은편에는 심복이나 다름없는 좌평(佐平) 충상(忠相)과 달솔(達率) 상영(上永)이 비굴한 웃음을 지으며 앉아 있었다.

그들로서도 백제에서 치르는 마지막 술자리인 셈이었다.

충상이 예의 내시를 닮은 가느다란 목소리를 냈다.

"내두좌평! 계백이 방을 내걸어 결사대를 모집하고 있소이다. 그러니 대책을 세워야 하지 않겠사옵니까?"

충상의 말에 임자는 심드렁한 표정으로 잔에 술을 따르며 대꾸했다.

"결사대는 무슨! 이미 대세가 기울었는데 누가 자원을 하겠소? 쓸데없는 걱정이외다. 그래봤자 채 일천도 되지 않을 것이오. 지금 나라의 녹을 먹는 군졸들이 기껏해야 기백이니 크게 봐 주어도 모두 합해 이천에도 미치지 못할 것이오.

"하긴 자원병들은 훈련도 제대로 받지 못한 어중이떠중이가 아니겠사옵니까? 반면에 김유신은 지독하게 훈련된 정예병만 오만이 넘지요. 흐흐흐."

"대왕폐하도 참으로 딱하시지. 내 말대로 서라벌에 가서 고개를 숙였으면 이런 비참한 지경에 이르지는 않았을 것인데 말이오."

"그래서 자고로 주군이 융통성이 있어야 백성이 피를 보지 않는 법이지요. 아니 그렇습니까?"

"맞는 말이오. 왕이 그렇게 멍청해서야 어디……. 그것 참."

임자는 짐짓 나라가 위기에 처한 것이 자신의 탓이 아니라 의자왕의 잘못이라는 듯 혀를 차보였다.

허나 제아무리 꼬리를 흔들며 충성을 다하는 개와 같은 충상과 상영일지라도 나라를 풍전등화의 위기 앞에 내몬 당사자가 임자라는 것을 모를 리 없었다.

다만 쓸개 빠진 자들답게 간교한지라 임자의 비위를 거스르지 않기 위해 맞장구를 치는 것뿐이었다.

"내두좌평! 김유신에게 전갈은 보내셨사옵니까?"

눈치를 살피던 상영이 핵심을 물었다.

중요한 부분이었다.

김유신을 맞아 계백이 과연 어디에서 전투를 벌일 것인가 하는 문제는 세 사람보다 오히려 김유신이 가장 알고 싶어하는 기밀이기 때문이었다.

그리고 장수들의 반대를 무릅쓰고 최후의 전장으로 황산벌을 정한 것은 이들 세 사람이었다.

임자는 음산하게 웃으며 고개를 끄덕였다.

"물론이오. 내 집사 놈을 은밀히 보냈는데 지금쯤 김유신에게 서찰이 당도했을 것이오."

"허면? 거침없이 황산벌로 진군해 오겠군요?"

"마지막 진혼곡은 그럴듯하게 울려 퍼질 것이오. 나는 그전에 사비성을 떠나 서라벌로 갈 것이오. 그곳에서 두 분이 오시기를 기다리겠소이다."

임자의 말에 충상과 상영은 심드렁한 얼굴로 한숨을 내쉬었다.

두 사람은 왕명에 의해 황산벌 전투의 대총관과 우 장군에 봉해졌기 때문이었다.

비록 나라를 팔아먹는 매국노였지만 왕명만큼은 받드는 시늉이라도 해야 한다.

아무도 모를 계략은 그들만이 아는 비밀이었고 왕명을 어기는 것은 역사에 불충으로 기록될 것이기 때문이었다.

대개 간신들이 역사에 기록될 자신의 이름에 신경을 쓰는 법이지 않은가.

그에 비해 충신은 언제나 말이 없는 법이다…….

백제의 대장군이 사는 집이라고 하기에는 어딘지 모르게 옹색함이 묻어 있는 계백의 집에 무휼의 안내를 받으며 굳은 표정의 흑치상지가 들어서고 있었다.

결사대원 모집에 관해 사령관 격인 계백에게 보고를 하기 위해서였다.

계백은 마루에 서 있다가 안방으로 그를 맞아들였다.

창백한 얼굴로 앉아 있던 계백의 부인 월희가 앉아 있다가 술상을 봐 오겠다며 나가는 것을 흑치상지는 손을 내저어 거절했다.

평소 두주불사인 그가 술을 마다하는 것은 그만큼 마음 쓰이는 일이 많다는 증거였다.

"대장군! 적은 코앞까지 다가왔는데 모여든 결사대원은 기백에 불과하옵니다. 이 일을 어찌해야 합니까?"

말을 마친 흑치상지가 긴 한숨을 내쉬었다.

답답하기는 계백 역시 마찬가지였다.

기껏해야 오합지졸 기백으로 어찌 김유신을 상대한다는 말인가?

소도 비빌 언덕이 있어야 등을 비비듯 전쟁을 하려면 승패를 떠나 하다못해 군대다운 진용이라도 갖춰져야 하지 않은가.

거기다 김유신은 화랑을 포함한 정예병 5만을 이끌고 있다.

그런데 이쪽은 싸울 군사가 너무 부족하다.

아니, 아예 전무하다고 해도 과언이 아닐 터였다.

다시 흑치상지의 절망에 가까운 탄식이 들려왔다.

"이미 왕실 사람들과 귀족들은 도피했다 하옵니다. 심지어 대총관으로 나설 좌평 충상과 달솔 상영까지 식솔들을 도피시켰다 하니 이래갖고 어찌 전쟁을 할 수 있단 말입니까."

"폐하는……? 폐하는 어디 계시는가?"

"태자전하와 대군들을 거느리고 편전에 계시는 것으로 아옵니다만!"

"그럼 됐네. 아직 시작도 안 한 전쟁이니 비탄에 빠지지 말고 준비나 철저히 하게."

"허면? 불과 일천에 지나지 않는 오합지졸로 김유신과 싸우시겠다는 말씀입니까?"

"싸워야지. 더구나 내일까지라면 아직 시간이 있네. 분명 더 많은 젊은이들이 몰려올 게야. 암, 그럴 걸세."

"대장군! 아무리 그래도……."

"흑치상지 장군! 자넨 군인일세. 군인은 수의 많고 적음을 가려 전투를 하는 것이 아니야. 돌아가게. 가서 용감한 자원병들을 위로하고 전술을 숙지시키도록 하게."

"……."

"어서!"

"알겠사옵니다. 소장이야 어디 대장군의 명령을 어긴 적이 있사옵니까? 다만 분통이 터져서 그러는 것이옵니다."

이렇듯 흑치상지의 한탄에 가까운 말은 방문 밖 마루 끝 처마 근처에 서 있는 무휼에게도 똑똑히 들려왔다.

무휼은 눈을 지그시 감은 채 생각에 잠기기 시작했다.

자신이 봐도 이건 말이 안 된다.

나라의 운명을 두고 최후의 일전을 벌여야 하는데 싸우려는 전사가 없다?

하지만 그것이 바로 지금의 백제가 겪고 있는 현실이었다.

그것도 스스로 파멸을 준비하는 듯한…….

이때 계백의 방문이 열리며 흑치상지가 밖으로 나오는 것이 보였다.

흑치상지는 굳은 얼굴로 무휼의 인사도 받지 않고 빠르게 대문을 빠져나갔다.

그는 언제나 천천히 움직이는 법이 없는 사람이다.

엄청난 거구였지만 늘 남보다 명석했고 행동은 재빨랐다.

하긴 그래서 이제 겨우 서른 중반에 장군의 반열에 오른 것인지도 모를 일이었다.

"무휼아! 방으로 들어오너라."

계백의 말이 들려왔다.

월희 부인이 단출한 술상을 내려놓은 다음 긴 한숨과 함께 방 안을 나갈 때까지도 계백은 굳은 얼굴로 눈을 감고 앉아 있었다.

무휼은 입술을 질끈 깨문 채 계백을 쳐다보았다.

거인(巨人)의 침묵.

그것은 보는 이를 질리게 만든다.

지금의 계백이 그랬다.

그는 무슨 생각을 하는 것일까?

"무휼아! 네놈이 나를 따른 지가 얼마이더냐?"

"칠 년이옵니다."

"칠 년이라? 허허허. 그놈의 세월 참 빠르기도 하구나."

"……."

"네놈은 내가 만난 사내 중에서 단연 으뜸이다. 참으로 대단한 놈이었어."

"대장군님! 소인은 단지 노비일 뿐이옵니다. 그런 놈이 주제넘게 오랫동안 대장군을 모신 것은 이놈의 홍복이옵니다."

"아니다. 세상이 반듯했으면 네놈은 일국의 지존이 되고도 남을 놈이지."

"……."

"신분이 천한 것은 네 잘못이 아니다. 그걸 알아야 해."

"……."

"지금은 난세지만 차후로도 여전히 어지러울 것이다."

"……."

"하지만 난세의 사내는 아무리 신분이 낮은 자라도 그 재능을 살려 운을 잡으면 누구든 천하를 차지할 수 있는 것이다. 네놈이 바로 그럴 수 있는 놈이야."

"대장군님! 소인의 운은 주인 될 사람을 만나는 것이었사옵니다."

"내가 네놈의 주인이라는 말이냐? 허허허. 가당찮은 소리! 네놈의 주인은 내가 아닌 하늘뿐이니라. 천하 말이다."

말을 마친 계백은 처연한 표정으로 무휼을 물끄러미 쳐다봤다.

그의 말은 괜한 소리가 아니다.

세상에 누가 있어 이놈만큼 두려움과 물러섬이 없는 용기를 지녔으며 내려진 명령이라면 어떠한 경우라도 반드시 해치우는 자가 있을까?

계백은 평생 동안 칼을 품고 전장을 누볐지만 여태껏 무휼과 같은 자객은 본 적이 없다.

아니 자객 이전에 그가 아는 무휼은 승부사였다.

다만 신분이 천한데다 워낙 비밀리에 임무를 완수했기에 그의 높고 높은 전공이 알려지지 않았을 뿐이었다.

어쨌든 계백은 이제 이런 사내와 이별을 해야 했다.

무휼을 부른 이유는 그것을 통고하기 위함이었다.

하지만 무휼 역시 그것을 모를 리 없을 것이었다.

"대장군님! 소인은 장군님의 무엇이옵니까?"

"……?"

느닷없는 질문이었다.

계백은 지금까지 무휼을 부리는 7년 동안 질문을 받는 것은 아마 처음이리라는 생각과 함께 무휼을 쳐다보았다.

실력만큼이나 개성이 뚜렷한 놈이다.

"소인은…… 대장군님의 칼이옵니다."

"……!"

"장군님께서는 언제든 그 칼을 마음대로 사용하실 수 있사옵니다. 지금도 말이옵니다."

"칼이라……? 이 계백의 칼이라……? 그래, 그랬지. 세상에서 가장 예리하고 날카로운 칼이 바로 네놈이었느니.”
 “결사대원들이 모이지 않고 있다는 말을 들었사옵니다.”
 “그렇긴 하지만 백성들을 탓할 수 없느니라. 이미 오래전부터 퇴폐한 조정을 등진 사람들에게 호소할 수도 없는 일이고.”
 “소인 같은 노비나 천민도 군졸이 될 수 있사옵니까?”
 “…….”
 “우리 같은 놈들에게도 군졸이 될 수 있는 길을 허락해 주신다면 소인이 적어도 수백의 결사대는 모을 수 있사옵니다.”
 “네가 말이냐?”
 “나라를 위해서가 아니라 대장군님을 위해서입니다. 또한 대장군님을 초라하게 만들지 않아야 하는 것이 이놈의 일이옵니다. 허락해 주시오소서.”
 계백의 눈이 커진다.
 아무도 선뜻 나서지 않는데 결사대를 모아오겠다니?
 물론 허튼 소리는 아닐 것이다. 눈앞에 있는 놈은 다름 아닌 무휼이가 아닌가.
 “네놈은 언제나 내 생각을 앞서 행동으로 보이고……. 헤아릴 길 없는 그 끝 모를 기량으로 김유신과 연개소문의 혼쭐을 빼놓곤 했지.”
 “소인은 그저 대장군님의 뜻을 따랐을 뿐이옵니다.”
 “무휼아.”
 “예.”
 “귀족들이 떠나고…… 대신들이 떠나고…… 모든 사람들이 떠나는데 그래도 네놈이 내 곁에 있어서 좋구나.”
 “대장군님의 시신 역시…… 이놈이 보존할 것이옵니다.”
 무휼의 말에 계백의 눈이 휘둥그레졌다.

설마하니?

이놈이 모든 것을 알아차렸단 말인가?

무휼의 말이 이어졌다.

"아옵니다. 대장군님께서는 절대로 살아서 황산벌을 떠나지 않으신다는 것을. 그러니 끝까지 모실 수 있도록 해주시오소서."

계백의 얼굴에 허무한, 그렇지만 흡족하다고도 할 수 있는 미소가 떠오른다.

그래.

이놈이라면?

말을 하지 않는다고 해서 헤아리지 못할 놈이 아니지 않은가.

계백은 손수 술을 따라 무휼에게 내밀었다.

생각해보니 그 숱한 세월 동안 몸소 술을 따라주기는 처음이라는 생각이 들었다.

무휼은 무릎을 꿇으며 술잔을 받아 들었다.

이별주인가?

"세상에서 가장 강하고 의로운 사내에게 이 계백이 내리는 술이니라."

"황송하옵니다."

"그리고 감히 말하노니! 나라를 위하고 사내의 명예를 위하는 일에 어찌 신분 따위가 문제 될 수 있겠느냐⋯⋯! 가라! 적어도 이 계백은 백성의 신분 따위를 문제 삼지 않을 것이니 이 강토를 위해 목숨을 버릴 용맹한 자들은 다 모이라고 해라. 그래서 황산벌에서 정말 멋들어진 최후의 춤판을 벌여 보자꾸나! 인간의 피도 아름다울 수 있다는 것을 천하에 보여주자꾸나! 허허허."

계백은 통쾌하게 웃기 시작했다.

김유신의 침공 사실을 인지한 이후 처음으로 마음 놓고 웃어보는 파안대소였다.

그것은 무휼이 있기에 가능한 웃음이었다.

언제나처럼 사비성 저자거리 입구의 공터에는 전쟁을 코앞에 둔 오늘도 50명에 달하는 광대패들의 신나는 춤판이 벌어지고 있었다.

그들에게 전쟁은 남의 문제였다. 그리고 광대패들의 춤판은 피아를 가리지 않고 적 진영 한복판에서 펼쳐지는 경우도 있었다. 전투에 지친 병사들에게 광대패의 놀이마당은 피로를 풀어주는 멋진 휴식이었기 때문이었다. 그래서 이 땅에 전쟁을 두려워하지 않는 유일한 집단이 바로 광대들이라고 할 수 있을 것이었다.

광대패거리 행수 대사용은 오늘따라 구경꾼들의 반응이 시큰둥한 것을 보고 비장의 카드를 꺼내 들어야겠다고 생각했다.

대사용은 느닷없이 아랫도리를 벗어 내렸다.

언제 갈아입었는지 모를 꾀죄죄한 고쟁이가 드러났다.

그리고는 구경꾼들을 향해 엉덩이를 활짝 내보였다.

그러자 구경꾼들의 눈이 휘둥그레지더니 이내 배꼽을 잡고 웃기 시작했다.

적나라하게 드러나게끔 고쟁이를 원으로 도려낸 엉덩이에는 남녀가 우스꽝스러운 모습으로 성행위를 하는 장면이 그럴싸하게 그려져 있었다.

대사용이 엉덩이를 이리저리 흔들어대자 그 그림은 놀랍게도 정말 눈앞에서 남녀가 성행위를 벌이는 것처럼 살아 꿈틀거렸다.

남녀가 음탕한 짓을 공개적으로 벌일 경우 가차 없이 태형에 처해지는 사비성에서 이런 짓을 벌이고서도 무사할 수 있는 것 역시 광대패들이 유일했다.

구경꾼들의 찬사에 이어 엽전이 날아들기 시작했다.

세상에 이런 구경을 공짜로 할 사람은 철면피에 다름 아닐 터였다.

부하들이 바가지를 들고 바닥에 있는 엽전들을 주워 모으는 것을 보면서 대사용은 회심의 미소를 지었다.

그럼 그렇지.

세상에 내가 펼치는 예술을 보고 감탄하지 않을 사람이 어디 있으려고?

대사용의 생각이었다.

대사용은 감사의 의미로 구경꾼들에게 넙죽 절을 하기 위해 자세를 가다듬었다.

그때였다.

대사용의 눈에 구경꾼들 틈에 섞여 씩 웃고 있는 무휼이 들어왔다.

옆에 있는 사내는 몇 번인가 본 적이 있는 사비성 소매치기 왕초 마인이 분명했다.

대사용은 무휼을 오랜만에 보는지라 반가움에 손을 흔들어 보였지만 내심 알 수 없는 불안이 엄습해 오는 것을 느꼈다.

보면 웃기는 하지만 천하고 천한 자들인지라 광대들 곁은 지나가는 개도 피해가기 마련이다.

그런 광대패들의 은인이자 유일한 친구.

그가 바로 무휼이었다.

대사용은 무휼이 괜히 모습을 보인 것이 아니라는 걸 직감했다.

저 거대한 사내는 우리에게 무엇을 요구할 것인가?

"무휼 대공! 나를 찾아온 거요?"

대사용의 말에 무휼은 천천히 고개를 끄덕였다.

그 모습에서 대사용은 결코 간단치 않은 일이라는 것을 어렵지 않게 알아차렸다.

순간, 그의 입에서 긴 한숨이 새어 나왔다.

아직 무휼의 입에서 아무런 말도 나오지 않았는데도……

저자거리 시장 안은 그야말로 사재기 하려는 사람들로 초만원이
었다.

피난을 떠나기에 앞서 먹을 것을 사기 위해서였다.

그러고 보니 저자거리가 나라 안의 사정이 전쟁을 앞둔 급박한 상
황이라는 것을 비로소 느끼게 해주었다.

그런데 사재기 하려는 사람들 사이를 비집고 다니며 신나게 사업
을 진행해 나가는 일단의 젊은 사내들이 있었다.

바로 마인의 부하들인 소매치기들이었다.

무휼과 마인은 저자거리 입구에서 소매치기들의 비술을 보고 있
었다.

도저히 믿을 수 없을 정도로 사람들의 주머니를 터는 통에 그것을
눈치 챈 사람은 아무도 없었다.

소매치기들을 이끄는 사람은 마인 대신 임시로 조직을 맡고 있는 2
인자 고보(高甫)였다.

마인은 자신의 부하들이 너무하다 싶었는지 무휼을 힐끔거린 다음
헛기침을 해댔다.

"저 도둑놈의 시끼들! 사람들이 사재기 할 요량으로 있는 돈 없는
돈 다 시장판에 갖고 왔을 턴디! 오늘이 아조 대목이고만? 대목이
여!"

무휼은 빙그레 웃어 보였다.

말하지 않아도 마인의 심리를 이해한 때문이었다.

"가서 네 부하들을 데리고 와."

"데꼬올 것 뭐 있겠소? 쟈들 가는 디가 내가 다 정해준 곳잉게 찾아
가면 되제. 그란디 형님! 말은 확실허게 매듭짓고 갑시다!"

“뭘?”

“내가 형님의 얼굴을 봐서 사람을 모아 주기는 헐 것이지만 나는 죽어도 쌈판에 끼지 않는다고 분명히 말했소이? 그랑께 나중에 딴소리 허기 없기요!”

“알았다.”

“분명히 약속했지라? 나중에 말 바꾸면 그땐 형님이고 나발이고 없어! 나, 승질 나면 징허게 고약한 놈이여!”

눈을 부릅뜨며 다짐을 받으려는 마인의 입에 흰 거품이 자리 잡는 모습이 눈에 들어왔다.

하지만 그가 정작 모르는 것이 있었다.

세상일은 마음먹은 대로 되는 경우가 별로 없다는 것을.

그렇지만 전쟁터에 끌려가 괜히 죽고 싶지 않은 것 또한 마인의 절실한 심정이었다.

전쟁이 두렵기는 백제 최고의 소매치기 두목도 마찬가지인 모양이었다.

저자거리 싸전 뒤 창고 안에는 고보를 비롯한 30여 명의 소매치기들이 슬쩍 해온 엽전을 바닥에 쌓아놓고 희희낙락 하고 있었다.

근래 들어 가장 성과가 좋았던 하루였으니 기분이 좋을 것은 당연했다.

그때 창고 문이 열리는 소리와 동시에 벼락같은 고함소리가 들려왔다.

“요 도둑놈의 시끼들! 전쟁이 코 앞인디 지 놈들은 대목을 만나 살판이 났고만! 살판났어!”

깜짝 놀란 소매치기들이 황급히 엽전더미를 감추려다 말고 어디선가 많이 듣던 목소리라고 느꼈는지 소리 나는 쪽을 쳐다보았다.

그들의 시선을 받으며 창고 안으로 들어오는 사람은 무휼과 마인이었다.

부두목 고보는 괜히 놀랐다는 듯 심드렁한 얼굴로 엽전을 쓸어 모으며 입을 열었다.

"난 또 누구라고? 마인 대장! 여긴 어쩐 일이오?"

"새꺄! 내가 못 올 곳에 왔냐?"

"누가 뭐라고 했수? 여기가 대장의 본거지인데."

"그래서 허는 말이지만……! 시끼들아! 아무리 도둑놈들이지만 양심을 좀 갖고 살아라! 피난 가려는 사람들의 돈을 다 털어버리면 그 불쌍한 사람들은 어치케 허라는 말이여?"

"도둑놈이 양심이 있으면 이런 짓 하겠소? 양심 없는 우리나 하는 것이지."

"오잉……? 고건 그렇고만이……! 그라몬 지금부터 내가 느그들의 양심을 쬐까라도 찾아주어야 쓰겄다. 불만 없제?"

"뭔 말을 헐라고 그러요?"

마인은 엄지손가락으로 무휼을 가리켰다.

소매치기들의 눈이 무휼을 향했다.

"이 양반은 내 의형님인디 지금 계백 장군님의 딱가리 노릇을 허고 있걸랑."

계백이라는 말에 고보와 다른 소매치기들의 눈이 휘둥그레졌다.

비록 남의 주머니를 터는 조직원들이었지만 계백에 대해서만큼은 귀가 닳도록 들은 탓이었다.

하긴 백제에서 계백의 이름을 모르는 자는 갓난아이나 축생에 다름 아닐 터였다.

심지어 고구려나 신라에서도 계백의 이름이라면 사람들이 자다가도 벌떡 일어난다지 않은가.

"와아……? 우리 같은 놈들은 언제나 한번 장군님을 볼 수 있을까?"

탄성과 부러움이 섞인 고보의 말이었다.

다른 소매치기들 역시 같은 생각이었는지 고개를 주억거린다.

눈치로 살아가는 마인이 이런 절호의 기회를 놓칠 리 만무했다.

"걱정들 말어! 내일 내가 나오라는 곳으로 오면 장군님을 볼 수 있응께. 어뗘? 나올 텨."

"대장! 그 말이 정말이우?"

"정말이다마다……! 그라고 보는 것만으로 부족헐 것 같아서 내가 느그들을 군졸로 맹글어 줄라고 허는디……? 좋제?"

"얼래? 우리 같은 상것들도 군졸이 될 수 있다요?"

"계백 장군님이 약속하셨응께 되지 않겠냐? 그 양반이 어디 헛소리 허실 분이간디?"

마인의 달콤한 말에 고보는 환한 표정을 짓다가 그것도 잠시, 이내 고개를 갸웃했다.

뭔가 미심쩍은 모양이었다.

"말씀이야 고맙지만……? 군졸이 되면 신라군과 싸워야 하는 것 아뇨?"

"그렇기야 허지만 싸우다가 죽겄다 싶으면 도망치면 되는 것이여! 도망치는데 느그들을 따라올 놈들이 어딨냐? 안 그려?"

"하긴 그 방면에는 우리가 도사들이제."

"느그도 한 번쯤은 갑옷 입고 칼을 차봐야제 언제까정 도둑놈이라는 소리만 들어야 쓰겄냐? 그랑께 이참에 잠깐 동안 그럴 듯한 것으로 직업을 바꿔 봐. 워쩌……? 괜찮겄제?"

"정말 갑옷과 창칼도 주는 것이지라?"

"당연허제. 맨 주먹으로 전쟁터에 내보내겄냐?"

"좋수! 어디로 가면 되는 거요?"

"그건 낼 아침에 알려줄껴. 그라고……. 이런 멋진 일에 느그들만 참여하면 다른 도둑놈들헌티 쬐까 미안허지 않겠냐? 그랑께 아는 놈들은 죄다 데리고 나와라. 웅진성이나 가잠성 같은 디서 뚜룩질 허는 놈들까정 죄다 말이여."

"갸들까지 전부 다 합치면 수백 명은 될 턴디 그렇게 많이 가도 될까?"

"하몬! 많을수록 좋은 것이여! 갑옷이나 창칼은 넘쳐 낭께."

"알았수! 내가 애들을 풀어서 다 모이라고 할 게라."

마인은 부하들을 두루두루 쳐다보았다.

하나같이 흡족한 표정을 짓고 있는 것으로 보아 그럴듯하게 갑옷 입고 칼을 차본 다음에 도망칠 심산인 듯했다.

마인은 그런 부하들이 고맙거나 대견하기보다는 얄밉기 짝이 없다.

'미친 새끼들! 차라리 펄쩍 뛰며 모른 척할 것이제……. 일단 군졸이 되고 난 다음에 도망치다 잽히면 그 자리에서 뒈진다는 것도 모르냐? 빙신 같은 놈들……!'

얼굴이 심하게 일그러지는 마인의 독백이었다.

계백의 집을 저만치 두고 무휼의 뒤를 따라 걷고 있는 마인은 연신 긴 한숨을 내쉬었다.

도둑질에는 타의 추종을 불허하지만 세상 돌아가는 것에는 순진한 부하들을 피가 튀기는 전장에 내보내는 것 같아 가슴이 쓰리고 아팠던 것이다.

물론 자신은 죽어도 전장에 나가지 않을 것이었다.

무휼이 제아무리 협박을 하거나 회유를 해도 그것만큼은 필히 거절할 것이다.

목숨은 두 개가 아니기 때문이다.

"형님! 그란디……? 아까 광대패거리 행수 대사용이 형님헌티 대공, 대공 허던디 그기 뭔 말이다요? 대공이라는 말은 아주 높고 깍듯한 사람헌티 쓰는 말 아뇨? 그라몬 형님 같은 노비허고는 전혀 상관이 없는 말인디?"

"별 의미 없어. 대사용 행수가 평양성 일 이후로 그렇게 부르는 것뿐이다."

"갸가 뭔 신세를 졌간디라?"

"몰라도 돼. 대단한 것도 아니니까."

"지기미, 묻는 말에 대답도 안 허고! 형님은 뭔 비밀이 그러코롬 많소?"

그렇잖아도 마음이 싱숭생숭한 마인은 괜한 화풀이를 하려는 것인지 짐짓 무휼을 째려보았다.

그러나 무휼이 대답할 리가 없다.

그는 어쨌든 비밀이 많은 사내였다.

마인은 잠시 무휼을 보다가 힘없이 몸을 돌렸다.

"아무튼 형님! 인자 내 일은 끝났지라? 나, 갈라요."

"그래."

마인은 기다렸다는 듯 종종걸음을 치기 시작했다.

하지만 무엇인가 질긴 끈이 뒷덜미를 잡아당기기라도 하는 것처럼 생각과는 달리 다시 몸이 무휼을 향해 돌아선다.

"형님! 말했지만 나는 죽어도 쌈판에……."

무휼이 물끄러미 쳐다보고 있다.

마인의 얼굴이 심하게 일그러졌다.

저 얼굴에 대고 어찌 이별을 말할 수 있을까?

하지만 그렇다고 말도 되지 않는 전쟁에 끼어들어 맥없이 죽을 수도 없는 노릇이었다.

"아이고! 참말로 미치겠네! 뭔 말을 못 허겄고만……! 암튼 나는 안 가! 그랑께 형님도 살아 남으쇼!"

마인은 뒤도 돌아보지 않고 뛰어가기 시작했다.

뛰어가는 마인의 눈에 까닭 모를 눈물이 흘러내린다.

어쩌면 무휼과 이별하게 될지도 모른다는 아쉬움 때문일까?

아니면 내일이면 부하들을 전장으로 내몰아야 하기에 그런 것일까.

그 이유는 오직 마인 자신만 알 뿐이었다.

피 묻은 단검

밤이 되자 계백의 집은 쥐죽은 듯 조용했다.

하지만 날짐승들의 움직임만 멈추었을 뿐 방마다 불이 켜진 것으로 보아 식구들 모두가 잠들지 않고 있다는 것을 알 수 있었다.

계백은 월희 부인이 챙겨주는 대로 순서에 따라 갑옷을 입었고 투구까지 쓰기 시작했다.

설마하니 이 밤에 출병할 일은 없을 터인데?

그런 계백을 쳐다보는 월희 부인은 저절로 새어 나오는 신음소리를 대장군의 부인답게 애써 억누르고 있었다.

그녀는 지금 계백이 무얼 하려는 것인지를 알고 있는 것일까?

하긴 30년 넘게 살을 맞대고 살아온 지아비의 행동을 현숙한 아낙이라면 능히 미루어 짐작할 수도 있을 것이었다.

계백은 마지막으로 장검을 허리에 찼다.

그런 남편을 쳐다보는 월희 부인의 얼굴이 조금 전보다 더 심하게 경련을 일으키고 있었다.

"부인! 아이들은 어디에 있소?"

"모두 내당에 모여 있사옵니다."

“…….”

“대…… 장군님!”

월희 부인은 남편인 계백을 부를 때면 언제나 대장군이라는 호칭을 썼다.

그것은 남편이기 이전에 한 나라의 장수에 대한 더할 나위 없는 존경의 의미였다.

그녀는 평생 동안 남편을 경외하며 살아왔다.

그리고 단 한 번도 남편에게 투정을 부려본 적이 없다.

살아가는 동안 부부로서 왜 다툼이 없었을까마는 그때마다 그녀는 자신을 억누르며 남편이 나라를 위해 보다 더 큰일을 할 수 있도록 뒷바라지에 혼신을 다했다.

그래서 계백은 장군의 반열에 오른 후 지금까지 집을 벗어나 국경에서 고구려와 신라를 상대로 마음껏 싸울 수 있었을 것이었다.

사내가 집안 걱정을 하지 않고 자신의 일을 할 수 있다는 것은 지어미의 절대적인 희생이 있어야만 가능할 것이다.

“부인! 내가 김유신과의 전쟁에서 패하면…….”

“……!”

“적에게 잡혀 부인과 아이들이 견딜 수 없는 치욕과 능욕을 당하게 될 텐데. 그래도 살 수 있겠소?”

“살지 못합니다.”

월희 부인의 단호한 대답이었다.

계백의 아픈 시선이 월희 부인의 얼굴을 향한다.

월희 부인은 남편의 마음을 미리 알아차린 것일까?

의외로 차분한 얼굴이었다.

“또한 그렇게 살고 싶지도 않습니다.”

“부인!”

“대장군님! 신첩은 다 압니다. 대장군께서 지금 무슨 생각을 하시는지.”

“……!”

“모든 것을 대장군님의 뜻대로 하시오소서. 지금까지 장군님의 아녀자와 자식들로 부끄러움 없이 살아왔으니, 부끄러움 없이 죽을 것입니다.”

월희 부인의 말에 계백의 눈이 붉어지며 입이 크게 벌어진다.

뼈를 깎고 뇌수가 흘러나오는 고통을 참아가며 내린 결정이었다.

그런데 그보다 먼저 부인은 모든 것을 꿰뚫고 있는 것이다.

계백의 몸이 심하게 떨리기 시작했다.

그런 남편을 보는 월희 부인의 눈에서 눈물이 흘러내리기 시작했다.

그녀는 살아오는 동안 남편이 이렇게 흔들리는 모습을 본 적이 없다.

언제나 당당하고 한 치의 허점도 보인 적이 없는 대장부.

그런 남편이 지금 비틀거리며 온몸을 사시나무처럼 떨고 있는 것이다.

월희 부인은 무서움보다는 안타까움에 계백의 손을 잡았다.

오히려 시간이 지날수록 그녀의 얼굴은 평온해지고 있었다.

그녀는 계백의 뺨을 어루만지며 천천히 고개를 끄덕였다. 망설이지 말라는 뜻이었다.

계백은 차마 부인의 얼굴을 똑바로 쳐다볼 수 없어 눈을 감았다.

“부인! 아이들한테 가 계시구려. 조금 있다가 가겠소.”

“대장군님! 그보다 먼저 신첩의 마지막 인사를 받으시어요.”

“……!”

“아이들 때문에 자칫 지아비에게 인사조차 하지 못하고 떠나게 될까 두렵습니다.”

말을 마친 월희 부인은 창백한 얼굴로 서 있는 계백을 향해 큰 절을 하기 시작했다.

그럴수록 계백의 얼굴은 더욱 더 백짓장이 되어 갔다.

생각해보라.

지금 눈앞에 성성하게 살아 있으며 자신만을 평생 동안 섬겨왔던 부인이 타의에 의해 세상과 하직을 고할 마지막 인사를 올린다면?

그것을 태연하게 받아들일 사람이 세상에 어디 있겠는가?

인간인 이상 그런 사람은 존재하지 않는다.

거기다 죽음을 선고할 사람은 바로 자신이 아닌가.

월희 부인은 절을 마친 후 다소곳한 모습으로 계백을 올려다보았다.

"계집으로 태어나 대장군님의 아녀자가 되는 큰 복을 누렸으니 신첩은 참으로 행복한 여자입니다."

"……."

"또한 저승이 있어 그곳에서 대장군님을 다시 만날 수 있다면 지금보다는 훨씬 더 현숙한 지어미가 되어 대장군님을 섬기겠습니다."

"이 사람도…… 틀림없이 부인이 있는 곳으로 찾아가겠소. 기다려 주시오."

"그 말씀을 들으니 지금 죽는 것이 조금도 두렵지 않고 기쁘옵니다. 기다리고 있겠습니다."

월희 부인은 현명한 여자였다.

지금 더 많은 이야기를 나누면 남편의 마음이 약해질 거라는 것을 모를 리 없다.

그녀는 태연하게 몸을 돌려 방을 빠져나갔다.

속마음이야 어떻든 겉으로의 그녀는 여느 사내의 기세를 훨씬 능가하고 있었다.

그에 반해 방 안에 혼자 남은 계백은 얼굴이 심하게 일그러지면서 연신 가쁜 숨을 몰아쉬고 있었다.

철혈의 사내.

대장군 계백에게도 예외 없이 인간의 피가 흐르고 있었으니 어찌 보면 그런 고통을 겪는 것은 당연한 것일 터였다.

밖으로 나온 월희 부인은 처마 끝에 망부석처럼 서 있는 무휼을 힐끔 쳐다본 다음 창백한 얼굴로 내당을 향해 잰걸음으로 달려갔다.

죽기 전에 한 번이라도 더 자식들을 껴안아주고 싶어서였을까?

아무튼 무휼은 계백과 월희 부인의 말을 하나도 빠짐없이 들은 터였다.

무휼은 마당 한가운데로 걸어 나와 우두커니 서서 밤하늘을 올려다보았다.

수많은 별들이 금방이라도 눈송이가 되어 땅으로 떨어질 듯 반짝인다.

빌어먹을.

오뉴월에 웬 눈송이란 말인가?

무휼은 긴 한숨을 내쉰 후 지그시 입술을 깨물었다.

지금까지 단 한 번도 느껴보지 못한 답답함과 무거움이 전신을 짓눌러 오는 것을 느낀다. 그 연유가 무엇 때문인지는 아직 자신도 자세히 알지 못하고 있었다.

그때 방문이 열리며 갑옷차림에 장검을 뽑아든 계백이 밖으로 나오는 것이 보였다.

무휼은 짐짓 보지 못한 척 여전히 그대로 서 있었다.

계백 역시 무휼의 존재를 느끼지 못한 듯 비틀거리며 내당으로 향했다.

무엇인가 절박하고 폭발할 것 같은 분위기에 눌린 것인지 집안의 순찰대원 누렁이도 멀어지는 계백을 보며 꼬리만 살짝 흔들어댈 뿐

따라가지 않고 있었다.

평소 같으면 계백이 가는 곳마다 따라다니며 애교를 떨던 누렁이
였다.

계백이 내당 안으로 들어서자 두 아들과 두 며느리의 눈에 공포가
깃들기 시작했다.

태연한 모습을 보이는 것은 월희 부인과 큰 며느리의 품에 잠들어
있는 세 살배기 손자뿐이었다.

이어 두 아들은 창백하게 질려가며 몸을 떨기 시작했고 두 며느리
는 눈물을 흘리기 시작했다.

이미 모든 것을 알고 있는 것 같았다.

계백은 붉게 충혈된 눈으로 자식들을 훑어보았다.

무슨 말인가를 하고 싶었지만 머릿속이 하얗게 떠 아무런 말도 할
수가 없다.

그런 아버지를 보다가 두 아들의 흐느낌이 동시에 터져나왔다.

“아버님!”

“아버지……!”

두 아들 역시 계백만 불렀을 뿐 할 말이 없는 모양이었다.

그도 그럴 것이 이런 상황에서 무슨 말을 할 수 있을 것인가?

이번에도 태연한 사람은 월희 부인이었다.

“닥치지 못하겠느냐?”

노기에 찬 월희 부인의 눈이 눈물을 흘리고 있는 두 아들과 며느리
들을 향했다.

여장부가 따로 없다.

“너희 아버님은 이 나라 대장군이시다! 그런 분의 자식들답게 의
연해야 한다!”

월희 부인의 말에 두 아들과 며느리들이 입술을 깨물었다.

특히 이제 세 살배기인 사내아이를 안고 있는 큰 며느리는 아이의 뺨에 얼굴을 비벼대며 채 피지도 못하고 죽어야 하는 피붙이의 처지가 원통해 바들바들 떨기 시작했다.

월희 부인의 말이 이어졌다.

"신라는 일반 포로에게는 참수형을 내리지만 장군의 가족은 욕을 보이고 노비로 삼는 것으로 알고 있다. 차라리 잡혀서 참수를 당하면 깨끗하겠지만 노비로 지내면서 능욕을 당하는 것은 씻을 수 없는 치욕이다! 그러니 대장군의 식솔답게 함께 죽는 것이 명예를 보존하는 길이니라!"

월희 부인의 말에 모두들 눈을 감았다.

백번 맞는 말이다.

적들이 다른 사람도 아닌 백제의 대장군 계백의 가족을 곱게 살려줄 리가 없을 것이었다.

아니, 차라리 죽인다면 깨끗하련만 개처럼 끌고 다니면서 결국 노비로 삼는다면 그건 지금 죽는 것만 못하다.

어찌 그런 치욕을 견딜 수 있겠는가.

월희 부인의 얼굴이 멍하니 서 있는 계백을 향했다.

"대장군님! 주저하지 마시오소서! 신첩은 티끌의 원망도 없사옵니다."

"……"

"아버님! 더 이상 모시지 못하는 불효를 용서하시오소서!"

"아버님! 저승에서 뵙겠사옵니다!"

두 아들은 방바닥에 이마를 갖다댔다.

어서 목을 치라는 의미였다.

계백은 눈을 감은 채 장검을 빼들었다.

흔들려서는 안 된다.

지금 식구들의 목을 베는 것이 그들을 사랑하는 것이다.

사랑을 표현하는 방법은 여러 가지이다.

그리고 지금 이 순간에 계백의 사랑 표현은 자신이 친히 처자식의 목을 베는 것이었다.

계백은 장검을 치켜들었다.

월희 부인은 담담하게 눈을 감고 앉아 있었고 두 아들은 방바닥에 이마를 댄 채 엎드려 있다.

고개를 들고 아버지를 보다가는 혈기 왕성한 자신들이 순간의 두려움을 이기지 못하고 달려들어 힘으로 아버지를 제압할 수도 있을 것이기에 아예 엎드려 있는 것이다.

두 며느리 역시 월희 부인 옆에서 고개를 숙이고 앉아 있었다.

참으로 기구한 가족의 모습.

아버지가 처자식을 죽이려고 하고, 처자식은 그런 아버지의 고통을 이해하고 받아들이려 한다.

천륜을 어기는 패악한 짓인데도 어느 누구 하나 그것을 따지는 사람이 없다.

계백은 장검을 치켜들고 내리칠 기세로 힘을 주며 고함을 내질렀다. 그리고 검을 쥔 손에 힘을 주었다.

하지만!

그는 더 이상 장검을 내리질 못했다.

사람이다.

계백은 짐승이 아닌 사람이다.

사람으로 태어났으니 사람답게 살다 죽어야 한다.

계백은 일그러진 얼굴로 부들부들 떨다가 괴성과 함께 장검을 힘껏 내리쳤다.

깡!

그러나 계백이 내리친 장검이 닿은 것은 처자식의 목이 아니라 방바닥이었다.

식솔들을 죽여야 한다고 수백 번 다짐을 하고 또 다짐을 했건만 끝내 뜻을 이루지 못한 것이다.

월희 부인과 자식들이 질린 얼굴로 계백을 올려다본다.

살았다는 안도감과 영문을 모르겠다는 눈빛이 가미된 복잡한 얼굴로…….

계백은 장검을 내던지고 금방이라도 쓰러질 듯 비틀거렸다.

입에서는 알 수 없는 이물질이 조금씩 흘러내리고 있었다.

아마도 고통과 충격으로 내장이 뒤틀린 모양이었다.

월희 부인은 눈물을 머금으면서 안타까운 표정으로 계백을 쳐다보았다.

"대장군님!"

계백은 폭발할 것 같은 얼굴로 월희 부인을 쳐다본 다음 술 취한 사람처럼 휘청대며 방문을 박차고 밖으로 나가버렸다.

어찌 보면 그가 남긴 것은 그저 작은 소란일 뿐이었다.

밖으로 나온 계백은 마구간으로 달려가 애마에 오른 뒤 미친 듯이 말을 몰아 대문 밖으로 사라졌다.

오늘밤은 그가 살아온 인생 중 가장 힘겨운 날일 것이었다.

하지만 결국 그는 뜻을 이루지 못했다.

계백이 사라지자 사랑채 모퉁이 어두운 곳에 누군가 모습을 드러냈다.

무휼이었다.

별빛에 희미하게 드러나는 그의 얼굴은 왠지 모를 스산함이 가득 배어 있었지만 내당 안방을 쳐다보는 눈은 여전히 무심했다.

그는 자신이 해야 할 일이 있다는 것을 깨달았다.

마음이 무거웠던 것은 바로 이런 일을 해야 하기 때문이었을까?

그것은 인간으로서는 할 수 없는 일이었다.

사람이 어찌 그런 천인공노할 짓을?

그러나 무휼은 여느 인간과는 확연히 다른 또 다른 인간이었다.

그래서 사람들이 그를 짐승으로, 어쩔 수 없는 천한 노비로 여기는 것인지도 모른다…….

월희 부인과 계백의 자식들은 넋이 나간 듯 멍하니 앉아 있었다.

죽다가 살아났다는 안도감 탓일까?

두 아들의 눈에는 눈물이 쉼 없이 흘러내렸고 며느리들은 탈진한 듯 백치의 얼굴로 벽에 기댄 모습이었다.

피의 폭풍이 지나간 것을 알 리 없는 세 살배기의 새근대는 숨소리만이 가라앉은 정적을 깨뜨리곤 했다.

하지만 그것도 잠시.

다시 문이 열리며 누군가 안으로 들어오는 것이 보였다.

역시 무휼이었다.

월희 부인의 눈자위가 파르르 경련을 일으킨다.

그럼 그렇지.

저 사내가 와야 하는 것이다.

그리고 저 사내는 지아비와는 달리 주저 없이 일을 끝낼 것이다.

또한 월희 부인이 아는 무휼은 필히 그래야 했다.

무휼은 잠시 월희 부인을 쳐다본 다음 큰 절을 올리기 시작했다.

그 모습을 보는 두 아들과 며느리들의 얼굴이 파랗게 질려가고 있었다.

이어 무휼은 월희 부인 앞에 무릎을 꿇으며 허리춤에서 예리한 단검을 꺼내 방바닥에 내려놓았다.

월희 부인은 아무렇지 않은 듯 고개를 끄덕였다.

"역시? 자네로구먼! 자네가 올 줄 알았네."

"마님! 소인은……. 대장군님의 칼이옵니다."

"그래, 알고 있네. 자네가 대장군님을 위해 너무나 많은 일을 해왔다는 것을 말일세."

"소인의 운명이었을 뿐이옵니다."

"이보게. 대장군님을…… 대장군님을 부탁하네. 그분에게는 이제 자네밖에 없다네."

"마님! 소인을 용서하지 마시오소서."

"용서는 무슨, 대신 나는 아파도 괜찮지만 내 아이들……. 자식들은 아프지 않게 보내주게나. 부탁일세."

"소인은 평생 동안 손에 피를 묻히며 살아왔지만 이놈의 업보가 여기까지 이어질 줄은 몰랐사옵니다. 이 죄는 훗날 저승에서 갚겠사옵니다."

"주저할 것 없네. 그렇지 않아도 우리 모두 자결할 셈이었다네. 그런데 오히려 자네 손에 죽으니 다행일 따름일세. 시작하게."

"……."

"어서!"

무휼이 단검을 손에 쥔다.

그의 손에 검이 쥐어지면 세상에 그것을 피할 자는 존재하지 않는다.

무휼은 몸을 일으켜 사람들을 둘러보았다.

이미 체념했는지 더 이상의 눈물이나 흐느낌도 보이지 않는 대장군의 식구들.

과연 계백의 피붙이들이었다.

살려달라고 애원하거나 죽음이 두려워 울부짖지도 않는다.

그래서 호부(虎夫)에 견자(犬子)가 없다고 했던가?

무휼은 입술을 깨문 채 붉어진 눈으로 단검을 휘두르기 시작했다.

한 번의 칼놀림에 목숨 하나!

절제된 그의 칼솜씨는 고통도 없고 신음조차 내뱉을 겨를을 주지 않을 만큼 간결하고 깨끗했다.

그리고 정확했다.

다섯 번의 칼놀림이 끝나고 여섯 번째 칼을 휘두르려 할 때 무휼은 잠시 몸을 떨었다.

이미 죽어 있는 어미의 가슴을 만지며 세 살배기는 여전히 잠들어 있었기 때문이었다.

하지만 무휼의 칼놀림은 어린아이 앞이라고 해서 멈출 것이 아니었다.

단지 칼을 휘두른 후 그의 눈이 조금 떨렸을 뿐이었다.

무휼은 피 묻은 단검을 허리춤에 갈무리하고 마당으로 내려섰다.

순간.

그의 얼굴이 크게 굳어졌다.

밖으로 나갔던 계백이 언제 돌아왔는지 장승처럼 마당 한가운데 서 있었기 때문이었다.

두 사람은 말없이 잠시 동안 서로를 물끄러미 쳐다보았다.

그리고 두 사람 다 동시에 눈을 감았다.

얼마나 지났을까?

평정을 되찾은 듯한 계백의 말이 들려왔다.

"고통 없이 잘 끝냈느냐?"

"예."

"고맙다. 네놈은 언제나 내가 할 수 없는 일만 골라서 해내는구
나."
"대장군님의 뜻을 헤아렸을 뿐이옵니다."
"무휼아."
"예."
"네놈이 내 칼이라고 했더냐?"
"……"
"인정하마. 그러니 내게 용서를 빌 것은 없느니라."
"……"
"준비해라. 이틀 후면 김유신이 황산벌에 도착할 것이야."
"알겠사옵니다."
"그리고…… 네놈은 이제 더 이상 노비의 신분이 아니니라. 대왕
폐하께서 네놈을 중인으로 신분격상을 명하셨다."
"……!"
"네 필생의 꿈이 이뤄진 게야. 측량할 수 없는 네놈의 재능이 신분
까지 바꾸게 한 것이지."
"……"
말을 마친 계백은 내당 안방을 힐끔 쳐다본 다음 사랑채 쪽으로 걸
음을 옮겼다.
무휼은 그 자리에 미동조차 하지 않고 오랫동안 서 있을 뿐이었다.

사랑채 안으로 들어온 계백은 방바닥에 털썩 주저앉아 진한 피눈
물을 흘리기 시작했다.
그리고 그의 입에서는 핏줄기가 쉬지 않고 흘러내렸다.
견딜 수 없는 고통에 방바닥을 긁어내리는 손가락 끝에도…….
'두렵구나……! 두렵구나……! 하찮은 축생도 새끼 귀한 것을 알

고 목숨을 걸거늘, 사람으로 태어나 금수만도 못하게 처자식을 죽이고 어찌 하늘을 볼 수 있단 말인고……? 살을 도려내고 뼈가 깎인들 인륜을 저버린 나는 죽어서도 그 죄를 씻지 못하리라.'

처참했다.

잔인했다.

그러나 그것은 계백 스스로가 불러들인 참화였다.

그래서인지 그의 몸부림은 날이 샐 때까지 그치지 않고 계속될 것이었다.

다음날 아침.

계백이 최후의 결전을 앞두고 처자식을 죽였다는 소문은 삽시간에 사비성 일대에 알려졌고 커다란 반향을 일으켰다.

많은 사람들이 비통한 눈물을 흘렸고 떠나려던 장정들은 다시 발길을 돌려 결사대에 지원하기도 했다.

그리고 인근의 웅진성이나 지라성 같은 데서도 용기 있는 장정들이 신라군과 싸우기 위해 몰려오고 있다는 확인되지 않은 소문도 무성했다.

어쨌든 처자식을 죽이려 한 계백의 마음이야 알 리 없을 터였지만 사람들은 그것을 전장에서 죽음을 두려워하지 않고 싸우겠다는 의지의 표현으로 받아들인 것이다.

그 시각.

마인은 자신의 골방에서 시끄럽게 코까지 골며 자고 있었다.

간밤에 이러지도 저러지도 못하는 상황에서 코가 삐뚤어지게 술을 마셔댄 때문이었다.

그때 부서질 듯 문이 크게 열리며 부두목 고보가 신발도 벗지 않은 채 골방 안으로 들어왔다.

고보는 세상모르고 자고 있는 마인의 머리를 발끝으로 툭 치며 소리를 질러댔다.

그 바람에 마인은 오만상을 찌푸리며 상체를 일으켰다.

아직도 입에서는 술 냄새가 역하게 풍기고 있었다.

"얼른 정신 차리쇼!"

"으……. 어제 밤에 속이 상해 말술을 했더니 머리가 빠개지는 것 같고만! 죽겠네."

"대장! 우리가 어디로 가야 갑옷과 창칼을 받는다요?"

"어디긴 어디겄냐? 성문 앞 공터로 가야제."

"알았수. 그런데 혹시 대장도 그 소식 들었수?"

"소식이라니? 뭔 소식?"

"계백 장군님이 어젯밤에 자기 식구들을 죄다 죽였다고 헙디다."

"뭐…… 뭐시여?"

"지금 온 고을에 그 소문이 쫙 퍼졌고만요. 신라군헌티 잡혀 못된 짓을 당하느니 차라리 장군님이 스스로 죽인 것이라고 헙디다!"

"……!"

"그래서 그런지 도망가던 사람들까지 그 소식을 듣고 결사대에 몰려든다고 안 허요!"

"……!"

"대장! 그렇게 다른 사람들이 갑옷을 다 입기 전에 우리도 얼른 가서 입어야 하지 않겠수? 잘못하다가는 순서에 밀려 그냥 돌아올지도 모르잖수."

"너? 지금 헌 말이 그짓말 아니제? 그짓말이면 모가지를 따버릴 껴!"

"내가 비록 뚜룩질을 해도 언제 그짓말 허는 것 봤수?"

"오메에……? 나 죽겠네. 장군님이 뭔 속으로 그렇게 하셨다냐? 아이고, 미치겠네.”

“그거야 식구들이 신라 놈들헌테…….”

“시꺼! 이 새끼야! 잘 알지도 못하면서 나불대기는!”

“…….”

“이렇게 되면? 나도 쌈판에 안 낄 수가 없잖여? 나 혼자 살겄다고 도망치면……? 그건 사람 새끼가 헐 짓이 아니제. 빌어먹을!”

“얼래? 대장은 군졸 노릇 안 하고 도망가려고 했수?”

“새꺄! 너는 몰라도 돼! 그란디 다른 놈들은?”

“모두 저자거리에서 기다리고 있지라. 다른 구역에서 온 놈들까지 합하면 한 4백 명은 넘을 듯싶수.”

“가서 성문 앞 공터로 모두 데리고 와! 얼릉!”

고보가 나가자 마인은 울상이 되면서 주먹으로 자신의 가슴을 마구 두들겨댔다.

“어이쿠야! 천지신명도 너무 하시제. 내가 멀리 도망친 다음에 이런 일이 벌어져도 모른 척헐 것 아녀……? 좌우간 무휼이라는 인간! 내가 그 인간과 의형제가 된 뒤로 하루도 조용할 날이 없당께! 노비면 노비답게 지내야제 지가 뭣인디 군졸까지 모으고 지랄이여? 지랄이……? 아녀! 내가 미쳤제! 그 인간의 어디가 그리 좋다고 죽자 사자 따라댕기다가 끝내는 황산벌에서 개죽음을 당하게 생겼으니……. 어이쿠! 이 돌대가리 같은 놈!”

이렇게 울부짖고 난 마인은 문이 부서져라 박찬 다음 여전히 울상을 한 채 밖으로 나갔다.

꽤나 원통한 모양이었다.

오천 결사

왕궁 안은 황량했다.

기껏해야 군복을 입은 약간의 군졸들이 출정식에 참가하기 위해 부산하게 움직이고 있을 뿐이었다.

입으로는 왕실에 충성을 다하고 백성을 위한다고 외쳐대던 문신들은 벌써 줄행랑을 쳐버렸던 것이다.

아직 왕이 대전에 그대로 있는데도 말이다.

하지만 그래도 위안이 되는 것은 하룻밤 새에 결사대원이 오천에 이르렀다는 것이었다.

물론 대부분 전투경험이 전무한 오합지졸이었지만 그들의 충심 하나만 놓고 본다면 여느 정예병에 못지않을 거라는 것이 계백의 생각이었다.

황산벌 전투의 대총관에는 좌평 충상, 그리고 우 장군에는 달솔 상영이 좌 장군을 맡은 계백과 함께 전투를 책임져야 했다.

충상이 대총관을 맡게 된 것은 그가 좌평이기 때문이었다.

백제의 관등은 16계급으로 그 중 최고위라고 할 수 있는 1등급은 왕실과 혈연 관계인 사람에게만 주어지는 좌평이었고 2등급은 달솔이었다.

계백은 관등이 달솔이었기에 충상의 지휘를 받아야 하는 형편이었다.

그 밑으로 은솔과 덕솔 등으로 나뉘어져 있었지만 전쟁을 앞둔 지금으로서는 사실 관등이라는 것이 무의미한 것인지도 모를 일이었다.

다행히 전투를 실질적으로 이끄는 것은 좌 장군으로 의자왕은 그 직위에 계백을 내세웠다.

믿을 사람은 그래도 계백뿐이었기 때문이었다.

의자왕으로부터 군대를 지휘할 수 있는 용검을 수여받은 후 대전을 나온 계백이 계단을 내려가자 갑옷차림의 흑치상지 장군이 기다리고 있다가 군례를 해보였다.

할 말이 있는 것처럼 보였다.

언제나처럼 두려움을 모르는 흑치상지는 예의 우락부락한 얼굴로 장검을 손에 쥐며 입을 열었다.

"좌 장군! 소장을 선봉에 세워 주시리라 믿사옵니다! 그 청을 드리려고 기다렸사옵니다!"

계백은 흑치상지를 물끄러미 보다가 고개를 흔들었다.

그러자 흑치상지의 눈이 휘둥그레졌다.

"장군! 선봉은 당연히 소장의 몫이옵니다! 그리 명하여 주시오소서!"

"아니, 자넨 이번 전쟁에 참여하지 말게."

"무슨 말씀입니까? 좌 장군! 소장더러 전쟁에 나서지 말라니요? 소장이 아니면 누가 신라 놈들과 싸운단 말이옵니까?"

"자넨 대왕폐하를 호위하다가 사정이 여의치 않으면 폐하를 모시고 웅진성으로 가게. 배반의 무리들이 호시탐탐 폐하를 노릴지도 모르네. 허니, 각별히 주의를 기울여야 할 것이야.”

“아니 되옵니다! 어찌 장군님만 전장에 보내고 소장 혼자만 살 길을 찾으란 말입니까?”

“살 길을 찾으라는 것이 아니라 폐하를 보호하라고 했네. 지금 그분의 주위에는 아무도 없어. 우리뿐일세.”

“말도 안 됩니다! 어찌 장군님 혼자 김유신을 상대하신단 말씀이옵니까?”

“흑치상지 장군! 죽는 것은 나 혼자로도 충분하네. 자네 같은 젊은 장수들이 살아남아야 백제의 후일을 기약할 수 있어! 자네마저 죽는다면 백제는 그야말로 끝일세.”

“좌 장군! 소장은 그럴 수 없습니다! 장수는 싸움터에서 살고 싸움터에서 죽는 것으로 알고 있사옵니다! 소장은 백제의 장군이옵니다!”

“내 명령을 거역하겠다는 건가?”

“좌 장군! 언제나 장군을 흠모해 왔지만 이번만큼은 소장의 뜻대로 하겠사옵니다! 절대로 좌 장군 혼자 보낼 수는 없사옵니다! 용서하시오소서! 좌 장군!”

흑치상지는 말을 마치자 주저 없이 몸을 돌렸다.

하긴 그럴 만도 했다. 흑치상지가 누군가? 지난날 신라와의 국경에 있는 가잠성에서 김유신의 코를 납작하게 만든 명장이 아니던가.

거기다 그는 타고난 무인이기도 했다.

그러나 장검을 빼든 계백은 무표정한 얼굴로 걸음을 옮기려는 흑치상지의 목에 칼끝을 갖다댔다.

낌새를 느낀 흑치상지가 놀란 얼굴로 다시 계백을 쳐다봤다.

“좌 장군! 왜 이러시는 것이옵니까?”

“흑치상지 장군! 전쟁은 이미 시작됐다! 그리고 이번 전쟁의 모든 권한은 좌 장군인 내가 쥐고 있다!"

"……!"

"명령을 어긴 죄로 군율에 따라 목이 베이고 싶은가?"

"장군! 소장을 정말 죽이실 작정이옵니까?"

"물론이다! 나는 이미 처자식을 죽인 몸이다! 그런 내가 무엇을 주저하겠는가!"

"좌…… 장군."

"하찮은 만용에 빠져 더 큰 것을 잃는 것처럼 어리석은 것은 없다!"

"……."

"흑치상지 장군! 자네의 임무는 대왕폐하를 보호하고 백제의 나중을 꿈꾸는 것! 그것이 이 암울한 시기에 자네에게 주어진 하늘의 뜻이다!"

"장…… 군……."

"부탁한다."

계백은 검을 내린 뒤 흑치상지의 어깨를 가볍게 토닥인 다음 계단을 내려가기 시작했다.

그런 계백의 뒷모습을 쳐다보는 흑치상지의 얼굴이 심하게 일그러지기 시작했다.

그렇잖아도 잘생겼다 할 수 없는 얼굴이 일그러지자 차츰 야차를 닮아가는 것 같았다.

하지만 얼굴만 그리 생겼을 뿐 흑치상지는 계백이 가장 신뢰하는 장수였다.

그랬기에 지금 그를 내치는 것이었다.

"장군!"

계백의 모습이 희미해지자 흑치상지는 그 자리에 주저앉으며 오열을 터뜨렸다.

말도 안 되는 명령이라는 생각이 들었지만 그래도 계백의 명령이다.

그리고 흑치상지는 지금까지 계백의 명을 단 한 번도 어겨본 적이 없는 사람이었다.

그들은 이렇게 생애 마지막 이별을 힘없이 끝낸 것이다.

성문 앞 공터에는 5천여 명의 장정들이 헐렁한 군복을 입은 채 군데군데 무리지어 서 있었다.

질서도 없고 규율도 지키지 않아 마치 사냥을 떠나는 주인을 위한 몰이꾼들의 모습에 다름 아니었다.

언뜻 보아도 오합지졸임이 분명했다.

거기에는 마인과 마인의 꾐에 넘어가 얼떨결에 모여든 고보를 비롯한 백제의 소매치기 패거리들과 대사용이 이끄는 광대패거리들의 모습도 보였다.

그 두 조직의 수만 해도 전국에서 몰려들어 1천에 가까웠으니 이들이 모여든 것은 모두 무휼 때문이라고 할 수 있을 것이었다.

마인은 뒤통수가 따가웠지만 고개를 돌려 고보나 부하들을 마주할 용기가 없었다.

어차피 결사대에 끼어든 것이야 어쩔 수 없다 치더라도 자신의 말이 모두 거짓이라는 것이 탄로났기 때문이었다.

낯이 뜨거워진 마인이 슬쩍 자리를 떠나려고 하자 노려보던 고보가 팔을 붙잡으며 째려보기 시작했다.

마인은 고보의 시선을 피하며 입을 열었다.

오늘처럼 부하들이 무서운 것은 일찍이 단 한 번도 없었다.

"어째 그러나?"

“대장! 분명 여기에 오면 갑옷을 준다고 했잖여! 그런데 이게 뭐시여? 이건 그냥 쫄따구들의 옷이잖아!”

고보는 화가 난 얼굴로 자신과 부하들의 군복을 가리켰다.

아닌 게 아니라 결사대원 거의 모두가 몸에 잘 맞지 않은 군복을 입고 있었다.

더러는 옷이 작아 금방이라도 찢어질 것 같았고 더러는 너무 커 마치 어린아이가 어른 옷을 입은 것처럼 우스꽝스럽기도 했다.

하지만 얍삽한 마인만큼은 어디서 골랐는지 그래도 몸에 딱 맞는 군복차림이었다.

“갑옷은 장군들만 입는다는 것을 내가 깜빡했지 뭐냐? 그래도 보기는 좋구만! 군졸 옷에다 삐까번쩍한 창과 방패까지 들고! 나 아니었으면 느그들이 언제 이러코롬 출세해 보겠냐?”

“그건 그렇지만……. 그래도 갑옷을 입으면 더 그럴듯했을 턴디!”

“아녀! 갑옷은 무겁기만 하고 더 못 써! 자고로 쌈을 헐 때는 몸이 날래야 허는 것이여. 그래야 도망칠 때도 번개처럼 도망치제. 안 그냐?”

“쩝, 그런가?”

고보가 마인 특유의 그럴싸한 말에 휘둘려 제자리로 돌아가자 마인은 안도의 숨을 내쉬었다.

어쩌면 그는 억지가 섞이긴 했지만 그 화려한 말솜씨로 조직을 이끌어 온 것인지도 모를 일이었다.

그때 마인의 눈에 역시 군졸차림의 무휼이 눈에 들어왔다.

마인의 눈 꼬리가 찢어진다.

하지만 그에게 있어 무휼은 언제나 넘지 못할 거대한 벽이었다.

무휼은 마인에게 다가오다가 자신을 보고 인사를 하는 대사용의 손을 먼저 잡았다.

대사용의 뒤에 있던 광대패거리들이 일제히 고개를 숙여 존경의 인사를 보내왔다.

무휼은 차마 입을 열 수가 없어 고개를 끄덕이는 것으로 대신했다.

감동이 밀려온다.

그래.

허리를 꼿꼿이 세운 채 헛기침을 하며 우릴 짓누르던 사람들은 어디로 다 사라지고 그들 밑에서 살아남기 위해 허우적거리던 천하고 천한 상것들만 모였구나.

그것도 사람들이 살아온 이 땅을 위해서 천한 짐승들이…….

노비나 천민이 어디 사람들에게 사람대접을 받았더냐.

무휼은 대사용을 잡은 손에 힘을 주며 씩 웃어 보였다.

대사용은 말하지 않아도 무휼의 마음을 짐작한다는 듯 고개를 주억거렸다.

"대사용! 너를 내팽개친 세상과 싸우는 일이다. 마음껏 복수해라."

"대공! 이놈은 복수 따위는 잊은 지 이미 오래됐소. 광대의 원한이 깊으면 얼마나 깊겠소. 한 번 웃는 것으로 모든 것을 끝내는 것이 우리 광대들인데."

"……."

"결사대에 지원한 것은 복수를 위해서가 아니라 대공을 위해서요. 유일하게 우리 광대들을 사람대접해 준 무휼 대공을 위해서."

"……."

"대공, 이놈……. 비록 광대로 천하를 떠돌아다니지만 입은 은혜는 갚을 줄 아는 사람이오. 대공의 뜻인데 내가 무엇을 주저하겠소. 죽을힘을 다해 싸워보겠소이다."

말을 마친 대사용은 따르는 광대들과 함께 무휼을 향해 목례를 해 보였다.

진심이 묻어 있는 예의였다.

그것은 광대들이 무휼에게 얼마나 큰 신뢰를 보내는 것인지를 알게 해주었다.

그래서 두려움 없이 결사대에 지원한 것이다.

죽게 된다는 것을 뻔히 알면서도.

무휼은 고맙다는 말을 하려다가 입을 다물었다.

어쩌면 입에 발린 그런 말은 필요 없을 것이었다.

그들은 행동으로 서로에 대한 신의를 실천하고 있지 않은가.

무휼은 대사용과 광대들을 일일이 쓸어본 다음 몸을 돌려 마인 곁으로 걸어갔다.

마인의 볼은 여전히 부어 있었다.

무휼은 빙그레 웃어 보였다.

"싸움판에 끼지 않겠다면서?"

"걱정 마쇼! 적당한 때에 토낄 생각잉께라."

"어쨌든 나와 줘서 고맙다."

"젠장, 장군님도 그려. 싸우다가 안 되겠다 싶으면 도망치면 되는 것 아녀? 그란디 왜 죄 없는 처자식을 죽여 나 같은 놈까지 꼼짝 못하게 맹그는 것이여? 워메! 복장 터져라!"

마인은 울상을 지으며 주먹으로 자신의 가슴을 마구 두들기기 시작했다.

그의 말은 계백이 처자식을 죽였기에 자신도 어쩔 수 없이 나왔다는 뜻이었다.

하지만 무휼은 알고 있었다. 백제인 모두가 도망을 쳐도 무휼 자신이 전장에 있다면 마인만큼은 절대로 자신의 곁을 지켜주리라는 것을.

한편 그 시각.

의자왕의 막내딸 부여해 공주는 시중을 드는 궁녀와 내관을 앞세운 채 성문 밖 공터를 향해 미친 듯이 달려가고 있었다.

왕족이자 공주의 신분으로 스물의 중반을 넘긴 지금까지 혼인을 하지 않아 의자왕과 오라버니 대군들의 속을 무던히도 썩게 했던 공주 부여해.

사내로 태어났다면 능히 백제의 천년대계를 이끌어갈 만큼 다재다능해 아버지인 의자왕의 총애를 한몸에 받고 있는 터였다.

그런 부여해가 체통을 버리고 창백한 얼굴로 뛰어가는 것은 무슨 이유인가?

공터에는 수많은 장정들이 제멋대로 서 있다가 달려오는 부여해를 보고서는 여기저기서 휘파람을 불어대기도 했다.

부여해의 신분이 공주라는 것을 알 리도 없었지만 설사 알았다 하더라도 지금 같은 상황이라면 공주 역시 그저 한 여자에 지나지 않을 뿐이었다.

망해가는 왕조의 공주는 더 이상 공주가 아니기 때문이었다.

무휼은 군졸들의 시선이 한 곳으로 쏠린 곳을 쳐다보았다.

그리고 그의 눈이 커졌다.

부여해가 창백한 얼굴로 군졸들 앞에서 누군가를 찾아 헤매는 것이 보였던 것이다.

"형님! 궁궐의 골치 아픈 부여해 공주님 같은디라? 형님의 지엄하신 이거 말요."

마인은 부여해를 가리키며 자신의 새끼손가락을 펼쳐 보였다.

무휼은 잠시 굳은 표정으로 부여해를 보다가 천천히 다가갔다.

부여해는 다가오는 무휼을 보고서는 얼어붙은 듯 그 자리에 서서 몸을 떨어대기 시작했다.

미인을 빼앗긴 것이 화가 나는지 여기저기서 장정들의 야유가 한숨에 섞여 크게 들려왔다.

왕궁 내 연못 한정(閑淨)은 이름만큼이나 깨끗하고 아름다워 궁에 머무를 때면 부여해가 자주 찾던 곳이었다.

무휼의 손을 잡고 한정으로 달려온 부여해는 궁녀와 내관을 물러가게 한 다음 질린 얼굴로 한동안 연못을 쳐다보고 있었다.

나라의 패망이 눈앞에 다가왔는데도 연못을 헤엄치는 잉어들은 여전히 활기에 차 있었다.

하긴 미물에게 무슨 생각이 있겠는가.

말이 없기로는 무휼 역시 마찬가지였다.

부여해는 무휼을 힐끔 보고서는 손으로 자신의 얼굴을 가린다.

어느새 굵은 눈물줄기가 쉴 새 없이 흐르고 있었기 때문이었다.

하지만 부여해는 언제까지 무휼을 붙잡고 있을 수 없다는 것을 잘 알고 있었다.

그녀의 슬픈 목소리가 무휼의 귓전을 타고 고막을 울리기 시작했다.

눈물범벅으로 흐느끼는 비음이었다.

"그대도…… 전쟁터에 나가는 거야?"

"……."

"가지…… 마."

"……!"

"가면 모두 죽을 거라고 들었어. 그러니 가지 마."

"공주님! 살다 보면 해야 할 일을 하지 않을 때가 있으며 하지 않아야 할 일을 할 때가 있습니다. 지금은…… 해야 할 일을 하지 않으면 안 되는 때입니다."

"죽겠다는 거야?"

"하늘이 내 운명을 여기에서 끝내는 것이라면 피한다고 해서 되는
것이 아닙니다."

"무휼! 왜……? 왜 허무하게 생을 마감하겠다는 거야?"

"……."

"그대는…… 우리 백제 사람도 아니잖아. 그러니 전쟁터에 나가지
않는다고 해도 그대를 욕할 사람은 아무도 없어."

"공주님! 중국 진나라 때 예양이라는 무사가 있었습니다. 그는 적
을 베기 위해 싸우다 죽은 것이 아니라 자신을 알아주는 사람을 위해
죽었습니다. 사내는 자신을 알아주는 사람을 위해 죽습니다! 제가
가야 할 길입니다."

"……!"

"사내에게 있어 태어나고 자람의 뿌리가 그 길보다 중요하지는 않
습니다. 공주님처럼 귀하게 자란 분들은 이해하지 못할 말일 수도
있겠지요."

"무휼! 내 신분이 높다는 것……. 내 잘못이 아니야."

"……."

"적어도 나는…… 그대 앞에서만큼은 내 신분 따위를 귀하게 여긴
적 없어."

말을 하는 부여해의 얼굴은 눈물과 함께 하얗게 질려 있었다.

무휼은 짧은 한숨을 내쉬었다.

그 역시 부여해의 진심을 안다.

그녀의 아름다운 마음까지도.

슬픈 얼굴로 무휼을 쳐다보던 부여해는 무슨 생각이 들었는지
입술을 꽉 깨물더니 갑자기 자신의 비단 옷을 북북 찢어내기 시

작했다.

무휼이 말릴 틈도 없이.

그러자 순식간에 하얀 고쟁이가 드러났고 그 안으로 비치는 속옷까지 살포시 그 모습을 보인다.

무휼의 눈이 커졌다.

천한 노비 주제에 공주의 이런 모습을 목도하게 되다니?

"그대의 마음을 돌릴 수 없다는 것을 알겠어. 그렇지만 나는 그대에게만큼은 더 이상 공주로 지내고 싶지 않아."

"……."

"살아 돌아온다면 이런 모습으로 그대를 기다리겠어."

"……!"

"아녀자 부여해의 모습으로."

"……."

"무휼! 약속해 줘. 죽지 않는다고……. 살아서 내게 다시 돌아와 주겠다고."

"……."

부여해는 눈물이 마르지 않은 청초한 얼굴로 무휼을 올려다보다가 섬섬옥수를 들어 무휼의 얼굴을 어루만지기 시작했다.

마치 보석을 다루듯이.

그래서인지 무휼의 볼과 눈, 코와 입을 어루만지는 그녀의 손이 가늘게 떨리고 있었다.

이 사내.

이 사내가 없는 세상을 살아갈 수 있을까?

생각만 해도 끔찍하다.

그리고 자신도 없다.

노비 무휼은 공주 부여해의 신앙이자 사랑이다.

여자에게 사랑은 전부인 것이다.

부여해는 끝내 격정을 참지 못하고 자신의 입술을 무휼의 입에 갖다댔다.

처음이지만 이런 경우에 오히려 여자가 더 용감한 모양이었다.

부여해는 놓으면 다시는 잡을 수 없다는 듯 무휼의 목을 껴안은 채 긴 입맞춤을 멈추지 않았다.

그녀에게는 지금 부끄러움이 없다.

"사랑해요."

"……!"

"사랑합니다. 무휼……! 아무렴요. 사랑하고말고요."

원초적이고 진한 사랑고백이었다.

적어도 백제 땅에 이처럼 드러내놓고 사랑을 고백하는 것은 그녀가 처음일 것이었다.

그런데도 그녀의 눈에서는 감격의 기쁨보다는 이별의 아픔을 더 슬퍼하는 눈물이 여지없이 흘러내리고 있었다.

그런 부여해를 내려다보는 무휼의 눈에도 진한 아픔이 너울거리고 있었다.

어쨌든 사랑하는 이들의 이별은 마음 아픈 것이다.

공터에 모여 있는 결사대를 향해 대총관 충상의 격려사와 우 장군 상영의 진군사가 이어졌지만 좌중은 심드렁한 표정으로 제각각 따로따로 흩어져 귀담아 듣지 않고 있었다.

일부의 결사대원들은 아예 바닥에 주저앉아 하품까지 해대며 지겨워하는 모습이었다.

하지만 마지막으로 계백이 단상에 오르자 결사대의 모습이 판이하게 달라지기 시작했다.

누가 명령한 것도 아니었지만 스스로 대열을 이루는 모습이 마치 잘 훈련된 정예병에 다름 아니었다. 그만큼 계백의 위명과 그 인품이 존경받고 있다는 것을 알 수 있었다.

계백은 잠시 결사대원들을 물끄러미 쳐다본 후 특유의 사자후를 터뜨렸다.

"좌 장군 계백! 삼가 여기에 모인 용사들에게 경의를 표하노라! 우린 지금부터 신라의 오만 대군과 싸우기 위해 황산벌로 간다! 그렇지만 백제의 용사들이여! 조금도 두려워할 것 없도다! 우리 백제군을 겁내지 않은 신라군은 전에도 없으며 지금도 있을 수 없다! 또한 불과 십오 년 전 요동 전쟁 때도 고구려의 연개소문이 수십 배가 넘는 당나라 오랑캐를 물리친 사실을 그대들도 잘 알 것이다! 하건대! 우리 결사대원 한 사람이 신라군사 십 명씩만 당해낸다면 능히 이 전쟁을 승리로 이끌 수 있을 것이다! 부디 이 나라 이 강토를 위해 죽을지언정 물러나지 않는다는 각오로 싸워주기 바라노라! 그대들의 생채기 상처 하나에 나, 계백은 골육이 잘려 나가는 아픔을 함께 겪을 것이며……! 행여 죽게 된다면 그대들과 함께 죽을 것임을 천지신명께 맹세하노라!"

와! 와! 와!

계백의 결전사가 끝나자 천지가 떠나갈 듯 커다란 함성이 사방으로 퍼져 나가기 시작했다.

이에 화답하듯 백제군 진영의 북소리가 리듬을 타며 결사대원들의 사기를 한껏 북돋우고 있었다.

함성은 계백이 단상을 내려간 이후에도 끊이지 않았다.

어쩌면 지금과 같은 기세라면 김유신의 5만 대군이 아니라 50만 대군도 능히 상대할 수 있을 것 같았다.

전쟁은 군사들의 사기에서 그 승패가 가려진다고 하지 않은가.

하지만 결사대원들을 쳐다보는 충상과 상영은 짐짓 웃고는 있었지만 그것은 비웃음이었다.

결사대원이라고 해도 훈련도 되지 않은 오합지졸인데다 군세가 신라군의 1할에도 미치지 못하는 허약한 진용이지 않은가.

허니 적당히 싸우는 척하다가 김유신에게 투항하면 그뿐이었다.

이미 내두좌평 임자가 김유신의 환영을 받으며 서라벌에 입성했다는 전갈을 받았지 않은가.

그에 비해 계백은 도열해 있는 결사대원들의 손을 일일이 잡아주며 결전의지를 다지고 있었다.

그는 어떠한 경우에도 패배를 모르는 대장군이었다.

무휼은 마인과 함께 약간 멀리 보이는 계백을 보고 있다가 자신을 향해 다가오는 대사용을 향해 미소를 지어 보였다.

대사용의 얼굴에도 두려움은 일체 보이지 않았다.

대사용은 스스로 천한 광대가 됐지만 사내였다.

"대공! 혹시 모르니 먼저 인사를 하고 떠나야 할 것 같아서……."

"대사용."

"보살펴 주신 은혜…… 진정으로 고맙소이다."

"……."

"또 우리 같은 놈들과 함께 해준 것……. 감사하고 행복했었소. 죽어서도 대공을 잊지 않을 거요."

"대사용! 나도 너를 잊지 않겠다. 하지만 죽어서도 기억해야 할 이름은 내가 아닌 저분이어야 한다. 인간을 위해……. 사람을 위해 자신의 오명이나 천륜을 기꺼이 저버리는 것을 전혀 두려워하지 않는 저분의 그릇을 기억해라.”

무휼은 결사대원들의 손을 잡아주며 가까이 오고 있는 계백을 가리켰다.

무휼의 말뜻을 알아차린 듯 대사용이 고개를 끄덕였다.

이어 두 사람은 서로를 껴안았다.

또 한 번의 생이별이다.

대사용이 제자리로 돌아가자 무휼은 마인을 불렀다.

“마인!”

“왜 그러쇼? 그렇잖아도 마치 도살장에 끌려가는 돼야지새끼 같어 가꼬 심란해 죽겄고만.”

“내 말 잘 들어라.”

“…….”

“너와 나의 전쟁은 신라군을 죽이는 것이 아니라 대장군님을 지키는 것이다.”

“……!”

“칼을 맞으면 우리가 먼저 맞고 화살이 날아오면 우리가 먼저 몸을 내주고……. 대장군님이 돌아가신 후에도 적의 손이 절대 닿지 않아야 한다.”

“형님…….”

“대장군님은 죽어서까지도 존중받아야 할 분이시다. 내 말 알아들었지?”

“예.”

“그리고…… 너도 조심해라.”

무휼의 말에 마인은 굳은 얼굴로 고개를 끄덕였다.

더 이상 덤벙대거나 입을 놀리는 마인이 아니었다.

이미 전사(戰士)가 되어 있었다.

"형님도 살아야 허요! 알겠지라?"

무휼은 고개를 가만히 주억거리며 마인의 등을 두드렸다.

그때 결사대원들과 악수를 나누던 계백이 두 사람의 앞으로 다가왔다.

무휼과 마인이 자세를 바로 하자 계백은 한참 동안 두 사람을 물끄러미 쳐다보았다.

특별한 말도 없다.

하긴 그들은 말하지 않아도 서로의 마음을 너무나 잘 안다.

신분의 귀천을 떠나 그들은 동지였다.

일순, 계백의 얼굴에 자애로운 미소가 떠올랐다.

"무휼아! 즐거운 시절이었지만 우리의 연은 여기까지인 듯하구나. 허허허."

"그동안 장군님을 모실 수 있어 영광이었사옵니다."

무휼의 말은 진심이었다.

세상을 살아가면서 마음이 통하는 사람을 만나는 것이 얼마나 어려운 일인가.

절대 쉽지 않을 터였다.

다시 계백의 눈이 마인을 향했다.

마인은 본능적으로 군례를 해보였다.

"대장군님!"

"네놈들……. 참으로 괜찮은 놈들이었다. 저승에서도 잊지 않으마."

계백은 짧은 인사를 끝내고 돌아섰다.

하지만 어느 이별보다 길고 가슴이 미어지는 이별이 아니겠는가.

무휼은 입술을 깨물고 마인의 눈에는 물기가 어른거린다.

이 철혈의 사내들에게도 눈물은 있는가 보다.

계백은 마상에서 결사대원들을 두루두루 훑어보았다.

어쩌면 이 성성한 장정들을 죽음으로 내모는 무모한 싸움일지도 모른다.

그러나 싸워야 한다.

그것이 사내의 길이요, 이 땅의 사람이 가야 할 길이다.

계백의 눈이 좌우에 있는 충상과 상영을 향했다.

전장에 나가는데도 두 사람의 얼굴은 마치 나들이를 가는 것처럼 태평했다.

마음 같아서는 이 자리에서 목을 쳐버리고 싶다.

그러나 한편으로는 그들 두 사람이 끝까지 백제인일 것이라는 소망을 버릴 수 없다.

그리고 어쨌든 그들은 왕으로부터 중책을 맡은 장수들이다.

계백은 무거운 마음으로 장검을 치켜든 채 결사대원들을 향해 일성을 토해냈다.

"전군……!"

모든 사람들의 눈이 계백을 향했다.

많이들 긴장한 모습이다.

계백은 장검 끝을 수평으로 내리며 눈을 부릅떴다.

"황산벌로 진군하라!"

와아! 와……!

징소리가 요란하게 울려 퍼지는 가운데 결사대원들이 지축이 흔들리는 함성을 지르며 달려가기 시작했다.

역시 선봉은 계백이었다.

그는 전쟁터에서도 그 선봉을 다른 장수나 군졸들에게 절대로 내주지 않을 것이다.

그것이 바로 계백이었다.

무휼과 마인은 결사대원들을 헤치며 계백 가까이 접근했다.

두 사람은 이제부터 그림자가 될 것이다.

계백의 그림자.

그리고 그들이 있는 한 신라군이 계백을 능욕하는 경우는 없을 것이다.

무휼이 그것을 허락할 리가 없을 것이기에…….

계백은 천신(天神)의 기세로 말을 몰아가면서 고개를 돌려 무휼을 힐끔 쳐다봤다.

서로의 시선이 마주친다.

무휼은 여전히 무표정했다.

순간, 계백의 얼굴에 그 자신만이 알고 있는 환한 미소가 떠오른다.

7년 전이던가?

그때의 무휼도 지금처럼 그랬기 때문이었다.

말을 달리는 계백의 뇌리는 세상에서 가장 강한 어느 한 사내를 만나게 되던 그때로 되돌아가고 있었다.

그때 그 사내의 이름도 역시 무휼이었다.

무휼(撫恤)!

그 이름의 의미는 가까이에 두지 않으면 근심덩어리라는 뜻이었다.

그리고 그때도 지금처럼 한여름이었다.

골육상쟁

7년 전.

사비성을 끼고 도는 백강(白江) 끝자락에 있는 정자에 갑옷을 입은 한 장년 사내가 넘실대는 강물을 굳은 얼굴로 내려다보고 서 있었다.

마흔의 끝자락에 들어선 나이쯤일까?

손에 든 투구에 주황색 깃이 달린 것으로 보아 그가 백제의 장군이라는 것을 알게 해주었다.

거기다 제법 세차게 불어대는 강풍에 헝클어진 머리카락이 달리는 말갈기처럼 요동을 칠 때면 금방이라도 지축을 박차고 날아올라 하늘을 품에 안을 것 같은 기세는 그가 범상치 않은 대장부라는 것을 느끼게 하기에 충분했다.

하지만 남자의 표정은 기세와는 달리 어두웠다.

그리고 가끔씩 내뱉는 한숨이 쇳소리를 동반하는 것으로 보아 그가 깊은 고뇌에 빠져 있다는 것을 알게 해주었다.

입술을 지그시 깨물다가 고개를 돌리는 남자의 눈자위가 가늘게 떨리기 시작했다.

멀리 뒤로 보이는 황산(黃山) 연봉을 뒤로 두고 미끄러지듯 백강을 가로질러 오는 작은 돛배 위에 타고 있는 네 명의 장년(長年) 남자가 눈에 들어왔기 때문이었다.

돛배 위의 네 남자는 휘황찬란한 황금색 도포를 입은 의자왕의 장자(長子)인 부여효 대군과 그의 최측근으로 좌평(佐平)의 직위에 있는 임자(任子)와 충상(忠相), 그리고 달솔(達率) 상영(常永)이었다.

부여효보다는 못하지만 임자와 충상, 상영 역시 금실로 수를 놓은 두꺼운 자주색 도포자락을 걸친 것으로 보아 조정에서 막강한 위치에 있는 고관들이라는 것을 알 수 있었다.

사비성에서 그런 도포를 입을 수 있는 사람은 왕실 사람들이나 고관대작을 제외하면 극히 한정되어 있었기 때문이었다.

세찬 바람과 묘한 조화를 이루듯 들려오는 돛배의 노젓는 소리가 초여름인데도 왠지 모를 스산함을 느끼게 만들었다.

노를 젓는 사람은 20대 초중반으로 보이는 청년이었다.

여름인데도 불구하고 겨울철에나 입을 법한 빛바랜 두꺼운 마포 옷을 걸친 채 묵묵히 노를 젓고 있는 뱃사공.

특히 너덜너덜한 천 조각으로 맨발을 아무렇게나 감싼 것으로 보아 사내의 신분이 상것보다 못한 천한 노비 가노(家奴)라는 것을 알 수 있었다.

사비성의 신분제도는 왕실 일족이거나 그 친족만이 누릴 수 있는 좌평(佐平)과 귀족 집안인 달솔(達率), 그리고 중인(中人)인 신민(臣民)과 천민(賤民)으로 구분되어 있었다.

즉 지배계층은 좌평과 달솔이었고 신민은 대개 중앙부처가 아닌 지방부처의 수장이나 관리를 지내면서 왕실의 지시를 받아 나라를 이끌어가는 중간계층이라고 할 수 있었다.

반면 사회 밑바닥 층이라고 할 수 있는 천민은 온갖 잡일을 맡아하는 일반 서민이었다.

그런데 천민보다 못한 노예계층이 있었으니 바로 관노(官奴)와 가노(家奴)였다.

관노는 모반을 꿈꿨던 반역의 무리나 전쟁에서 사로잡은 적국 사람들 중 전향하지 않는 사람들에게 내려지는 신분 형벌 계급이었고 가노는 귀족 집안인 좌평과 달솔이 관노 중에서 추려 내거나 아니면 대대로 부려먹는 집안의 노예였다.

공통점이 있다면 관노와 가노는 나라를 위해 큰 공을 세운다 할지라도 절대로 신분상승을 할 수 없다는 것이었다.

거기다 그들 부모 중 단 한 사람만이라도 관노이거나 가노일 경우 그 후손들 역시 평생을 노예계층으로 살아가야 하는 숙명을 벗어날 수가 없었다.

돛배가 강물과 맞닿아 있는 정자 끝에 멈추자 노를 젓던 노비 뱃사공이 잽싸게 돛배의 선수에 엎드렸다.

배의 선수 끝이 정자 모서리보다 훨씬 밑에 있기 때문이었다.

그러자 마치 그럴 줄 알았다는 듯 부여효와 그를 따르는 다른 세 사람은 엎드려 있는 사공의 등을 밟고 정자에 오르기 시작했다.

사람이 사람의 등을 밟고 오르는 것이다.

하지만 언제나 그래왔던 것처럼 자연스러운 광경이었다.

갑옷차림의 남자는 눈을 지그시 감은 채 잠시 서 있다가 가까이 다가오는 부여효를 향해 정중하게 군례를 해보였다.

대군 부여효는 한동안 말없이 남자를 보며 서 있었다.

그 뒤에 굳은 얼굴로 서 있는 세 사람 역시 움직임이 없기는 마찬가지였다.

유일한 움직임을 보이는 사람은 부여효의 뒤에서 자신의 마포 옷을 날개처럼 펼쳐 바람이 대군에게 향하는 것을 막고 있는 가노 청년

뿐이었다.

주인을 춥지 않게 하려는 것처럼 보였다.

얼마나 지났을까?

남자가 대군을 향해 무겁게 입을 열었다.

"대군마마! 신, 계백 인사드리옵니다!"

계백(階伯)!

그랬다.

마치 천신(天神)이 하강한 양 불 같은 기세를 내뿜는 사내의 이름은 계백이었다.

전형적인 강골에 올곧은 성품.

그러나 그 강직한 성품 때문에 의자왕의 눈 밖에 나 중앙으로 진출하지 못하고 변방으로만 떠돌다 지금은 신라와의 접경지인 가잠성의 성주로 있는 인물이었다.

하지만 정치적인 문제와는 거리가 먼 군문의 장수들 사이에서는 가장 존경을 받는 사람 또한 그였다.

대군은 만면에 미소를 머금으며 고개를 끄덕였다.

"장군! 은솔에서 달솔이 됐다고 들었소. 감축 드리오."

"모두가 대군마마의 보살핌 덕분이옵니다."

"무슨 소리! 내가 한 게 뭐 있다고? 다 장군의 인품이 뛰어나기 때문이 아니겠소? 허허허."

대군은 짐짓 너털웃음을 터뜨렸다.

하지만 뭔가 심각한 얘깃거리가 있을 듯했다.

그리고 계백 역시 그 생각을 하고 있던 터였다.

계백은 굳게 다문 입술을 이빨로 지그시 깨물며 좀 전보다 심하게 출렁대는 강물을 힐끔거리곤 했다.

바람이 더 세차게 불어대는 통에 마치 파도가 몰아치는 것 같았다.

한동안 말이 없기는 대군 역시 마찬가지였다.

가라앉을 것 같은 분위기는 생각보다 길게 이어졌다.

대군의 뒤에서 자신의 마포 옷으로 주인을 향해 파고드는 강한 바람을 막고 있는 가노 청년 역시 지금의 상황에 중압감을 느꼈는지 미동조차 보이지 않고 있었다.

얼마나 지났을까?

결국 먼저 입을 연 사람은 계백이었다.

"대군마마! 멀리 가잠성에 있는 소장을 어찌 찾아계시옵니까?"

"……."

"말씀하시오소서!"

"장군! 나는 계획대로 일을 시작할 생각이오."

"……!"

대군의 말에 계백의 아미가 심하게 꿈틀거리기 시작했다.

예상은 했지만 막상 부여효의 단호한 심중을 깨닫게 되자 격정을 참을 수 없는 모양이었다.

대군은 굳은 표정으로 긴 한숨을 내쉰 다음 다시 말을 꺼냈다.

"지금 대왕폐하께서는 예전의 성군 모습을 잃고 가무음주에 빠져 왕실의 존망을 심히 위태롭게 하고 있소."

"……."

"하지만 이건 모두 태자인 부여융의 책임이라 할 수 있을 것이오."

"……!"

"사사로이는 내 동생이기는 하지만 태자는 사리분별을 못 하고 있소. 그 기세가 하늘을 찌를 듯하는 신라와 고구려를 공격하겠다며 폐하를 겁박하고 있단 말이외다. 그래서 폐하께서는 이러지도 저러지도 못하고 국사에 손을 놓고 술과 계집에 빠진 것이란 말이오. 그런 태자는 왕실은 물론 우리 백제를 위해서도 필히 사라져야 할 인물……! 그를 죽여야 할 것 같소이다.”

대군의 말에 계백은 아무런 대답도 하지 않고 굳은 표정으로 입술을 꽉 깨물었다.

하지만 쉿소리를 동반한 그의 긴 한숨이 그가 엄청난 격정을 간신히 참고 있다는 것을 알게 해주었다.

대군의 말이 이어졌다.

“태자의 전횡으로 나라가 망할지도 모르는 상황이오. 지금 우리의 힘으로 김유신이나 연개소문이 버티고 있는 막강한 두 나라를 치겠다는 것이 말이나 되는 소리요? 아니 그렇소?”

“으음.”

“장군! 내 이런 충심을 이해하고 도와주시오. 장군만 도와주면 이번 거사는 손쉽게 성공할 수 있소이다.”

“……”

“마침 며칠 있으면 태자가 장군의 가잠성으로 심복들만 데리고 사냥을 나간다고 하니 그때 태자를 제거하겠소이다. 도와주시오.”

대군의 말에 계백은 단호히 고개를 흔들었다.

그러자 대군의 눈이 휘둥그레지더니 조금씩 살기가 피어오르기 시작했다.

대군 옆에 서 있는 임자와 충상 그리고 상영 또한 차가운 얼굴로 계백을 노려보았다.

계백은 시선을 정자 밖으로 돌린 채 무겁게 입을 열었다.

“대군마마! 소장은 도울 수가 없사옵니다. 그러니 듣지 않은 것으로 하겠사옵니다.”

“호오……? 그래요?”

“소장은 정치와는 거리가 먼 군인일 뿐이옵니다. 하지만 이런 일이 반복되다 보면 모반은 끝없이 이어진다는 것 정도는 알고 있사옵니다.”

“모반이라……? 장군! 내가 지금 태자 자리가 탐나 역모를 꾸미고 있다는 말이오?”

“다를 바 없사옵니다. 모든 것은 순리에 따라야 한다고 보옵니다.”

“……!”

“또한 소장은 군인으로서 나라의 명령만 따를 뿐 다른 명령은 받아본 적도 없고 따르지도 않사옵니다.”

계백의 단호한 말이었다.

그는 그랬다.

감히 일개 장군 주제에 왕의 장자를 향해서도 뜻이 맞지 않으면 당당하게 거절할 줄 아는…….

그래서 그가 중앙으로 진출하지 못하는 것인지도 모를 일이었다.

예나 지금이나 정권에 기대려는 정치군인이 얼마나 많은 세상인가?

가라앉은 대군의 말이 이어졌다.

“장군! 장군께서도 태자가 하는 정책을 마음에 들어 하지 않는다고 알고 있는데……? 거절하는 이유를 모르겠구려?”

그랬다.

사실 태자 부여융의 거친 정책을 계백 또한 동의하지 않았다.

지금 백제의 수도 사비성은 태자인 부여융이 의자왕 못지않은 실권을 거머쥐고 있었다.

얼마 전까지만 해도 의자왕은 성정이 온순하고 학문을 좋아하는 편인지라 무관보다는 문관을 더 중용했고 전쟁 대신 덕치(德治)를 펼쳐 백성들이 애꿎은 죽음을 당하지 않고 편하게 살 수 있기를 바라는 사람이었다.

그에게 영토 확장이나 빼앗긴 국토회복은 그리 중요한 문제가 아니었다.

오직 백성이 피를 흘리지 않고 편안하게 하는 것이 군주가 해야 할 첫 번째 덕목이라고 여겼다.

하지만 태자인 부여융의 생각은 달랐다.

태자는 타고 난 무골(武骨)로 선왕인 무왕 때 신라(新羅)에 빼앗긴 영토를 자신의 힘으로 되찾아야 한다고 생각하는 사람이었다.

그래서인지 신라와의 화평이나 친교를 주장하는 문신들을 면박하기 일쑤였고 심지어는 사소한 잘못에도 벼슬을 박탈하거나 하루아침에 신분을 천민으로 바꾸어 귀양을 보내는 경우도 부지기수였다.

하지만 어느 누구 하나 면전에서 그를 비난하거나 반기를 들 수가 없었다. 군사들을 부릴 수 있는 병권(兵權)을 손에 쥔 데다 사비성의 무인(武人) 중 8할 이상이 그의 심복들이라고 해도 과언이 아니었기 때문이었다.

어느 왕정이 다 그렇듯 태평(太平) 시에는 문신(文臣)들이 득세를 하는 것처럼 보이다가도 나라가 위기에 처하거나 전쟁이 벌어질 경우 무신(武臣)들이 전권을 휘두르듯이 부여융이 지금의 상황을 준전시(準戰時)로 선포한 만큼 사비성은 완전한 무인들의 세상이었다.

그러나 어느 때라도 반대 세력은 반드시 존재하는 것이 하늘의 이치.

전쟁을 반대하는 세력의 정점에 자신의 심중을 전혀 드러내지 않는 의자왕의 장자이자 태자의 형인 부여효 대군이 있었고 그를 뒷받침하는 세력 중 대표적인 인물들이 바로 임자와 충상 그리고 상영이었다.

하지만 대군 부여효는 지금까지 적어도 겉으로는 태자 부여융의 전횡을 모른 체하고 있었다.

왕의 장자라는 위치라면 아무리 태자라 할지라도 동생인 이상 제동을 걸거나 충고를 할 수도 있을 법한데 무슨 까닭인지 멋대로 국정을 좌우하는 부여융의 행태를 용인하고 있는 것이었다.

심지어는 태자가 공개석상에서까지 자신의 소심함을 꾸짖어도 그저 못 들은 체할 뿐이었다.

어쩌면 힘없는 장자의 비애인지도 모를 일이었다.

그런데 이처럼 은인 작약하고 있던 부여효 대군이 은밀히 전갈을 보내 계백을 청했고 오늘 뜻밖에도 한 나라의 태자를 제거하는 일에 동참해 달라는 것이다.

그가 보아온 계백이라면 충분히 뜻이 통할 사람인 모양이었다.

불의를 보면 참지 못하는 계백의 성품이라면 왕실과 백성을 위해 난폭한 부여융을 제거하는 일에 기꺼이 동참할 것이라는 믿음이 있었을 것이다.

그가 비록 태자 부여융과 가까운 장수일지라도 사사로운 정리보다 대의가 먼저라는 진리를 모를 리 없을 거라는 생각에서였다.

그러나 보름 전에 은밀히 만났을 때도 계백은 전혀 동조할 조짐을 보이지 않았다.

부여효 대군에게 계백의 태도는 의외였다.

계백 역시 지금의 상황에서 신라나 고구려와 전쟁을 벌이면 티끌의 승산도 없을 뿐더러 오히려 나라가 망국의 위기를 맞게 된다는 사실에 공감하지 않았던가?

또한 태자 부여융의 전횡이 왕실과 조정은 물론 백성들까지 피폐하게 만들고 있다는 점에서 처음부터 잘못된 태자 책봉이라고까지 말한 계백이었다.

그런데도 그는 지금 대군의 거사에 참여할 뜻이 없었고 분명히 말하고 있는 것이다.

계백은 대군을 향해 정중하게 군례를 해보였다.

"대군마마! 마음에 들지 않는다고 해서 윗사람에게 등을 돌리는

것은 불충이옵니다! 불충은 배신보다 더 수치스러운 것이옵니다!'

대군의 눈이 붉어졌다.

불충을 저지를 수 없어 모반에 참여하지 않는다?

어찌 보면 계백이 아니면 할 수 없는 말이었다.

계백은 싸늘하게 쳐다보는 대군의 시선을 물러서지 않고 응시했다.

하지만 이 순간, 계백을 은밀하게 쳐다보는 또 다른 눈길이 있었으니 바로 노비 뱃사공이었다.

사실 계백의 말에 가장 크게 반응을 보인 이가 바로 그였다.

다만 그가 워낙 천한 신분인지라 사람들이 그를 눈여겨보지 않았을 뿐이었다.

대군은 아미를 찡그리며 긴 한숨을 내쉬었다.

태자는 사냥을 갈 때면 늘 활과 칼솜씨가 출중한 계백을 동행케 했다.

대군은 그때 계백을 통해 태자를 제거하려는 계획을 세웠던 것이다.

그렇게만 된다면 아주 간단하게 성공할 수 있는 거사였다.

대군은 피어오르는 살기를 애써 갈무리하며 계백을 쳐다보았다.

만약 계백이 끝까지 거절한다면……?

가슴 아프지만 죽일 수밖에 없다. 동지가 아니라면 적이 될 판이니 그것은 당연했다. 거기다 계백은 거사의 내막을 알고 있지 않은가? 그것은 대군의 입장에서 보면 결코 누설되어서는 안 되는 하늘의 비밀 같은 것이었다.

대군의 이마에는 차가운 날씨에도 불구하고 땀이 맺히고 있었다.

"원통하군. 나라와 백성을 위하는 길이 여기에서 끊기다니?"

"송구하옵니다. 대군마마."

"처음부터 장군의 도움 없이는 할 수 없는 거사였소. 가잠성의 사냥터가 아니면 태자에게 접근조차 할 수 없으니……."

"……."

"거사를 접지만 이제 장군과의 관계는 끝이오. 마음의 색깔이 다른 사람들끼리는 결코 한 배를 타거나 친해질 수가 없는 법이거든. 대신, 장군은 오늘의 결정을 평생 후회하면서 가슴앓이를 하게 될 거요. 추악하고 용렬한 자가 받아야 할 업보지."

"……."

"계획은 실패했지만 이 일을 태자에게 알려도 상관없소. 어차피 죽기밖에 더하겠소이까?"

"……."

"패악한 태자의 그늘에서 평생 동안 부귀영화를 누리기 바라겠소. 돌아가시오."

대군의 말에 계백은 굳은 얼굴로 눈을 감았다.

참으로 소름끼치는 무서운 일이다.

배가 다른 이복형제도 아닌 동부 동모의 친동생을 죽이겠다니?

말이야 왕실과 백성을 위한다지만 그건 권력을 노린 역모요, 찬탈에 다름 아니질 않은가?

대군은 싸늘한 얼굴로 계백을 노려보다가 노비 뱃사공을 불렀다.

"여봐라!"

대군의 부름에 노비 뱃사공은 황급히 무릎을 꿇으며 명을 기다렸다.

"예, 주인님! 말씀하시오소서!"

"달솔 계백을 모셔다 주고 오너라!"

"알겠사옵니다."

노비 뱃사공은 계백을 힐끔 보고나서 돛배의 선미에 가 엎드렸다.

역시 자신의 등을 밟고 배에 오르라는 뜻이었다.

계백은 대군을 향해 군례를 했다.

"아니옵니다. 대군마마! 소장 혼자 가겠사옵니다."

"장군! 장군은 내가 청해서 온 손님이오. 그런데 끝내 나를 손님도 배웅하지 않는 치졸한 사람으로 만들 참이오?"

"하오면…… 대군마마의 호의를 감사히 받들겠사옵니다. 그럼 소장은 이만……."

계백은 정중하게 인사를 한 다음 정자 끝으로 가 엎드려 있는 노비 뱃사공의 등을 밟고 돛배에 올랐다.

그리고 이어 노비 뱃사공에 의해 돛배는 천천히 정자에서 멀어지기 시작했다.

대군 부여효는 조금씩 멀어지는 돛배를 보며 아미를 찡그렸다.

참으로 안타까웠다.

이번 거사의 내막은 바람에 날리는 낙엽처럼 가벼운 것이 아니기 때문이었다.

계백의 마음을 얻기는 이미 틀렸다.

그렇다면 어찌해야 하는가?

죽여야 한다.

물론 계백의 성품으로 보아 거사의 내막을 다른 사람에게 누설하지는 않을 것이다. 누구보다 무엇을 어떻게 해야 하는 것이 백성을 위해 옳은지를 잘 아는 사람이었기 때문이다. 그리고 윗사람을 배신하지 않겠다는 것은 계백의 대의(大義)다.

대의를 아는 자는 결코 악(惡)을 이롭게 하지 않는다.

그러나 만에 하나, 이 사실이 계백을 통해 새어 나가기라도 한다면?

그것은 자신의 파멸을 의미한다.

그것만은 용납할 수 없지 않겠는가.

이때 대군의 눈치를 살피던 임자가 잔인한 표정으로 입을 열었다.

"대군마마! 소신이 그러지 않았사옵니까? 계백은 졸장부라고 말이옵니다."

"아니오. 저 모습이 바로 계백의 본 모습이오. 강단이 있고 신념이 있는……. 하지만 그렇다 하더라도 뜻이 다르면 각기 서로의 길을 가다 죽음에 이르는 것은 다반사요. 계백은 죽은 후에라도 내 뜻을 충분히 헤아릴 것이오."

"마마! 그렇지만 계백의 무예는 천하가 다 알고 있는데 마마의 노비 놈이 과연 해치울 수 있겠사옵니까?"

임자의 말에 대군은 씩 음산한 미소를 머금으며 고개를 끄덕였다.

자신감이 충만해 보이는 얼굴이었다.

"계백이 천하제일이라고는 하나 내 가노의 무예 역시 경탄의 경지에 이르렀소. 믿으시구려."

주군이 자신 있게 말을 하건만 임자와 충상, 상영은 서로를 마주보며 불안한 표정을 지었다.

세상에 계백을 죽일 만한 자객이 과연 있을까?

대군의 말이 이어졌다.

"저놈은 천부적으로 타고난 자객이오. 제 손으로 밥을 떠먹는 것보다 먼저 칼 쓰는 법을 배웠으니 잘 해낼 것이오. 허허허."

"대군마마께서 그토록 칭찬하시니 안심이 되옵니다만 너무 나이가 어려서……."

"사내 나이 스물둘이면 대장부라고 할 수 있지. 저놈은 참으로 특별한 놈이오. 신분이 비천해서 내게 갇혀 살지만 노비만 아니라면 천하를 뒤흔들 놈인데……. 하지만 어쩌겠소? 노비는 노비인 것을……."

그들에게 자신감과 불안감이 서로 상존해 있을 때 돛배는 강굽이를 돌아 시야에서 사라지고 있었다.

그리고 대군에게는 이제 계백의 부고를 듣는 일만 남은 셈이었다.

돛배에서 넘실대는 강물을 물끄러미 쳐다보고 있는 계백은 날카로운 바늘이 혈관을 타고 심장에 박히는 듯한 고통을 느꼈다.

언제 그랬냐는 듯 바람이 조금 잦아들어 강물이 약간 높게 출렁이고 있었다.

계백은 연이어 긴 한숨을 내쉬었다.

아.

과연 무엇이 옳고 그른 것인가?

천하(天下)라는 것이 장부의 손아귀 안에 있다고는 하지만 그걸 들여다보는 눈이 없다면 모든 것이 암흑이지 않을까?

그렇다면 자신의 손바닥 안에 들어 있는 천하는 무엇인가?

이미 의식 있는 사람들에게는 불의(不義)라고 단정 지어진 태자를 위해 충성하는 것이 자신의 천하인가?

그때 돛배의 선수에 의해 갈라지던 강물이 움직임을 멈추면서 배가 더 이상 앞으로 나아가지 않고 그 주변만 빙빙 도는 듯한 느낌이 들었다.

계백은 고개를 돌려 노비 뱃사공을 쳐다보았다.

"무슨 일이냐?"

"배가 큰 수초더미에 걸렸사옵니다."

"……."

"소인이 물속으로 들어가 수초를 걷어내야 하옵니다."

"물속으로?"

"하온데 노에도 수초가 걸려 있어 손을 놓았다가는 노를 놓칠 수도 있사옵니다."

"그럼? 내가 도울 일이라도 있느냐?"

"잠시만 노를 잡고 계시오소서. 소인이 물에 들어가 먼저 노에 걸린 수초부터 제거하겠사옵니다."

"알았다. 조심해서 들어갔다 오너라."

계백은 노비 뱃사공이 건네주는 노를 받아 들었다.

아닌 게 아니라 물속에서 누군가 노를 잡고 있기라도 하듯 묵직했다.

계백은 손에 힘을 주며 강물 속을 들여다보았다.

그때 계백의 귀에 미세한 파공음이 들려왔다.

날카로운 쇠가 바람을 가르는 그런 소리였다.

이건 칼바람이다.

평생을 검과 함께 살아온 계백이 그 소리를 놓칠 리 만무했다.

위기를 느낀 계백은 노를 놓음과 동시에 휙 몸을 돌려 노비 뱃사공을 쳐다보았다.

순간, 그는 자신의 목에 차가운 물체가 닿아 있다는 것을 느꼈다.

눈동자를 굴려 밑을 보자 예리한 단검이 자신의 목젖을 파고들 듯 겨누어져 있지 않은가.

단검의 손잡이를 쥔 쪽은 노비 뱃사공이었다.

계백은 순간적으로 몸을 뒤로 빼내었다.

지금까지 오로지 무술만 연마해 온 그로서는 이까짓 암수쯤이야 너끈하게 피할 수 있는 일이었다.

하지만 어찌 된 일인가?

목에 겨눠진 단검은 마치 자석에 의해 조종이라도 되는 것처럼 계백이 피하는 길을 따라 그대로 쫓아오고 있지 않은가.

계백은 움직임을 멈추고 자신의 턱 밑에서 단검을 겨누고 있는 노비 뱃사공을 쳐다보았다.

믿을 수 없을 만큼 빠르고 단련된 솜씨다.

또한 계백을 쳐다보는 뱃사공의 얼굴은 티끌의 감정도 보이지 않는 백면(白面)이었다.

계백은 경악했다.

일개 종놈이 이런 엄청난 몸놀림을 보이다니?

정말 귀신이 곡할 정도로 빠른 검술.

직접 보았으면서도 믿기 힘들었다.

"살려주시겠습니까?"

아직은 앳된 목소리가 가시지 않은 뱃사공의 목소리가 들려왔다.

뜬금없는 말이었다.

계백은 대답 대신 물끄러미 뱃사공을 쳐다보았다.

뱃사공의 머리카락이 바람에 날리며 계백의 코끝에 닿고 있었다.

그리고 단검의 끝은 여전히 계백의 목에 겨누어진 채 그대로였다.

계백은 어이가 없었다.

어찌 이런 놈이 있을 수 있다는 말인가?

마치 바람처럼 방향도 없고 흔적도 없이 달려드는 자객.

"허허허. 내가 노비의 검술과 계략에 이 지경이 되다니? 노를 맡겨 검을 빼지 못하도록 한 다음에 목을 노린다? 멋지구나. 참으로 멋져."

"……."

"대군마마께서 손을 써 오리라는 것은 짐작했지만 설마하니 노비 놈을 자객으로 보낼 줄이야……? 그렇지만 참으로 대단한 놈이로다. 어찌 이리도 빠르다는 말이더냐?"

"제 주인님을 살려주시겠습니까?"

"……."

"주인님의 계획은 실패할 것입니다."

"이유는?"

"장군님께서 주인님 편에 있지 않기 때문입니다."

"그렇다면……? 내가 없어지면 대군마마의 거사가 성공한다는 말이더냐?"

"그 경우에도 마찬가지입니다."

"……."

"그 일은 오직 장군님께서 힘을 보태서야만 성공할 수 있사옵니다."

노비 뱃사공의 말은 계백이 거사에 참여하지 않는 이상 그가 적이든 동지이든 피아와 상관없이 태자에 대한 제거 작전이 실패한다는 것이었다.

계백은 물끄러미 뱃사공을 쳐다보았다.

특이한 놈이다.

이런 놈이 천민도 아닌 그보다 더 비참한 노비라니?

"내가 대군마마의 역모를 고한다면 나를 죽일 셈이냐?"

계백의 말에 뱃사공은 무표정하게 고개를 끄덕였다.

그의 단검 끝은 여전히 계백의 목에 닿아 있었다.

"틀림없이 그렇게 할 것입니다."

"호오? 그래?"

"소인은 주인님의 천명을 받은 자객입니다."

"네 실력으로 나를 죽일 수 있다고 믿는 것이냐?"

계백의 말에 뱃사공은 묘한 미소를 살짝 지어 보였다.

과분한 자만인가?

하지만 보는 이를 기분 나쁘게 만드는 그런 미소는 아니었다.

"죽일 수 있습니다."

"……!"

"저 역시 장군님의 무예에 당할 수도 있겠지만……. 그 사실에는 변함이 없습니다."

"자신감이 대단하군?"

"자객은 임무를 성공하지 못하면 이미 죽은 목숨. 삶에 대한 미련을 버리면 하지 못할 일이 없다고 믿습니다."

뱃사공의 말은 자신의 신분이 자객이라는 고백이었다.

자객.

의뢰를 받은 표적의 목을 수단과 방법을 가리지 않고 제거하는 죽음의 그림자를 말하는 것이 아닌가.

이를테면 뱃사공은 인간 살인무기인 셈이었다.

"자객이라……? 보아하니 내 대답 여부에 따라 칼을 거둘 수도 있을 것 같은데? 그렇다면 나를 죽이라는 지엄한 명령을 수행하지 않으면 네놈이 죽게 되지 않겠느냐?"

"그것 또한 제 운명입니다. 죽게 되면 죽으면 되니까요."

계백은 가슴이 두근거리는 설렘을 느꼈다.

참으로 오랜만에 만나보는, 아니 처음으로 만나게 되는 다부진 놈이다.

그리고 이런 놈은 스스로 내뱉은 자신의 말을 신앙으로 여기고 그것을 지키기 위해 목숨을 초개같이 버릴 수도 있을 것이다.

여전히 단검을 쥔 채 계백을 올려다보는 뱃사공의 말이 이어졌다.

"장군님께서는 아직 대답하지 않으셨습니다. 장부의 확답! 소인에겐 그것이 필요합니다."

"……."

"말씀해 주시지요. 살려주시겠습니까?"

"대군마마의 무모한 거사는 내 손으로 막는다."

"……."

"하지만 무탈하게 해주마."

"……."

"처음부터 그럴 생각이었으니 걱정하지 않아도 될 것이야."

계백의 말에 뱃사공은 잠시 생각하는 표정을 지어 보이다가 목을 겨누고 있는 단검 끝을 밑으로 항하며 긴 한숨을 내쉬었다.

이어 단검을 품에 넣은 다음 계백의 앞에 무릎을 꿇는 것이었다.

하지만 표정만큼은 예의 무표정한 얼굴 그대로였다.

"감히 노비의 신분으로 장군님께 무례를 범했으니…… 칼을 내리시면 반항하지 않고 주저 없이 받겠습니다."

"……."

"확답을 들었으니 죽어도 괜찮은 목숨입니다."

계백은 눈을 감고 앉아 있는 뱃사공을 내려다보았다.

이런 놈을 만난 것이 홍복인가?

노비일지언정 이놈은 진정한 사내다.

"네놈 스스로 죽을 용기는 없느냐?"

"비록 노비의 신분이지만 그래도 버러지보다는 우월합니다. 하찮은 미물도 자신의 목숨을 헛되이 스스로 버리지 않습니다."

"……."

"하지만 우리 같은 천한 것들은 사람으로서의 가치를 인정받지 못하고 있으니 죽으라는 명을 내리시면 따르겠습니다."

말을 마친 뱃사공은 품에서 단검을 꺼내 무릎 앞에 내려놓았다.

단 일말의 주저함이 없는 단호한 행동이었다.

계백은 진한 감동을 느꼈다. 딱히 뭐라고 꼬집을 수 없는 희열 같은 것이었다.

진정한 한 사내가 진정한 한 사내를 만나면서 느끼는 희열.

눈앞에 무릎 꿇고 있는 이놈은 분명 사내였다.

모자람이 있다면 그것을 채워가면서 틀림없이 사내다운 사내로 커나갈 것이다.

계백은 뱃사공의 어깨에 손을 올려놓았다.

그 바람에 돛배가 휘청거렸지만 문제 될 것은 없었다.

"칼을 갈무리하고 일어서라."

계백의 말에 뱃사공은 잠시 생각에 잠긴 모습으로 앉아 있다가 몸을 일으켰다.

계백의 말이 이어졌다.

"대군마마의 거사에서 네가 맡은 일이 무엇이냐?"

"제 임무는 오직…… 장군님을 제거하는 것이었습니다."

"……."

"다른 일은 알지 못합니다."

"만약…… 대군마마께서 너를 시켜 태자전하를 제거하려 했다면 틀림없이 성공했을 것이다. 그럴 게야."

"……."

"설사 태자 전하의 곁에 내가 있다 하더라도 그리 됐을 것이야."

"……."

"이름이 무엇이냐?"

"노비가 무슨 이름이 있겠습니까? 다만 제 주인님께서 지어주신 이름은 무휼입니다."

"무휼?"

"어루만질 무에 근심할 휼! 가까이에 두지 않으면 근심덩어리가 될 것이라는 뜻에서 지은 이름이라고 했습니다."

특이한 이름이다.

계백은 고개를 끄덕였다.

이름이 이렇다는 것은 부여효 대군도 이놈의 괴이한 기질을 알아봤다는 뜻일 것이다.

계백이 안광을 뿜으며 쳐다보자 무휼도 지지 않고 계백을 올려다 보았다.

정말 보면 볼수록 마음에 와닿는 놈이었다.

"나이는?"

"스물둘이옵니다."

"무휼! 네가 바라는 것은 무엇이냐?" "……."

"노비일지라도 희망은 품을 수 있다. 그 희망이 없는 사람이야말로 버러지보다 못한 것이지."

"……."

"너는 희망이 없느냐?"

계백의 말에 무휼은 눈을 가늘게 뜨고 한참이나 생각에 잠기기 시작했다.

그리고 이내 지그시 입술을 깨물었다.

"소인의 소원은…… 사람이 되는 것입니다."

"……!"

계백의 눈이 커졌다.

짧은 대답이었지만 그 속에 담고 있는 한(限)의 크기가 엄청나다는 것을 알 수 있었기 때문이었다.

이놈은 자신의 신분이 노비라는 사실에 치를 떨고 있구나.

하긴 그럴 만도 할 것이다.

노비가 어디 사람이던가?

그들은 짐승과 동일선상에 있는 미물에 다름 아니었다.

아니 어쩌면 그 이하인지도 모를 일이었다.

계백은 무휼의 모습을 숙지하려는 듯 찬찬히 눈에 담기 시작했다.

"무휼! 우린 많은 것이 닮아 있구나."

“······.”

“그건 네 신분과 상관없는 일이다. 돌아가거라.”

“······.”

“그런데······ 자객으로서 임무를 완수하지 못했으니······ 대군마마의 손에서 살아남을 자신이 있느냐?”

“노비는 생과 사를 자신의 의지로 결정하지 못합니다. 오직 주인의 결정에 달려 있지요.”

마치 생사의 경계가 자신과는 상관없다는 듯 메마른 대답이었다.

계백은 이해할 수 있었다.

자신 역시도 많지는 않지만 부리는 가노들의 생사여탈권을 움켜쥐고 있지 않은가.

관노와 가노에 대한 전권은 나라의 법이 아닌 주인의 손에 맡겨져 있었던 것이다.

“무휼! 네놈은 무엄하게도 노비 주제에 내게 칼을 겨눴다. 그건 네 주인의 명령과는 별도로 나라의 상전을 능멸했으니 죽음으로도 씻을 수 없다. 그래서 그에 맞는 명을 내리마.”

“······.”

“무슨 수를 써서라도 살아남아라. 절대로 죽지 말라는 말이다.”

“······.”

“내 명령을 무휼이라는 네 이름을 걸고 따르겠느냐? 그 이름은 노비 이전에 내가 아는 한 사내의 이름이다.”

“······!”

계백의 말에 무휼의 눈이 불거진다.

이름이라니?

노비에게 지켜야 할 이름이 어디 있다는 말인가?

그런데 눈앞의 거인은 자신에게 이름을 걸라고 말한다.

무휼은 가슴 저 밑바닥에서부터 치밀어 오르는 알 수 없는 전율에 조금씩 호흡이 가빠지기 시작했다.

그것은 지금까지 한 번도 느껴보지 못한 희열이었다.

"살 수만 있다면…… 짐승이 되어서라도 살아 보겠습니다."

무휼의 말에 계백은 싱긋 웃음을 지어 보였다.

"그래, 산다는 것……. 살아가는 것이 잘하는 것이다. 죽음은 나약한 자의 마지막 피난처. 개처럼 살더라도 죽은 자보다는 살아 있는 자가 강한 것이지."

그 또한 무휼 못지않은 희열을 맛보는 중이었다.

하지만 그 이유는 정확히 알지 못하고 있었다.

다만 이 특이한 종놈을 오래토록 알고 지내고 싶을 뿐이었다.

"좋다! 이제 나를 뭍에 내려주고 돌아가거라. 대군마마께서 눈이 빠지게 기다릴 듯하구나. 하지만 살아남는 것은 이제 네놈의 몫이다."

계백의 말에 무휼은 무릎을 꿇어 절을 한 다음 천천히 일어나 다시 노를 젓기 시작했다.

다시 잦아들었던 바람이 세차게 불고 있었다.

두 사람이 서로 상대를 목도하는 동안만 조용했을 뿐이었다.

돛배가 뭍에 닿자 계백은 잠시 무휼을 보다가 뛰어내렸다.

무휼은 공손하게 절을 한 다음 다시 노를 저어 왔던 곳으로 내려가기 시작했다.

어쩌면 사지로 들어가는 것일지도 모를 일이었다.

그러나 계백은 걱정하지 않았다.

저런 놈이라면 틀림없이 살아남을 것이다.

계백은 조금씩 멀어지는 무휼의 뒷모습을 보면서 묘한 미소를 머금었다.

자신을 죽이려 했던 살인자를 고이 살려 보내는데도 왜 이리 흡족한 것인가?

그것도 노비에 지나지 않는 천한 신분의 사내를.

"놈……. 노비만 아니었던들 천년지기가 될 수 있었을 텐데……. 아쉽군."

계백의 중얼거림이었다.

하지만 그는 이 짧은 순간에 운명적인 대면을 한 노비 뱃사공이 장차 자신의 장래에 어떠한 영향을 미치게 될 것인지는 전혀 상상조차 못 하고 있었다.

그리고 그 노비가 자신을 위해 하늘이 내려준 칼이라는 것은 더더욱 모르고 있었다.

아무튼 이렇게 두 사람의 첫 만남은 이뤄졌고 끝이 났다.

그렇지만 아직 때이른 그들의 만남에는 이를 시샘하는 듯 다시 강한 바람이 일기 시작했다.

해질녘이 되면서 바람은 크게 잦아들었지만 아직도 이따금씩 으스스한 굉음을 내면서 집 주변을 휘몰아치다 사라지기를 반복하고 있었다.

부여효 대군은 사랑채 안방에서 붓을 치고 있었다.

윗목에는 잔뜩 긴장한 임자와 충상 그리고 상영이 한숨과 함께 밖의 동정에 귀를 기울이고 있었지만 대군은 느긋했다.

그만큼 무휼을 믿은 때문이었다.

하지만 그와는 달리 임자는 방문을 열고 마당을 쳐다보다가 무휼이 돌아온 듯한 기척이 없자 굳은 얼굴로 문을 닫았다.

행여 실패했다면……?

끔찍했다.

"너무 긴장할 것 없소. 그놈은 얼마 전에 미쳐 날뛰는 황소를 단칼에 찔러 죽이기까지 한 놈이오."

대군의 말에도 임자와 충상, 상영은 조바심에 오장육부가 타 들어갈 지경이었다.

생각해보라.

이 일이 태자의 귀에 들어간다면 그야말로 자신들은 능지처참을 당할 것은 물론 집안의 하찮은 강아지까지도 몰살을 당할 판이었다.

역모는 3족을 멸하는 대역죄에 다름 아니었다.

임자는 저절로 스며 나오는 이마의 땀을 손 등으로 훔치며 말을 더듬거린다.

"대군마마! 그래도 상대가 다름 아닌 계백이온지라……? 이 나라 제일의 무장이 아니옵니까?"

"자고로 보이지 않는 곳에서 날아오는 화살이 칼보다 더 무서운 법이오. 장담하건데 이 나라에 그놈의 손길을 피할 수 있는 사람은 없을 거라는 말이오. 허허허."

임자는 아미를 찌푸리며 대군을 힐끔거렸다.

도대체 저런 여유는 어디서 나온단 말인가?

그것이 천하고 천한 일개 노비 때문이라는 사실이 믿겨지지 않는다.

그때 마당에서 인기척이 들려왔다.

임자는 기다렸다는 듯 급하게 문을 열어 젖혔다.

마루 끝에 예의 목석처럼 무표정하게 서 있는 무휼이 눈에 들어왔다.

무휼은 태연한 얼굴로 앉아 있는 부여효 대군을 향해 큰 절을 올렸다.

그 모습을 쳐다보는 임자와 충상, 상영은 긴장으로 마른 입술을 연신 침으로 축여댔다.

"어찌 됐느냐?"

대군이 위엄을 차리며 무휼에게 묻는다.

무휼은 대답 대신 이마를 방바닥에 갖다대며 엎드렸다.

자객이 머리를 조아린다는 것은 임무를 실패했으니 자신의 목을 치라는 뜻이었기 때문이었다.

그러자 대군의 눈이 튀어나올 듯 붉거졌다.

"이놈, 묻잖느냐?"

"계백 장군님을…… 살려주었사옵니다."

"뭐…… 시라?"

가래가 목에 걸린 듯한 대군의 탁한 목소리였다.

무휼을 내려다보는 임자 등 세 사람 역시 얼굴이 백지처럼 창백해지기 시작했다.

"그분은 저 같은 소인이 어찌 하기에는 너무나 큰 대인이었습니다."

"……!"

무휼의 말에 대군은 넋이 나간 것처럼 입을 벌린 채 심하게 떨기 시작했다.

무휼의 말이 이어졌다.

"실패한 것이 아니라 죽이지 않은 것이옵니다."

"뭐라……? 그러니까…… 내 명령을 거역했다는 말이더냐?"

"소인의 뜻과는 상관없이 그리 된 것이옵니다."

"네놈이…… 내 말을 거역해?"

"어쩔 수 없었사옵니다."

"네 이놈! 네놈이 그러고도 살기를 바라는 것은 아니겠지?"

분기탱천한 대군의 고함이었다.

악을 쓰는 것처럼 보였지만 충격으로 온몸이 사시나무처럼 떨리는
탓에 비명처럼 들리기까지 했다.

"아니옵니다. 살려주십시오."

부복하고 있는 무휼의 말이 방바닥을 울리다가 신음처럼 들려왔다.

뻔뻔한 말이었다. 주인의 명령을 어긴 것은 대역죄나 마찬가지이
다. 그런데도 살기를 바라다니?

대군은 분노를 참지 못해 옆에 놓인 목침을 집어들었다.

"이놈? 노비가 주인의 명을 거역하면 죽음밖에 없다는 것을 모른
단 말이냐?"

"압니다. 그렇지만 살려주십시오."

"……!"

"제 몸의 사지를 끊어 병신으로 만들지라도 목숨만은 살려주십시
오."

점입가경이었다.

팔다리를 끊고서라도 목숨만은 부지하겠다니? 차라리 그런 삶은
죽음보다 못한 것이지 않은가.

"이 천한 종놈이 끝내 죽기를 자처하는구나!"

대군이 손에 든 목침을 무휼의 머리를 향해 내리치려는 순간이
었다.

맞는 순간 머리가 깨지고 뇌수가 흘러 그 자리에서 즉사하리라.

순간.

지켜보던 임자가 목침을 들고 있는 대군의 손을 붙잡았다.

"대군마마! 잠시의 분함을 참으소서! 자초지종을 알아본 후에 죽
여도 늦지 않사옵니다."

임자의 말에 대군은 잡아먹을 듯 무휼을 노려보다가 목침을 내려
놓았다.

임자는 여전히 부복하고 있는 무휼을 노려보았다.

그 역시 하늘이 무너지는 듯한 충격과 절망에 사로잡혀 있었지만 어쨌든 내막만큼은 알고 싶었다.

더구나 계백이 모든 것을 알고 있다면 거기에 맞는 대책을 세워야 하지 않은가.

"고개를 들라."

대군의 말에 무휼은 천천히 상체를 일으켰다.

생사의 경계에 처해 있었지만 표정만큼은 비굴한 것이 아니었다.

"그렇게도 살고 싶으냐?"

"예."

짧고 간결한 대답이었다.

오히려 묻는 대군의 표정이 묘하게 일그러지고 있었다.

"사지가 끊기더라도 살고 싶다?"

"약속을 했기 때문이옵니다."

"……?"

"벌레처럼…… 짐승이 되어서라도 살아남기로 약속을 했기 때문이옵니다."

"약속이라니? 누구와 그런 약속을 했단 말이냐?"

"그것은 말씀드릴 수가 없사옵니다."

"……!"

무휼의 말에 대군의 눈이 또 한 번 붉어졌다.

죽이라고 보냈는데 죽이기는커녕 오히려 살아남겠다는 약조를 하고 오다니?

그렇다면 계백은 대군이 자신을 죽이려 했다는 것을 알고 있다는 말이지 않은가.

임자와 충상 그리고 상영은 창백한 표정으로 서로를 마주보았다.

어찌 된 일인가?

그 사실을 알면서도 계백이 무휼을 살려 보내다니?

대군은 참을 수가 없었다.

비록 종놈이었지만 그는 무휼에 대해서만큼은 각별했다.

신분이야 그렇다 치더라도 타고난 기세가 어느 대장부에 못지않았고 하나를 가르치면 열을 아는 비상함에 반해 어려서부터 글과 검술을 익히게 배려했었다.

백제 사회에서 노비가 글과 검술을 익히는 것은 금기이자 불가능한 일이었다.

노비는 노비일 뿐 시류를 논할 자격이 없었고 심지어 변방을 지키는 군졸조차 될 수 없는 것이 현실이었다.

하지만 대군은 장차 무휼에게 자신의 사병(私兵)을 다스리게 할 생각까지 하고 있었다.

왕실에서 관할하는 국병(國兵)과는 달리 각 지방의 토호나 제후들이 갖고 있는 사병은 나라의 명을 따르는 것이 아니라 주인의 명령을 따르도록 되어 있기 때문에 그 중에는 자질이 뛰어난 노비들도 적잖이 활약하고 있었던 것이다

그런데 그런 자신의 바람을 눈앞의 종놈은 스스로 내팽개친 꼴이 아닌가.

"이놈! 계백을 살려준 이유가 무엇이더냐? 그자가 없어져야 내 일이 성공한다는 것을 몰랐단 말이냐?"

여전히 노기를 띤 대군의 말에는 한기가 서리서리 배어 있었다.

"외람되지만…… 계백님의 존재 유무와 상관없이 주인님의 계획이 실패할 것이라고 생각했기 때문이옵니다."

"……!"

"일이 성공하기 위해서는 필히 계백님이 주인님의 편에 있어야 했

습니다. 그 일을 할 수 있는 분은 오직 그분뿐이기 때문이옵니다.”

“……”

“소인의 손에 죽든…… 저쪽 편에 있든 그분이 주인님을 돕지 않는 한 결과는 마찬가지이기 때문입니다.”

대군은 긴 한숨을 내쉬었다.

전혀 틀린 말은 아니다.

태자 부여융을 제거하는 거사에는 반드시 계백의 힘이 필요했다.

그래서 누차 그를 끌어들이려고 갖은 노력을 하다가 뜻을 이루지 못하고 결국 제거를 결정한 것이지 않은가.

하지만 대군의 생각은 무휼과 달랐다.

눈에 보이는 칼보다 보이지 않는 곳에서 날아오는 화살이 더 무섭듯 절호의 기회를 포착해 암수를 쓴다면 반드시 성공할 것이라는 자신이 있었던 것이다.

계백을 제거하기로 한 것은 성공할 것이라는 자신감에 확률을 보태는 것뿐이었다.

착각은 늘 사람의 힘을 과신하게 만들고 그래서 만에 하나 실패를 염두에 두지 않는 지나친 자만을 불러온다는 것을 간과한 것이었다.

무휼을 향한 대군의 분노의 크기는 그래서 더 머리 끝까지 치밀어 올랐다.

계백을 죽였다면 그만큼 일이 쉬워졌을 것이기 때문이었다.

그런데 종놈 주제에 무엄하게 앞일을 예단하고 일을 그르치려 하다니?

대군은 잡아먹을 듯한 눈으로 무휼을 노려보았다.

“이놈! 비루하고 비천하지만 네놈의 재능을 어여삐 여겨 중임을 맡겼더니 참으로 기고만장해졌구나! 네깐 놈이 무얼 안다고 감히 주인의 명령을 거부한다는 말이냐?”

"……."

"네놈의 죄는 죽음으로도 씻지 못할 터! 일을 끝낸 후에 틀림없이 그 죄를 묻도록 하마!"

말을 마친 대군은 엎드려 있는 무휼의 어깨를 짐짝을 끌 듯 아무렇게나 이끌며 방문으로 향했다.

이어 부숴질 듯 문을 박차고 마루에 나가 큰소리로 집사를 불렀다.

"여봐라! 집사!"

대군의 노기 띤 호령에 마당에 있던 쉰 살가량의 집사와 가노들이 허리를 조아렸다.

대군은 마당으로 무휼을 내동댕이치며 노기 띤 일갈을 터뜨렸다.

"이놈의 사지를 묶어 토굴에 가두고 내 명이 있을 때까지 일체의 음식조차 주지 말라!"

"예! 대군마마!"

영문조차 몰랐지만 집사는 대군이 노기충천해 있다는 사실을 깨달았는지 주저 없이 대답했다.

이어 그의 눈짓을 받은 다른 가노들이 달려들어 무휼을 포박하기 시작했다.

"만약 내 명을 어기고 놈에게 물이나 음식을 주는 자는 엄벌에 처할 것이다!"

무휼을 끌고 나가는 집사와 가노들에게 내려진 대군의 차가운 경고였다.

지금대로라면 대군은 정말 무휼을 죽이거나 사지를 절단할 것이었다.

방 안에 굳은 얼굴로 앉아 있는 대군과 임자 일행은 한참 동안 말이 없었다.

어쨌든 계백을 제거하기로 한 계획은 실패한 것이다.

재차 다른 자객을 보내 암살을 시도한다고 해도 이미 눈치를 챈 그가 순순히 당할 리 만무했다.

임자는 굳은 얼굴로 설레설레 고개를 흔들었다.

"대군마마! 참으로 난감하게 되었사옵니다. 계백이 이 같은 일을 태자 전하에게 고하면 큰일이 아니옵니까?"

"너무 심려치 마시오. 계백은 쉽게 나를 배신하지 못합니다. 왕실과 등을 졌다가는 어떤 결과가 오리라는 것을 모를 리 없을 것이오."

대군의 말에도 임자 일행의 얼굴은 여전히 하얗게 질려 있었다.

이건 만약이라는 것이 통하지 않는 엄청난 일이 아니던가.

대군의 말이 이어졌다.

"더구나 계백은 우리가 거사를 계속하리라고는 짐작조차 못 할 것이오. 이런 상황에서 거사를 계속 진행한다는 것은 미친 짓이라고 여길 것이니 말이오."

"그렇지만 우리가 자신을 죽이려고 한 것을 알고 있지 않사옵니까?"

"우리가 살기 위하여 입을 막기 위해 그런 것이라고 여길 것이오. 거기다 그가 없으면 거사를 할 수 없다고 말했으니 그대로 믿을 것이외다."

"하긴 계백은 갈개꾼과는 거리가 먼 사람이긴 하옵니다만……."

"세 분! 흔들리지 마시오. 지금 태자를 죽이지 못하면 우리는 끝장이외다."

"……."

"거사는 계획대로 진행될 거요. 노련한 자객들을 이미 가잠성에 잠입시켜 놓았으니 그들이 신라인으로 위장해 태자를 노릴 것이오."

역시 대군다웠다.

그리고 그의 눈에는 광기(狂氣)가 무섭도록 빛을 발하고 있었다.

임자는 그 광기에서 그나마 약간의 안정을 찾을 수 있었다.

악인에게 광기는 또 다른 진정제인 모양이었다.

사비성에서 가장 화려한 곳은 의자왕의 침전인 것 같지만 의외로 궁 서쪽에 있는 태자궁 역시 그에 못지않았다.

그리고 태자 부여융이 그 궁의 주인이었다.

왕성(王城) 사비성의 왕실 제도는 태자가 정해지기 전까지는 모든 왕자들이 성 안에 살았지만 일단 태자가 정해지면 다른 왕자들은 왕궁을 떠나 사가에 머물게 되어 있었다.

태자에 대한 위엄을 지키려는 탓도 있었지만 왕자들이 태자를 음해하거나 쓸데없이 분란을 일으켜 왕실을 위태롭게 할지도 몰라 사전에 그런 것들을 차단하기 위해서였다.

계백은 태자궁 입구에 말을 세우고 뛰어내렸다.

몇 번인가 태자궁을 보긴 했지만 직접 찾아온 것은 이번이 처음이었다.

계백은 주위를 둘러보았다.

태자궁의 안팎은 군사들이 삼엄하게 에워싸 철저한 경계가 펼쳐지고 있었다.

또한 태자가 개인적으로 채용한 무사들은 태자의 침소 바로 앞까지 철통같이 지키고 있었다.

한마디로 새 한 마리조차 제멋대로 날아들 수 없는 요새에 다름 아니었다.

태자 부여융은 모두 1천여 명의 사병을 거느리고 있었다.

사비성을 수비하는 관군과 거의 맞먹는 엄청난 군세였다.

사병의 숫자와 위세로 힘의 크기가 가늠되는 현실에서 태자의 힘과 위세는 오히려 왕실 전체 세력과 견주어도 손색이 없을 정도였다.

더구나 태자의 사병들은 그 충성심과 용맹성이 다른 왕족이나 지방의 토호세력들에 비할 바가 아니었다.

하나같이 일당백의 무예를 지닌 정예 중의 정예들이 아니던가.

계백은 내관의 안내를 받으며 태자의 침전에 이르렀다.

침전 앞을 지키던 무사들이 다가와 계백임을 확인하고서는 정중한 인사와 함께 돌아섰다.

계백이 아닌 다른 방문객이었으면 차고 있는 검을 거두어 갈 것이지만 그들은 그렇게 하지 않았다.

사비성에서 부여융 태자를 만날 때 유일하게 무기를 휴대할 수 있는 사람은 계백뿐이었다.

그것은 부여융이 계백을 그만큼 믿고 있다는 증거이기도 했다.

태자는 침전에 앉아 손잡이 부분이 황금으로 되어 있는 보검을 수건으로 닦으며 계백의 인사를 받았다.

아직 30이 채 안 된 나이였지만 타고난 호연지기로 상대가 누구든 일거에 제압할 수 있는 기세를 소유하고 있었다.

태자의 옆에는 언제나 그림자처럼 태자를 따르는 책사 여감(呂甘)이 앉아 있고 윗목에는 이제 막 30대에 들어섰을 법한 무장이 경직된 자세로 앉아 있었다.

태자는 장수를 가리키며 계백을 향해 입을 열었다.

"장군! 이번에 무과에 급제하여 새로이 장군의 반열에 오른 흑치상지 장군이오."

계백은 흑치상지를 쳐다보았다.

얼른 보아도 7척이 넘을 만한 큰 키였다.

정말 기골이 장대했다.

흑치상지는 자리에서 일어나 계백을 향해 정중한 군례를 해보였다.

"장군! 소장, 흑치상지 인사드리옵니다!"

체구만큼이나 우렁찬 목소리였다.

계백은 살짝 미소를 머금었다.

그 역시 오랜만에 장수다운 장수가 탄생했다는 말을 들은 터였다.

"흑치상지 장군! 나도 얘기는 들었네. 무과에서 일흔 명의 무사들을 차례로 누르고 급제했다지?"

"심히 부족하온데 다만 운이 좋았을 뿐이옵니다!"

겸양의 미덕까지 갖춘 인물이다.

계백은 그런 흑치상지가 마음에 들었다.

유유상종이라 했던가?

아무래도 무인은 무인끼리 더 통할 것이었다.

태자는 손가락으로 보검의 날카로움을 시험하며 계백을 쳐다보았다.

왠지 모를 무거운 분위기였다.

"장군! 내가 부른 이유를 아시오?"

"소장이 어찌 태자전하의 뜻을 헤아리겠사옵니까? 말씀해 주시오소서."

"오늘 내 형님인 부여효 대군을 만났다고 하던데 사실이오?"

"……!"

"아닌 게요?"

무덤덤하게 묻는 말이었지만 그 위세는 대단했다.

또한 태자는 그런 위압으로 언제나 대소신료들을 제압하는 능력의 소유자였다.

사가의 부여효 대군이 소리 없이 조용히 움직이는 강물이라면 태자는 힘이 넘치고 파괴력이 큰 파도에 비견될 것이었다.

계백이 말이 없자 태자는 검을 닦는 것을 멈추었고 그 옆에 있는 책사 여감은 눈을 지그시 감은 채 싸늘하게 계백을 응시하고 있었다.

여감의 그런 눈빛은 보는 이를 소름끼치게 만들기에 충분했다.

"예, 태자전하! 만났사옵니다."

계백의 말에 태자와 여감은 별다른 반응을 보이지 않았지만 정작 놀란 사람은 의외로 흑치상지였다.

그 역시 태자와 대군의 치열한 암투를 알고 있었던 것이다.

"무엇 때문이오? 장군께서 나와 대군이 결코 융화될 수 없다는 것을 모를 리 없을 텐데……? 그걸 알고 있는 장군이 나도 모르게 대군을 만났다……? 괴이한 일이지만 그 내막이나 들어 봅시다."

"대군마마는 저를 전하의 사람으로 여기는 것 같사옵니다. 하여, 소장을 통해 전하께서 추진하시는 고구려와 신라정벌을 막고자 하셨사옵니다. 그것이 전부이옵니다."

"그래요? 허허허. 장군이 내 사람이라?"

태자는 너털웃음을 터뜨렸다.

계백이 부인하지 않고 태자를 만났다는 사실을 제대로 털어놓자 의구심을 거둔 모양이었다.

태자의 말이 계속됐다.

"장군! 장군께서 내 사람이오?"

"태자전하! 소장은 군인이옵니다. 군인은 오직 나라의 명령만 받들 뿐이옵니다. 그래서 대군마마의 청을 귀담아 듣지 않고 하실 말씀이 있으면 직접 전하께 아뢰라 했사옵니다. 그것뿐이옵니다."

계백의 말은 허위였다.

그답지 않은 거짓말이었지만 사실대로 말할 수는 없지 않은가.

그가 입을 여는 순간 왕실은 물론 나라 전체가 피바다가 되는 것은 자명한 일이었다.

태자의 성정이라면 절대로 대군을 용서하지 않을 것이기 때문이었다.

권력 앞에 혈연이 어디 있으며 적과 동지가 어디 있겠는가?

권좌를 위해서라면 아버지가 자식을 죽이는 세상에서 형을 죽이는 것은 아무런 문제도 아닐 것이었다. 또한 대군 역시 그대로 앉아서 당할 사람이 아니었다.

계백은 다혈질의 태자보다 오히려 숨을 죽이고 있는 대군의 야심이 더 크다는 것을 알고 있었다.

"알아요, 알아! 장군이 어디 나를 속일 사람이오? 허허허."

태자는 계백의 솔직함이 마음에 들었는지 너털웃음을 터뜨렸다.

계백은 내심 안도했다. 태자가 아직 대군의 역모까지는 의심하지 않고 있는 것 같아서였다.

"장군! 장군을 의심해서 미행을 붙인 것이 아니요. 어쩌다 알게 된 것이니 마음 쓰지 마시오."

말은 그리 하지만 사실 이 나라 모든 정보는 태자의 손에 쥐어져 있다고 해도 과언이 아니었다.

그런 만큼 누군가 자신이 대군을 만났다는 보고를 올렸을 것이다.

보이지는 않지만 감시의 눈은 도처에 깔려 있을 테니.

"알겠사옵니다. 태자전하."

"참, 사냥 준비는 잘되고 있소? 장군의 가잠성에 쓸 만한 사냥감이 많으니 기대가 큽니다. 머리를 식히는 데는 그저 사냥이 최고지. 장군께서 잘 준비해 놓으시구려."

"그리 하겠사옵니다. 전하!"

"나가 보시오."

계백이 군례를 하고 태자궁의 침전을 나서자 흑치상지가 따라나섰다.

그는 보직 인사를 할 겸해서 태자궁에 들렸다가 계백이 온다기에 기다렸던 것이라고 말했다.

"장군! 아까는 정말 놀랐사옵니다! 대군을 만난 사실을 스스로 밝히시다니요?"

태자궁 입구를 나서면서 흑치상지가 놀란 눈으로 입을 열었다.

계백은 씩 마른 미소를 내보였다.

"태자전하께서는 다른 사람이 대군과 접촉하는 것조차 싫어하시질 않사옵니까?"

"만약 내가 사실을 고하지 않았으면 나는 죽었을지도 모르네."

"……!"

"그게 태자전하일세."

"장군? 설마 그렇게까지?"

"내 말이 맞을 걸세. 그게 바로 정치세계의 본질이지……. 흑치상지 장군!"

"예, 장군."

"진정한 군인이 되려면 정치와는 담을 쌓고 파벌에 휩싸이지 말게. 그렇지 않으면 언제 어디서 비수가 날아들지 모르네. 항상 내 말을 명심하게나."

말을 마친 계백은 우울한 표정으로 해가 기우는 하늘을 쳐다보았다.

금방이라도 많은 비가 내리려는 것인지 시커먼 먹구름이 손에 잡힐 듯 낮게 내려와 있었다.

유난히도 많은 일을 겪은 하루였다.

그리고 계백은 머지않아 알 수 없는 피의 폭풍이 휘몰아칠 것이라는 예감을 떨칠 수가 없었다.

한숨이 절로 나온다.

살아가는 것이 이리도 힘이 들어서야 어디…….

아니나 다를까?

날이 어둑해지면서 많은 비가 내리기 시작했다.

비가 내리는 대나무 밭은 유난히 처량하고 으스스한 느낌이 들게 만든다.

대나무 밭 한가운데쯤.

다른 곳은 평지인데도 약간의 구릉처럼 보이는 언덕이 있고 토굴은 그 언덕에 있었다.

누군가 인위적으로 만든 토굴이 아니라 자연적으로 만들어진 토굴 입구에는 육중한 기둥에 쇠창살로 만들어진 철문이 굳게 닫혀 있다.

적어도 기둥과 쇠창살만큼은 사람이 만든 것이 분명했다.

토굴 앞에도 비는 여지없이 내리고 있었다.

예의 비루한 마포 옷을 걸친 무휼은 손과 발이 쇠사슬에 묶여 사지를 벌린 채 토굴 벽에 기대어 서 있었고 두 손과 발은 벽에 연결된 또 다른 쇠사슬에 채워져 있었다.

토굴은 대군 부여효의 개인 감옥인 셈이었다.

잘못을 저지른 노비들이 대군의 판결에 의해 며칠씩 감금되어 죗 값을 치르는 민간 감옥.

생각보다 크고 넓은 토굴이었지만 습한 날씨 때문인지 비가 오는 데도 찜통더위를 느끼게 했다.

그리고 벌써 이틀째.

더위도 더위지만 무휼은 끼니는커녕 따뜻한 물 한 모금 마시지 못하고 있었다.

그러고도 여태껏 아무렇지 않은 듯 버티고 서 있다는 게 어찌 보면 신기한 일이었다.

무휼은 토굴 벽을 쳐다보았다.

대나무 뿌리는 10리를 뻗는다는 말을 증명이라도 하듯 토굴 벽과 천장에도 수많은 죽근(竹根)이 삐죽이 모습을 보이고 있었다.

무휼은 무릎으로 기어 토굴 벽에 다다른 다음 이빨로 죽근을 뽑아 들었다.

이어 소가 여물을 먹듯 우걱우걱 씹기 시작했다.

지금의 그에게 죽근이야말로 바로 생수이자 끼니였다.

계속해서 입을 우물대는 그의 눈에 불꽃이 이는가 싶더니 알 수 없는 광기(狂氣)가 번득이기 시작했다.

섬뜩한 살기였다.

무휼은 다짐한다.

죽지 않으리라.

벌레처럼 꿈틀대며 살아간다 해도 산다는 것이 잘하는 것이라고 하지 않은가.

그리고 어떻게든 살아나겠다고 약속하지 않았던가.

그러니 죽지 않으려면 무엇이든 먹어야 하고 어떻게든 체온을 잃지 않아야 했다.

그가 다시 또 하나의 죽근을 물어뜯는 순간.

바스락.

누군가 떨어진 대나무 잎을 밟으며 다가오는 인기척이 들렸다.

밟힌 잎사귀가 불규칙적으로 으스러지는 소리를 내는 것으로 보아 날짐승은 아닌 듯했다.

무휼은 눈을 가늘게 뜨고 토굴 입구를 쳐다보았다.

거기에 약간은 겁을 먹은 듯한 얼굴로 한 여인이 서 있었다.

20세나 됐을까?

무휼처럼 비루한 마포 옷을 걸친 것으로 보아 신분이 천한 노비라는 것을 알 수 있었다.

찬방에서 대군 댁의 음식을 만드는 옥서(玉瑞)였다.

하지만 신분이 천한 것이지 옥서의 얼굴은 살결마다 옥(玉)을 바른 듯했고 보는 이의 가슴을 설레게 만들기에 충분할 만큼 아름다웠다.

쇠창살 사이로 무휼을 쳐다보는 그녀의 눈에 눈물이 그렁했다.

"무슨 일이냐?"

무휼의 감정이 섞이지 않은 메마른 목소리였다.

"걱정이 돼서…… 견딜 수가 없어요."

눈물이 뺨을 타고 흘러내리며 옥서가 대답했다.

"네가 걱정할 일이 아니야. 그러니 쓸데없는 생각은 하지 마라."

차가운 말이었지만 옥서는 예의 그럴 줄 알았다는 듯 별다른 서운한 내색을 하지 않았다.

이어 그녀는 고쟁이 주머니에서 무언가를 꺼내 토굴 안으로 내밀었다.

아직 온기가 가시지 않은 주먹밥이었다.

"죽지 말아야 해요……. 그러니 이거라도 먹고……."

듣기에 따라서는 참으로 애틋한 말이었다.

주먹밥 한 개에서 비롯되는…….

무휼은 잠시 볼을 씰룩이다가 옥서를 쏘아보았다.

"죄인에게 주먹밥이라니? 죽으려고 작정을 했느냐?"

"……."

"이 같은 사실을 주인님이 아시면 너는 살아남지 못해……. 우리 같은 노비는 주인의 명을 어기는 순간 목숨은 끝장이다. 그걸 모르는 것은 아니겠지?"

"……."

"그러니 누가 보기 전에 냉큼 돌아가."

하지만 옥서는 상관없다는 듯 물러서지 않고 주먹밥을 토굴 안에 내려놓았다.

오히려 얼굴에는 행복한 미소가 살짝 떠오른다.

"어서 먹어요."

"그럴 수 없다는 것을 알지? 그러니 그냥 가져 가."

"저는 죽는 것이 무섭지 않아요. 오라버니를 위하다가 죽는 것은요."

"……."

"우리 같은 종것들은 언제 죽을지 모르잖아요. 제가 두려워하는 것은……."

"입 다물어!"

고함에 가까운 무휼의 말이 튀어나왔다.

그 바람에 옥서의 눈이 조금 커진다.

언제나 조용하기만 했던 무휼이 아니던가.

아니 모든 노비는 발소리, 숨소리, 목소리조차 크지 않고 조용해야 했다.

마음대로 말하고 놀고 웃는 것은 상전에 대해 죄를 짓는 것이었기 때문이었다.

무휼의 말이 이어졌다.

"산다는 것……. 그것이 잘하는 것이라는 사실을 내게 가르쳐 준 분이 있다. 너도 살아가는 것이 잘하는 것이다."

무휼의 말에 옥서는 가슴이 뛰기 시작했다.

이 사람이 나를 위하는 말을 하다니?

그녀가 아는 무휼은 곰살궂은 사내가 아니다.

나이에 비해 소름이 끼칠 정도로 냉정하고 자신을 휘감고 있는 노비의 굴레에 서리서리 한이 맺혀 있는 사내다.

하지만 옥서는 이 사내를 좋아하고 있다.

노비의 사랑.

그것은 또 하나의 죄악이다.

부부의 연을 맺는 것도 그렇지만 거기에서 자식이 태어난다면 그 자식 또한 짐승만도 못한 노비로 평생을 살아가야 하지 않은가. 그런데도 여자로서 한 사내를 마음에 품지 않고는 견딜 수가 없다. 그것이 무휼을 향한 옥서의 숙명이다. 그래서인지 지나가는 말처럼 들리는 무휼의 말이었지만 옥서의 눈에서는 좀 전과는 다른, 환희의 뜨거운 눈물이 조금씩 흘러내리기 시작했다.

무휼은 보지 않아도 옥서의 눈물의 의미를 알기에 시선을 돌려 버렸다.

옥서는 미소와 눈물이 섞인 얼굴로 무휼을 쳐다보다가 천천히 돌아섰다.

"그 주먹밥은 훔친 것이 아니라 제 것이에요."

"……."

"노비도 제 것은 남에게 줄 수 있답니다."

"……."

"오라버니가 그것을 먹지 않겠다면……. 버리세요. 같이 굶자는 것입니다."

"……."

"갈게요. 군부인 마님의 시종으로 새로 온 퇴기가 있는데 제게 춤과 노래를 가르쳐 주겠다고 해서요."

말을 마친 옥서는 걸음을 떼기 시작했다.

주인의 엄명을 어기고 죄인을 찾아왔지만 두려운 마음은 손톱만큼도 없다.

오히려 찾아오지 않았다면 견디기 힘들었을 것이었다.

무휼은 옥서가 내려놓은 주먹밥을 물끄러미 쳐다보았다.

그의 이마가 조금씩 일그러지기 시작했다.

옥서의 마음을 모르는 것은 아니다. 하지만 이래서는 안 되지 않은가. 노비가 노비에게 연정을 품다니? 그것은 하늘이 무너져도 있을 수 없는 일이었다.

쇠창살 사이로 조금씩 멀어지는 옥서의 뒷모습에도 비는 세차게 내리고 있었다.

"옥서야!"

가라앉은 듯한 무휼의 말이 옥서의 발을 묶는다.

몸을 돌려 무휼을 쳐다보는 옥서의 눈에 애잔한 빛이 들썽했다.

"주인님은……? 지금 무얼 하고 계시냐?"

"……!"

"찾아온 사람은 없고?"

"저는 사랑채 근처에는 가지도 못하는 찬방 노비예요. 만약 사랑채 근처에 가기만 해도 저는 군부인 마님의 손에 죽는다구요."

"……."

"군부인 마님은 우리 같은 종것한테도 투기하시는 분이니까요. 얼마 전 내당의 찬옥이가 주인님의 눈에 들었다는 이유로 다음날 유곽의 창기로 팔려 나갔어요."

"……."

"하지만 오라버니의 말이라면 살펴볼게요."

"주인님이 급하게 집을 나서면 필히 그 사실을 내게 알려줘. 미안하다."

"……."

무휼의 말에 옥서는 어리둥절한 표정을 지었다.

하긴 그녀가 무얼 알겠는가?

"머뭇거려서도…… 잊어 버려서도 안 돼."

"무슨 일인데요?"

"그건 네가 알 것 없어. 아무튼 그 즉시 내게 알려야 해. 알았지?"

무휼의 말에 옥서는 맹한 표정을 지었지만 더 이상 묻지 않았다.

묻는다고 어디 그 이유를 말할 사내인가.

옥서는 고개를 주억거린 다음 천천히 몸을 돌려 대나무 밭을 빠져나가기 시작했다.

그녀가 사라지자 무휼은 넌지시 주먹밥을 내려다보았다.

이어 긴 한숨을 내쉰 다음 무릎을 꿇고 상체를 숙여 주먹밥에 입을 갖다댔다.

손발이 묶여 있어 개처럼 먹을 수밖에 없을 터였다.

어쩌면 이 모습이 노비의 본 모습인지도 모를 일이었다.

어느새 차가워진 주먹밥을 씹는 무휼의 눈에 광채가 일기 시작한다.

배가 고파 먹는 것이 아니다. 살기 위해서 먹는다. 그리고 주인을 위해서 먹는 것이다.

계백이 성주로 있는 가잠성(佳潛城. 충북 괴산)은 천혜의 험산이 많은 것으로 유명해 사시사철 사냥감이 풍성히 넘쳐나는 곳이었다.

태자가 책사인 여감과 호위무사 3~4명만 대동하고 가잠성에 도착한 것은 해질 무렵이었다.

계백은 불안감이 없지는 않았지만 깍듯한 예의로 태자를 성주의 집무실로 맞이했다.

집무실은 계백의 성품답게 단조로웠지만 깔끔했다.

"태자전하! 장차 용상에 오를 전하시옵니다. 출행이 너무 단조로워 백성들 보기에 민망할까 두렵사옵니다."

계백의 말에 태자는 아무렇지 않다는 듯 고개를 흔들었다.

그는 젊지만 언제나 여유가 넘치는 사람이었다.

"무슨 말씀을! 너무 많은 사람들이 몰려가면 사냥감이 놀라 도망치는 법이오. 그건 재미없지."

"하오면? 소장이 군사들을 사냥터에 배치하겠사옵니다."

"아니오. 그냥 놔두시오. 마음껏 사냥을 하려면 주위의 눈이 없어야 하질 않겠소?"

"전하! 이 가잠성은 신라와 국경이 지척이옵니다. 또한 당나라와의 전쟁을 피해 내려온 고구려 유민들이 꽤 많이 정착해 있는 곳입니다. 만에 하나 조심할 필요가 있사옵니다."

"장군이 있는데 무슨 걱정이겠소? 요란 떨 것 없소이다."

"……."

"그래, 통통한 사냥감이 많은 곳이 어디요?"

"무수리라고 하는 야산이 있사온데 그곳에 멧돼지와 노루가 많사옵니다."

"재미있겠구먼! 오랜만에 멧돼지 사냥이라……? 내일 날이 밝는 대로 떠나도록 합시다."

"예, 소장이 뫼시겠사옵니다."

"그만 가보시오. 내일을 위해 오늘은 푹 쉬어야 할 것 같으니."

계백은 군례를 한 다음 집무실을 나왔다.

불안감이 엄습해 왔다.

누군가 태자를 노린다면 이번 사냥길이 최적일 것이다. 그리고 그 불안의 정점에는 대군 부여효가 있을지도 모를 일이었다.

계백은 거사를 접겠다는 대군의 말을 믿지 않고 있었던 것이다. 그렇다고 해서 태자에게 그 위험을 말하고 경계를 강화할 수도 없는 노릇이었다. 말처럼 그저 대군의 무모한 권력찬탈이 펼쳐지지 않기를 바랄 수밖에……. 하지만 계백의 불안은 그 이후로도 사라지지 않았다.

　대군 부여효의 사랑채에는 대군과 임자 그리고 충상과 상영이 굳은 얼굴로 대화를 나누고 있었다.
　이미 태자궁에 심어둔 정보원으로부터 태자가 책사인 여감과 몇 명의 호위무사들만 데리고 가잠성으로 사냥을 떠났다는 전갈을 받은 터였다.
　그때 바깥에서 인기척과 함께 집사의 말이 들려왔다.
　"대군마마! 조생이라는 사람이 대군마마를 찾아왔사옵니다."
　집사의 말에 대군의 얼굴에 화색이 돌기 시작했다.
　조생은 대군이 가잠성에 숨겨 둔 암살단 두령이었다.
　"어서 들라 하라!"
　대군의 말이 떨어지기가 무섭게 문이 열리며 30세가량의 사내가 안으로 들어왔다.
　뺨에 길게 나 있는 칼자국 상처가 보는 이를 주눅 들게 만들 만큼 음산한 사내였다.
　조생은 임자 일행은 쳐다보지도 않고 대군에게 큰 절을 했다.
　벌써 오래전부터 알고 지내온 것처럼 보였다.
　"태자가 사냥할 곳은 어딘지 알아냈느냐?"
　"예, 가잠성에서는 무수리라는 곳이 최곱니다. 멧돼지와 노루가 널려 있는 곳이라서 틀림없이 그곳을 선택할 것 같사옵니다."
　"무수리라……? 다들 준비는 완벽하게 마쳤겠지?"
　대군의 말에 조생은 간단없이 대답했다.
　머뭇거림이 없는 사내 같았다.
　"그렇사옵니다. 이미 무수리에 잠입해 있사옵니다. 모두 열 명의 자객들이 독이 묻은 칼과 활로 만반의 준비를 마친 상태이옵니다."

이때 임자가 놀란 얼굴로 조생을 보며 끼어들었다.

겨우 10명으로 태자를 노리다니?

"겨우 열 명으로 가능하다는 말인가?"

"모두 하나같이 일당백의 뛰어난 암살자들이옵니다. 그리고 기습을 할 때는 일사분란하게 움직여야 하기 때문에 적을수록 좋사옵니다."

"그래도 그렇지……? 으음."

임자가 여전히 불안한 표정을 짓자 대군이 거들고 나섰다.

"조생의 말이 맞소이다. 이런 일은 거추장스러워서는 안 돼. 더구나 태자도 심복만 데리고 갔다고 하질 않소이까."

"알겠사옵니다."

마침내 대군은 결심한 듯 자리에서 일어섰다.

그러자 모두가 따라 일어나 대군을 쳐다봤다.

대군의 눈이 충상과 상영을 향했다.

"두 분은 은밀히 가병을 동원해 좌평 성충과 홍수를 감시토록 하시오. 그 고집불통인 사람들이 무슨 일을 꾸밀지 모르니."

"알겠사옵니다."

"그리고 일이 성공하면 내가 전갈을 보낼 테니……. 즉시 그 두 사람의 목을 베어 버리도록 하시오."

"예, 대군마마."

좌평 성충과 홍수는 조정의 축을 이루는 최고 거물이었다.

그들은 태자와 대군 사이의 암투를 알고는 있었지만 일체 끼어들지 않고 오로지 백성들을 위하는 데만 심혈을 기울이는 전형적인 관리들이자 정치인이었다.

또한 백성들의 폭넓은 지지와 신망을 얻어 왕조차도 그 두 사람에게는 깍듯한 예우를 하고 있었다.

그런데 권력암투의 칼끝은 결국 그 두 사람까지도 겨눠지고 있는 것이었다.

권력이라는 괴물은 이렇듯 피아를 가리지 않고 장애물이라 여겨지면 여지없이 목을 베는 것이다.

당사자의 의지와는 아무런 상관도 없이.

"그리고 임자 좌평은 편전 근처를 떠나지 말고 대왕폐하를 살피시오. 폐하께서 군사를 동원하는 것을 무조건 막아야 한다는 말이오. 자칫 하다가는 부자간에 피를 볼 수도 있으니. 아시겠소?"

임자는 굳은 표정으로 대답도 못 하고 고개를 끄덕였다.

막상 거사가 일사천리로 진행되자 형언키 어려운 두려움이 몰려온 때문이었다.

지시를 마친 대군은 사랑채를 나와 조생과 함께 말에 올랐다.

그리고 임자 일행의 인사를 받으며 부리나케 대문을 빠져나가 어딘가를 향해 미친 듯이 달려가기 시작했다.

다행히 사랑채 옆에 있는 마구간 청소를 하던 옥서는 이 광경을 놓치지 않고 볼 수 있었다.

옥서 역시 손에 들고 있던 쇠스랑을 내던지고 저택 뒤쪽의 대나무 밭을 향해 내달렸다.

많은 비가 내리고 있었지만 그것은 아무런 문제가 아니었다.

무휼은 어두운 토굴 안에 여전히 쇠사슬에 묶인 채 벽에 기대어 서 있었다.

그의 눈이 반짝이기 시작한다.

빗소리를 뚫고 누군가 토굴을 향해 달려오는 소리가 들렸기 때문이었다.

틀림없이 옥서일 것이었다.

그리고 예상대로 토굴 문 앞으로 달려온 사람은 역시 옥서였다.

"주인님이 급하게 집을 나갔어요."

"……!"

"처음 보는 무사와 함께……. 무슨 일이 벌어질 것 같아요."

"……."

무휼은 크게 굳은 표정으로 잠시 생각에 잠기는가 싶더니 별안간 토굴 벽에 매달려 있는 쇠사슬에 혼신의 힘을 주었다.

그러자 굳게 묶여 있던 쇠사슬이 우두둑 하는 소리를 내더니 조금씩 토굴 벽에서 빠져나오기 시작했다.

엄청난 괴력이었다.

그것을 보면 주인의 선고에 따라 그 스스로 갇힌 척했을 뿐이라는 것을 알 수 있었다.

이어 쇠사슬을 풀어낸 그는 굳게 닫힌 토굴 철창을 어깨로 강하게 튕겨냈다.

텅! 소리와 함께 철창이 떨어져 나가자 놀란 얼굴로 서 있는 옥서를 힐끔 보고서는 대나무 밭을 가로질러 바람처럼 사라지고 있었다.

혼자 남은 옥서는 믿을 수 없다는 듯 떨어져 나간 철창과 쇠사슬을 멍한 얼굴로 쳐다볼 뿐이었다.

다음날.

언제 비가 왔냐는 듯 그리 덥지 않은 화창한 날씨였다.

어제 내린 비가 대지를 완전히 적신 탓에 무수리 사냥터는 오히려 서늘하기까지 했다.

태자는 하늘이 자신의 사냥을 돕는 것이라면서 연신 환한 웃음을 터뜨렸다.

책사인 여감과 호위무사들 역시 마찬가지였다.

긴장한 사람은 오직 계백뿐이었다.

사실 계백은 뜬 눈으로 밤을 지새웠다.

자신이 성주로 있는 가잠성에서 태자가 불의의 사고라도 당한다면 모든 책임은 자신이 져야 했기 때문이었다.

하지만 내색할 수조차 없다.

계백이 날카로운 눈으로 나무숲을 살피는 모습을 보면서 태자가 여유 있게 입을 열었다.

"장군! 정말 멋진 곳이구려. 아주 멋져요."

"하지만 조심하시오소서. 이곳 짐승들은 난폭하기 짝이 없고 근처 산에는 비적들이 판을 치고 있사옵니다."

"비적이라? 허면 그놈들까지 사냥하면 더 좋질 않겠소? 하하하."

"……."

"자, 장군! 시작합시다!"

"예, 태자전하."

태자는 말을 달려나가기 시작했다.

계백과 여감 그리고 호위무사들이 그런 태자를 호위하며 뒤를 따랐다.

그리고 얼마 가지 않아 그들의 눈에 송아지만한 멧돼지가 어슬렁거리는 것이 보였다.

태자는 활을 겨누었다.

일행은 숨을 죽였다.

시위를 떠난 화살이 날아가는 것이 보였다.

그러나 화살이 명중한 곳은 멧돼지의 엉덩이였다.

깜짝 놀란 멧돼지가 비명을 지르며 도망치기 시작했다.

실패였다.

멧돼지를 사냥하기 위해서는 정수리를 명중시켜야 한다.

다른 곳은 그저 작은 생채기에 지나지 않을 뿐이다.
태자는 아쉬운 표정으로 입맛을 다셨다.
꽤나 서운한 모양이었다.
계백은 표적의 정수리를 겨냥해 쏘라는 말을 하려다 그만두었다.
태자를 훈육하는 것은 커다란 결례였기 때문이었다.
그 후로도 태자는 몇 번인가 멧돼지를 향해 활을 당겼으나 아쉽게
도 단 한 번도 정수리를 명중시키지 못했다.
대신 어린 노루와 오소리를 잡는데 성공했다.
그리고 기어이 멧돼지를 잡겠다며 산속 안으로 깊숙이 들어가기
시작했다.
하지만 그럴수록 계백의 근심은 커져만 갔다.

한편.
부여효 대군은 암살단 두령 조생과 단원들 사이에 웅크린 채 큰 바
위 뒤에 숨어 있었다.
조생과 단원들은 신라군 군복을 입고 있었다.
태자를 제거할 경우 신라군의 기습에 의한 것이었다고 해야 했기
때문이었다.
대군은 긴장한 얼굴로 내려다보이는 작은 숲길을 쳐다보았다.
은신처로는 매우 적당한 위치였다.
그때 말발굽 소리가 들려왔다.
대군의 얼굴이 굳어졌다.
분명 태자 일행이리라.
아니나 다를까?
나무들 사이로 약간 멀리 보이는 숲길을 말을 타고 걸어오는 태자
일행의 모습이 보였다.

순간.

대군의 눈이 커졌다. 태자 옆에 계백이 보였던 것이다.

그의 이마에 땀이 흘러내리기 시작했다.

어차피 던져진 주사위다.

제아무리 계백이 있다고 해도 몰래 날아드는 화살을 어찌 막을 수 있을 텐가.

태자 일행을 확인한 조생의 얼굴 역시 긴장으로 파랗게 질려 있었다.

피 묻은 칼날 위에서 춤을 추며 그 피를 먹고 사는 암살자라고 해도 표적은 바로 이 나라 태자가 아닌가.

대군은 눈에 광기를 뿜으며 조생에게 신호를 보냈다.

머뭇거리다가는 겁에 질린 조생이나 암살자들이 포기하고 돌아설지도 모르기 때문이었다.

조생은 고개를 끄덕인 후 암살자들을 향해 손을 들어 보였다.

암살자들이 일제히 독이 묻은 화살을 겨누기 시작했다.

조생의 손이 내려지면 기습이 시작될 것이었다.

아무것도 모르는 태자는 주위를 둘러보며 입맛을 다셨다.

목마르게 찾고 있는 멧돼지의 모습이 전혀 보이지 않았던 것이다.

"사냥의 백미는 멧돼지 사냥인데 벌써 몇 마리째 놓치다니? 영 체면이 안 서는구먼!"

태자는 아미를 찌푸렸다.

지금까지 사냥을 나갔다가 오늘처럼 체면을 구기기는 처음이었던 것이다.

계백은 호위무사가 들고 있는 노루와 오소리를 가리키며 돌아가기를 청했다.

"태자전하! 노루와 오소리를 잡았으니 이만하면 충분하지 않사옵니까? 그러니 오늘은 이만 하시고 내일 다시 나오시는 것이 어떻겠사옵니까?"

"무슨 소리! 일국의 태자가 사냥에 나서 멧돼지 한 마리 잡지 못했다고 하면 우습지 않겠소? 내 무슨 일이 있어도 집채만한 놈을 사로잡아야 하겠소이다. 암."

말을 하는 태자의 얼굴에는 다소의 오기가 서려 있었다.

그는 천하제일의 무장으로 알려진 계백 앞에서 자신의 무용을 증명해 보고 싶은 모양이었다.

그때였다.

어디선가 날카로운 파공음이 들려왔다.

계백은 순간적으로 암수라는 것을 알아차렸다.

평생을 전장에서 보내온 그로서는 소리만 듣고서도 그게 화살이라는 것을 감지할 수 있었다.

계백은 몸을 날려 마상의 태자를 밀어낸 다음 바닥으로 몸을 굴렸다.

그 순간 화살 하나가 태자가 타고 있던 말의 안장에 박혔다.

계백이 밀어내지 않았다면 여지없이 태자의 몸을 꿰뚫었을 터였다.

"태자전하! 기습이옵니다!"

계백이 소리쳤다.

그러자 태자의 호위무사들이 태자를 에워싸기 시작했다.

그리고 평생을 칼 한 번 들어본 적이 없는 여감은 계백의 뒤에 바싹 달라붙어 몸을 떨기 시작했다.

계백이 방패인 셈이었다.

퍽! 퍽!

화살이 나무와 바닥에 사정없이 박히고 있었다.

그 중 하나는 태자가 포획한 노루의 사체를 꿰뚫기도 했다.

계백은 날아오는 화살을 장검으로 쳐내며 호위무사들에게 외쳐 댔다.

"뭣들 하는 게야! 어서 태자전하를 모시고 몸을 피해!"

무사들의 얼굴이 굳어졌다.

계백은 다시 벼락같이 외쳤다.

"태자전하! 어서 피하시오소서! 이곳은 소장이 맡겠사옵니다! 어서요!"

계백의 말에 호위무사들이 자신들의 말에 태자를 엎드리게 한 다음 날아오는 화살을 쳐내면서 현장을 벗어나기 시작했다.

질린 얼굴의 여감이 꽁지에 불붙은 강아지처럼 졸졸대며 따라가고 있었다.

다행히 나무들이 방패역할을 해주고 있는데다 계백이 가로막고 있어 절대 절명의 위기는 아니었다.

그때였다.

큰 바위 뒤에서 화살을 쏘아대던 조생과 암살자들이 역시 독이 묻은 장검을 휘두르며 짓쳐 내려오는 것이 보였다.

계백은 몸을 피하는 대신 암살자들을 향해 마주 달려가며 검을 휘두르기 시작했다.

어떻게든 시간을 벌어 태자가 안전한 곳까지 몸을 피할 수 있도록 해야 했다.

곧이어 1 대 10의 검술 대결이 펼쳐졌다.

암살자들은 대단한 실력자들이었다.

하긴 그렇기에 자객 노릇을 할 것이었다.

하지만 계백이 누군가?

검을 손에 쥐면 산천초목을 떨게 하는 명장 중의 명장이었다.

시간이 지나면서 계백의 검에 암살자들이 하나둘씩 죽어가기 시작했다.

정말 대단한 검술이었다.

조생의 눈이 믿을 수 없다는 듯 경악으로 뒤집어졌다.

계백의 위명을 모르는 바 아니었으나 설마 이 정도였다는 말인가?

그 사이 조생을 제외한 다른 암살자들이 모두 계백의 칼에 목숨을 잃었다.

그리고 계백의 검이 다시 조생을 겨누었다.

조생은 사력을 다해 싸우기 시작했다.

그러나 채 몇 수도 안 돼 계백의 검이 조생의 목젖을 찌를 듯 겨눠졌다.

조생의 입이 벌어졌다.

끝이다.

계백은 부릅뜬 눈으로 조생을 노려보았다.

"내 성에서는 못 보던 놈들이구나. 그렇다고 신라 군사들도 아닐 터, 네놈들은 누구냐?"

"……!"

"이놈! 누구냐고 물었다!"

"……!"

"관을 봐야 눈물을 흘릴 놈이군?"

계백은 조생의 목에 닿아 있는 검에 약간의 힘을 주었다.

검 끝이 목을 파고들자 겁에 질린 조생이 비명을 지르며 본능적으로 큰 바위 쪽을 쳐다보았다.

그러자 계백의 얼굴이 큰 바위를 향했다.

순간, 계백의 몸이 떨리면서 얼굴이 하얗게 질려가기 시작했다.

이럴 수가?

끝내 그 패악한 일을 거두지 않았다는 말인가?

계백의 몸이 심하게 경련을 일으켰다.

말하지 않아도 이 일의 배후에 누가 있다는 것을 알아차린 것이었다.

계백은 조생의 목에 검을 겨눈 채 큰 바위를 향해 소리쳤다.

"대군마마! 숨어 계시다는 것을 아옵니다! 나오소서!"

그러나 조용했다.

도망칠 겨를도 없었을 터인데?

"대군마마! 곧 태자전하의 추적이 시작될 것이옵니다! 그러니 그 전에 소장에게 모습을 보이시오소서! 그래야 살 수 있사옵니다! 소장이 어떻게든 태자전하의 진노를 막아보겠사옵니다!"

"……."

"대군마마! 어서요!"

계백은 질린 얼굴로 간절히 외쳤다.

그러자 잠시 후.

큰 바위 뒤에서 일그러진 얼굴의 대군이 천천히 걸어 나왔다.

암살이 실패했다는 사실 때문인지 절망에 젖은 얼굴이었다.

대군은 비틀대며 계백 앞에 섰다.

가느다란 신음이 끊이질 않는 것으로 보아 자신의 죽음이 임박했다는 것을 느끼는 듯했다.

그런 대군을 보는 계백 역시 충격을 받은 것은 마찬가지였다.

"대군마마! 꼭 이래야 했사옵니까?"

"……."

"두 분은 친형제가 아니옵니까?"

"장군……! 선택의 여지가 없었을 뿐이오."

"대군마마."

"어차피 권좌에 앉기 위해 벌어진 형제의 권력싸움……. 이기지 못했으니 구차하게 살고 싶은 생각은 없소이다. 태자에게 목숨을 구걸할 마음도 없고……. 나를 죽이시오. 장군!"

"……!"

"장군! 부탁이오. 살아서 태자를 보고 싶지 않소이다. 이건 왕실의 대군으로서가 아니라 좌평으로서 달솔에게 명령하는 거요."

"정말 그렇게 되기를 원하시옵니까?"

"말했지만 내게 다른 선택이 어디 있겠소? 하지만 장군이 없었다면 나는 틀림없이 성공했을 것이오. 장군이 내 사람이 아니라는 사실이 치가 떨리도록 원통하고 분하구려."

"대군마마! 태자전하가 어떤 분이옵니까? 소장이 아니더라도……."

"어쨌거나 성공하지 못했을 거라는 말씀이구려? 허허허. 됐소이다. 패장이 무슨 말을 하겠소. 어서 내 목을 베시오……. 주저할 것 없소이다."

"소장이 왕실의 대군을 징치할 수는 없사옵니다. 송구하옵니다."

"그렇다면 자결을 해야겠군. 하지만 내게 그럴 용기가 있을지……."

"……."

말을 마친 대군은 쓰러져 있는 자객의 검을 집어들었다.

겁에 질린 얼굴이었지만 단호했다.

계백은 고개를 돌렸다.

차라리 그게 나을지도 모른다.

태자와 대군 모두를 위해서…….

대군은 입술을 질끈 깨문 다음 장검을 자신의 배에 겨눈 다음 힘을 주었다.

그때였다.

"아니 되옵니다!"

산중에서 들려오는 고함이었다.

계백과 대군 그리고 계백의 손에서 벗어난 조생이 소리 나는 쪽으로 고개를 돌렸다.

허름한 차림의 무휼이 나무숲을 헤치며 달려오는 모습이 눈에 들어왔다.

온몸이 땀에 젖어 있는 것으로 보아 무수리 전체를 찾아 헤맨 모양이었다.

계백의 눈이 휘둥그레졌다.

저놈을 이곳에서 보게 되다니……?

빠르게 달려온 무휼은 대군의 손에서 장검을 앗아갔다.

"주인님! 아니 되옵니다."

"이놈! 네놈이 어찌 여길……?"

"죽는 것보다 살아가는 것이 잘하는 것이라고 배웠사옵니다! 죽지 마시오소서!"

"……!"

무휼의 말에 계백의 눈이 커진다.

자신이 해준 말이 아니던가.

무휼의 눈이 계백을 향했다.

"장군님! 소인은 장군님을 살려준 적이 있사옵니다."

"……!"

"또한 장군님께서는 제 주인님을 살려주시겠다고 약조하셨사옵니다. 하온데 어찌 그 약조를 버리려 하시는 것이옵니까?"

"……."

"소인 역시 장군님과의 약조를 소중히 여겨 어떻게든 살아남기로 맹세했사옵니다. 그리고 살아남을 것이옵니다. 하오니 부디 소인과의 약조를 지켜주시오소서!"

"나 역시 그런 마음이 간절하다. 허나 대군마마는 태자전하의 추적을 결코 벗어나지 못할 것이야."

"아니옵니다. 소인이 그 추적을 막아보겠사옵니다."

"……!"

"소인이 알아본 바 이 근처에는 비적이 많이 출몰한다고 들었사옵니다. 그러니 비적의 소행으로 돌리면 될 것입니다."

"하지만 태자전하가 믿으실 리 없다. 어찌 비적 따위가 일국의 태자를 노린단 말이냐?"

"소인이 믿게 만들겠사옵니다."

"……."

무휼은 손에 든 장검을 조생에게 겨누었다.

조생의 얼굴이 하얗게 질려갔다.

그리고 순간적으로 몸을 돌려 달아나기 시작했다.

암살단 두령의 모습치고는 참으로 초라했다.

무휼은 바닥을 박차고 뛰어올라 달아나고 있는 조생의 등을 장검으로 깊숙이 찔렀다.

그러자 장검이 조생의 등을 뚫고 가슴 앞까지 튀어나왔다.

조생은 비명도 지르지 못하고 쓰러졌다.

절명이었다.

뜻하지 않은 상황에 계백과 대군의 눈이 커졌다.

무휼은 조생을 가리키며 대군을 향해 허리를 조아렸다.

이런 상황에서도 대군은 여전히 그의 주인이었다.

"이런 나약한 자가 살아 있다면 주인님께 해만 될 뿐이옵니다. 또한 주인님을 위해 자신의 사지를 내주지도 못할 겁쟁이이옵니다."

"……!"

다시 무휼의 얼굴이 계백을 바라본다.

"장군님! 소인의 주인님을 살려주시면 살아 있는 동안 소인은 장군님을 노리지 않을 것이옵니다. 그리고 시키는 일은 무엇이든 다하겠사옵니다."

"네놈이 나를 노리지 않는다?"

"소인은 지금이라도 장군님을 죽일 수 있사옵니다. 적어도 장군님과 함께 죽을 수 있다는 말이옵니다."

"……!"

계백은 굳은 얼굴로 무휼을 쳐다보았다.

이 괴이한 놈을 또 만나게 될 줄이야?

이놈은 거칠고 정제되지 않았지만 참으로 마음에 드는 놈이다.

계백의 눈이 다시 질려 있는 대군을 향했다.

무휼에 비해 대군은 초라하게 떨고 있었다.

적어도 지금의 대군은 단지 신분만 그럴싸할 뿐 거목은 아니었다.

계백의 입에서 긴 한숨이 절로 나온다.

태자는 여감과 함께 호위무사들의 경호 아래 가잠성 성문 앞에 서 있었다.

그 뒤로는 창을 꼬나든 채 경계태세를 갖춘 가잠성 군사들이 보였다.

이제 암살에 대한 염려는 하지 않아도 될 것이다.

그래서인지 태자의 얼굴은 의외로 평온했다.

하지만 그 평온 뒤에는 이번 일에 대한 배후를 철저히 파헤쳐 반드시 원흉을 목 베리라는 단호한 의지가 숨겨져 있었다.

"여감! 감을 잡을 수 있느냐?"

태자의 말에 여감은 눈을 가늘게 뜨며 잠시 침묵을 지켰다.

심중은 있지만 확증이 없는 이상 함부로 입을 열 수는 없는 일이다.

"여감! 도대체 누가 나를 노렸을 것 같으냐? 말해 보라."

"소신은 알지 못합니다."

"뭐라?"

"다만 태자전하께서 생각하고 계시는 그분을 소신도 생각하고 있사옵니다."

여감의 두루뭉술한 대답이었다.

그러자 태자의 눈이 불거졌다.

여감의 말처럼 지금 자신의 마음에 거슬리는 사람은 딱 한 사람이었기 때문이었다.

그때였다.

말발굽 소리가 들리며 멀리서 계백이 말을 달려오는 모습이 보였다.

태자의 표정이 환해졌다.

어쨌든 절박한 위기를 넘기고 자신의 목숨을 살려준 장본인은 계백이다.

계백의 손에는 오랏줄 끝이 들려 있었다.

그리고 그 오랏줄에는 무휼이 여기저기 심하게 찢기고 깨진 모습으로 온몸이 묶인 채 끌려오고 있었다.

계백이 말을 달리면 거기에 맞춰 달리고 말을 걷게 하면 같이 따라서 걸어야 하는…….

거기다 말이 힘차게 달릴라치면 아예 바닥에 쓰러져 끌려오는 것이었다.

한마디로 상처를 입은 채 포획된 짐승에 다름 아니었다.

계백이 말에서 내리자 태자가 여감과 호위무사들의 경호를 받으며 다가왔다.

"어서 오시오. 장군! 많이 걱정했소이다!"

"황송하옵니다. 태자전하!"

"장군께선 당할 리 없다고 생각했지만 그놈들이 워낙 난폭한 듯해서 노심초사하던 판이었소."

"전하! 소장이 관장하는 성에서 변고를 당하셨으니 이 불충을 어찌 감당해야 하옵니까?"

"이 몸은 무사하니 됐소이다! 장군이 나를 지켜준 것 아니오? 습격한 자들의 뒤를 캐보면 배후가 나올 것이고……. 그 배후를 응징하는 것으로 장군에 대한 징계를 대신할 생각이오."

태자의 말에 계백의 얼굴에 순간적으로 긴장이 스쳐 지나갔다.

역시 태자는 이 일을 그냥 지나칠 사람이 아니었다.

그런 계백을 물끄러미 쳐다보는 여감의 눈이 음산한 빛을 발했다.

그는 칼 한번 잡아본 적이 없는 사람이지만 대신 명석한 판단력과 치밀함으로 태자의 두뇌 역할을 감당하는 자였다.

그래서인지 조정 대신들 사이에서는 여감을 소태자라고 칭하며 그의 눈밖에 나는 것을 지극히 두려워할 지경이었다.

태자는 온몸이 묶인 채 말 옆에 쓰러져 있는 무휼을 가리키며 계백에게 물었다.

"장군! 저놈은 누구요?"

"예, 전하! 소장이 놈들을 모두 베었는데 아무래도 배후를 알아야 할 것 같아 한 놈을 사로잡아 왔사옵니다."

"나를 노렸던 놈들 중 한 놈이라는 말이오?"

"그렇사옵니다. 소장이 잠깐 심문해본 바, 근처를 떠도는 비적 같사온데 자세한 것은 더 추국해 봐야 할 것 같사옵니다."

"비적? 겨우 하찮은 비적들이 나를 노린단 말인가? 장군! 그럴 수 있다고 보는 게요?"

태자가 비웃음이 섞인 묘한 표정으로 되물었다.

계백은 심장이 요동치는 긴장을 느꼈지만 내색하지 않았다.

어차피 무휼을 믿는 수밖에 도리가 없었던 것이다.

그렇잖다면 왕실의 피바람은 곧 나라의 국운을 뒤흔들 것이었다.

"태자전하의 신분을 몰랐다고 하나 더 조사를 해봐야지 않겠사옵니까?"

계백의 말에 태자는 재미있어 하는 얼굴로 여감을 처다보았다.

"여감! 네 생각은 어떠냐? 태자를 노리는 비적이라는데?"

여감은 대답 대신 쓰러져 있는 무휼에게 다가가 턱을 치켜올린 채 물끄러미 살피기 시작했다.

계백의 눈이 파르르 경련을 일으켰다.

그는 지금 태자보다 오히려 여감이란 존재가 더 힘들다는 것을 느끼는 중이었다.

여감은 무휼의 볼을 잡아당기며 기묘한 미소를 머금었다.

"태자전하! 믿을 수 없지만 그럴 수도 있을 것이옵니다. 허나 이놈이 죽어가면서까지 진실을 품을 수 있을지는 모르겠사옵니다. 매 앞에 장사가 없다고 했는데 말이옵니다."

계백의 입이 살짝 벌어진다.

여감의 말은 지독한 추국을 예고하는 말이었다.

계백의 눈이 무휼을 향했다.

무휼은 잔뜩 겁에 질린 채 온몸을 바들바들 떨고 있었다.

목이 달아나도 눈 하나 깜짝하지 않고 비명조차 지르지 않을 그가 겁에 질려 몸을 떨다니?

무엇 때문일까?

영혼 없는 짐승

가잠성 군사훈련 연병장 주변은 창을 든 군사들의 삼엄한 경계가 펼쳐진 가운데 일반 백성들의 접근을 철저히 차단하고 있었다.

연병장 한가운데에서는 태자와 계백 그리고 여감이 지켜보는 가운데 지독한 추국이 진행되고 있었다.

벌써 몇 시진째 태자의 호위무사들이 형틀에 묶인 무휼을 향해 인정사정없이 주리를 틀었다.

그럴수록 무휼은 발악을 하듯 쉬지 않고 고래고래 비명을 질러댔다.

무휼의 몸은 그야말로 만신창이에 다름 아니었다.

허벅지에는 피가 흥건했고 비명을 질러대느라 목청이 탈이 났는지 입에서도 핏줄기가 쉬지 않고 흘러내렸다.

추국을 진행하는 사람은 계백이었다.

어차피 자신이 관장하는 성 내에서 발생한 대역죄인인 만큼 자신이 직접 그 내막을 알아내야겠다며 태자에게 집행관 역할을 간청했고 태자가 그것을 허락한 것이었다.

계백은 주리 트는 것을 중지시킨 다음 다 죽어가는 무휼의 머리채를 잡아 틀었다.

"이놈! 네놈의 배후가 누구냐? 솔직히 말을 하라!"

"배후라니요……? 이놈은 그저 무수리 근처에서 짐승이나 잡고 비적질이나 하는 놈입니다요! 제발 살려주십시오."

무휼은 울부짖었다.

엄청난 고통의 아픔과 겁에 질린 모습이 처량하기 짝이 없다.

그러나 계백의 호통은 그런 무휼의 애원을 일거에 묵살해 버린다.

"네 이놈! 어디서 거짓을 늘어놓는 게냐! 네놈들이 감히 태자전하를 죽이려 했다는 것을 모른단 말이냐?"

"태자전하라니요……? 우린 단지 어느 귀족이 사냥을 나온 것인 줄 알고 몸값을 취하려 했을 뿐입니다요……! 소인들이 미치지 않고서는 어떻게 감히 태자전하를 노릴 수 있겠사옵니까! 정말입니다요!"

"안 되겠구나! 어리석은 놈이 말로 해서는 도저히 안 될 것 같으니!"

계백은 노기 띤 얼굴로 태자의 호위무사들을 쳐다보았다.

"이놈은 무엄하게도 태자전하를 시해하려 한 놈이다! 매우 쳐서 입을 열게 하라!"

계백의 말에 호위무사들은 무휼을 형틀에 묶은 다음 곤장을 치켜들었다.

곤장은 태형이다.

주리를 트는 것이 고문이라면 태형은 죽일 수도 있다는 뜻이다.

그러자 무휼은 울부짖으며 겁에 질린 모습으로 살려달라는 애원을 하기 시작했다.

절박한 모습이었다.

그러나 계백은 냉소를 보낸 다음 호위무사들을 향해 신호를 보냈다.

곤장이 내리쳐진다.

빠악……!

빡!

그리고 얼마 못 가 무휼의 엉덩이가 찢겨지면서 흘러내린 피가 온몸을 뻘겋게 물들이기 시작했다.

무휼의 비명은 보는 이의 고막을 때리다가 태형이 집행될수록 잦아들더니 그것도 잠시.

이내 희미해지더니 조용히 잦아들었다.

죽었는지 살았는지 더 이상의 움직임도 보여주지 않았다.

그런데도 곤장은 여지없이 무휼의 하체를 강타한다.

태자와 여감은 약간 떨어진 곳에서 팔짱을 낀 채 재미있다는 듯 그 모습을 즐기고 있었다.

그 시각.

대군 부여효의 사랑채에서는 대군과 임자 그리고 충상과 상영이 굳은 얼굴로 앉아 있었다.

임자와 충상, 상영은 얼굴이 흙빛으로 변해 사시나무처럼 떨어댔다.

그도 그럴 것이 태자가 살아 있다지 않은가.

그렇다면 실패한 거사고 이제부터는 거기에 따르는 태자의 처절한 응징이 시작될 것이다.

세 사람은 그것이 두려웠다.

그 결과는 죽음밖에 없지 않은가.

그것도 3족이 몰살을 당하는…….

임자는 몸을 휘청대면서 대군을 쳐다보았다.

주군을 잘못 선택했다는 뒤늦은 후회가 밀려왔지만 이미 엎질러진 물이다.

그러니 어떻게든 대군을 물고 늘어져 살 길을 찾아야만 했다.

"대군마마. 이 일을 어찌해야 하옵니까?"

그러나 파랗게 질려 있는 임자 일당과는 달리 대군은 의외로 담담했다.

"태자의 명줄이 질기긴 질긴 모양이오. 죽을 때가 안 된 것이지."

"계백이 모든 사실을 알고 있다고 하지 않으셨사옵니까?"

"그렇소. 내 가노를 범인으로 잡아간 것도 계백이오. 하지만 계백은 입을 다물 것이야."

"대군마마. 소신은 머리가 둔해 알 수가 없사옵니다. 계백이 대군마마의 가노를 범인으로 잡아갔는데 입을 열지 않을 거라니요?"

"다들 그렇게만 알고 있으시오! 모든 것이 내 가노의 머리에서 나온 것이니……. 그놈만 입을 다물어 준다면 태자는 더 이상 어쩔 수 없을 것이오. 심증이야 죽는 날까지 남아 있겠지만 증거가 없으니 달리 뾰족한 수가 있겠소?"

"계백이 무슨 마음으로 대군마마를 돕는단 말이옵니까? 믿기지가 않사옵니다."

이때 몸을 떨고 있던 충상이 끼어들었다.

그의 얼굴은 벌써 식은땀으로 범벅이었다.

"그렇사옵니다. 계백은 대군마마의 호의를 처음부터 거절한 자가 아니옵니까?"

"나도 그 점이 께름칙하지만 지금으로서는 그를 믿는 수밖에 도리가 없소이다. 만약 모든 것을 고할 생각이었다면 굳이 그런 방법을 쓰지 않았을 테니 말이오."

"……."

"하지만 계백은 여전히 위험한 자! 차후에 반드시 그를 내칠 수 있는 방법이 있을 것이오."

"마마의 가노란 놈이 끝까지 입을 다물 수 있겠사옵니까? 지금쯤 태자의 진노가 하늘을 찌를 터인데 말이옵니다."

"이 나라 왕실의 장자가 일개 노비 놈에게 운명을 걸고 있다는 것이 우습지만, 그놈의 입을 열게 할 사람은 아무도 없을 것이오. 그놈이 스스로 입을 열겠다고 작정하지 않은 이상 그놈 세계는 오직 그놈만이 재배할 수 있을 뿐이지……. 나도 그놈의 내심은 모르오. 마음속에 무엇이 들어 있고 머리로는 무엇을 생각하는지……."

그랬다.

대군 역시 무휼을 잣대로 재본 적이 없다.

아니 재볼 수가 없었다.

그는 상식의 잣대로는 도저히 이해할 수 없는 자였기 때문이었다.

그래서인지 대군은 지금 무휼을 더 믿는 것인지도 모를 일이었다.

거의 죽기 직전의 처참한 모습으로 혼절해 있는 무휼의 얼굴에 양동이의 물이 부어졌다.

그 바람에 가느다란 신음과 함께 무휼이 게슴츠레하게 눈을 떴다.

사람의 목숨이 질기긴 질긴 모양이었다.

이처럼 찢겨지고 찢겨진 육신으로도 간헐적이긴 하지만 숨을 내쉬다니?

계백은 그런 무휼을 힐끔거린 다음 태자를 쳐다보았다.

태자와 여감은 처음 재미있어 하는 표정 그대로였다.

마치 즐기는 듯했다.

사람이 얻어맞고 죽어가는 모습이 어떤 것인지를…….

"태자전하! 주리를 틀고 곤장 백 대를 쳤는데도 입을 열지 않은 것을 보면……."

그러자 계백의 말이 끝나기도 전에 여감이 무휼을 향해 가며 말을 낚았다.

태자의 대답을 가로챈다는 것이 무엄했지만 그는 태자의 신임이 가장 두터운 책사였다.

"정말 비적일지도 모르지만……. 아니라면 장군님의 생각보다 훨씬 지독한 놈일 수도 있습니다."

"……!"

"하지만 아무리 지독한 자라도 이럴 때 입을 열게 할 방법은 얼마든지 있습니다."

말을 마친 여감은 군막 쪽에서 걸어오는 태자의 호위무사들을 힐끔거렸다.

계백의 눈이 호위무사들을 향했다.

순간 그의 눈이 순간적으로 불거졌다.

호위무사들이 불이 시뻘겋게 달궈진 화로를 들고 오는 모습이 보였다.

화로에는 인두가 꽂혀 있었다.

여감은 달궈진 인두를 집어들었다.

그리고는 형틀에 묶여 있는 무휼의 등짝을 사정없이 지져대기 시작했다.

무휼의 입이 극심한 고통으로 길게 찢어진다.

신음조차 없다.

이미 모든 기력을 상실한 때문이었다.

살이 타는 소리를 내며 지져지는 등에서 고기 굽는 냄새와 함께 김이 서리서리 피어오른다.

차마 눈 뜨고 볼 수가 없다.

참혹했다.

그에 비해 여감의 얼굴은 악귀의 그것에 다름 아니었다.

인간이 이토록 잔인할 수 있는 것일까?

"이놈! 이래도 사실대로 말하지 못하겠느냐?"

여감이 인두로 살을 지지며 무휼의 머리채를 잡고 소리쳤다.

무휼은 그저 입만 벙긋댈 뿐이었다.

무슨 말을 하고 싶은 것일까?

견딜 수 없을 만큼 아프니 그만두라는 것인가?

아니면 차라리 죽여 달라는 애원인가?

"소인은…… 비적…… 이옵니다. 살려주소서……. 차라리 죽이시든가……."

무휼의 말은 결국 그것이었다.

자신은 비적이다.

그뿐이었다.

그리고 그는 결국 고개를 떨어뜨렸다.

소원대로 죽은 것일까?

여감은 굳은 표정으로 신음소리를 냈다.

이런 경우에 사실을 토해내지 않을 놈이 존재할 수 있을까?

그런 놈은 사람이 아닐 것이었다.

여감은 인두를 내던지며 무휼을 내려다보았다.

분명 심증은 있는데 확실한 증거가 없다.

그가 배후가 아니라는 말인가?

혼란스럽다.

그 모습을 보는 계백의 눈이 빛을 발했다.

모든 것을 마무리 지을 수 있는 기회였다.

"이놈은 죽어 마땅하다! 다시 물을 끼얹고 입을 열 때까지 취조를

계속하라!'

계백이 호위무사들에게 소리쳤다.

그러자 호위무사들의 얼굴에 당혹스러움이 확연히 떠올랐다.

그들 역시 무휼의 모습에서 배후가 없다는 것을 확신하고 있었던 것이다.

이때 태자가 계백을 불렀다.

"장군! 됐소이다! 그만두시오."

"태자전하! 어인 말씀이옵니까? 전하를 시해하려고 했던 놈이옵니다."

"허허허. 모르고 그랬다지 않소이까. 그놈 말대로 내가 귀족쯤으로 보였던 모양이오."

"하지만 전하! 자칫 배후가 있을지도……."

"저렇게 겁에 질려 소리를 질러대는 놈이 이 나라 태자를 노리는 자객일 리가 없소. 그리고 설사 나를 노린 자객이라고 해도 이런 끔찍한 추국을 견딜 수 있는 자는 없지……. 저놈은 제 말대로 멋도 모르고 달려든 부나방 같은 비적일 것이오."

"하오면? 소장이 놈의 목을 베어버리겠사옵니다. 어쨌든 태자전하를 시해하려고 했던 놈이 아니옵니까?"

"……."

"물론 하찮은 마소에게까지 인정을 베푸시는 태자전하의 너그러움이야 온 백성이 칭송하고 있사옵니다! 하오나 전하! 지금은 법의 지엄함을 보여야 할 때인 줄로 아옵니다."

계백의 말에 태자의 얼굴에 난처한 빛에 떠올랐다.

'짐승에게까지 베푸는 내 관대함과 너그러움이라……? 그렇게 말하니 죽이려 해도 차마 죽이지 못하겠군.'

태자의 속마음이었다.

사실 태자는 배후가 없다 하더라도 무휼의 목을 벨 생각이었다.

법이 그랬다.

또한 당시 놀랐을 때를 생각하면 찢어 죽여도 시원찮을 판이었다.

그런데 계백의 말은 자신의 관대함을 칭송하고 있다.

그러나 태자가 모르는 것이 있었다.

이 모든 것이 무휼의 목이 떨어지는 것을 막기 위한 계백의 치밀한 안배라는 것을…….

자신이 먼저 선수를 잡고 무휼을 몰아붙이다가 결정적인 순간에 체면과 체통을 중히 여기는 태자의 심리를 이용한다면?

그것만이 무휼을 살릴 수 있는 유일한 길이기 때문이었다.

그리고 대군을 살리고……. 온 나라가 피바다로 변하는 참극을 막을 수 있는 유일한 길이었다.

태자는 무휼을 힐끔 보고나서 고개를 흔들었다.

"장군! 모르고 한 것은 죄가 아니라 실수일 수도 있소. 물론 비적 노릇을 한 것은 죽어 마땅하나 이미 놈의 동료들이 다 죽은데다 저놈 또한 심하게 치도곤을 당했소. 그러니 목숨만은 살려주어 내쫓도록 하시오!"

"과연 태자전하의 아량을 소장은 짐작조차 못하겠사옵니다!"

계백의 말에 태자는 어색한 헛기침을 해댔다.

하지만 그리 기분 나쁜 것은 아니었다.

계백은 연병장 주변을 경계하고 있는 군사들을 향해 소리쳤다.

"여봐라!"

그러자 10여 명의 군사들이 쏜살같이 달려왔다.

계백은 눈을 부릅뜬 채 초죽음이 되어 있는 무휼을 가리키며 명을 내렸다.

"태자전하의 명대로 이놈을 성 밖에 내다버려라! 죽고 사는 것은

이놈의 운명일 터! 어서 내다버려라!'

계백의 명령에 군사들이 빈사 상태에 있는 무휼을 질질 끌고 가기 시작했다.

어차피 죽을 것으로 생각한 모양이었다.

그 모습을 힐끔거리는 계백의 눈에 안도와 함께 심한 염려가 함께 섞여 있었다.

그러나 태자와 여감은 계백의 그런 모습을 확인할 수 없었다.

오늘 가장 분노하고 자신들을 살려준 사람이 바로 계백이기 때문이었다.

그런 사람이 술수를 쓸 리 없지 않은가.

적어도 오늘의 계백은 그들의 은인이자 우군이었다.

계백이 사용하는 성주의 집무실에 앉아 있는 태자는 가뿐했다.

비적 놈의 배후가 없다는 것을 확신할 수 있었기 때문이었다.

그러나 태자와는 달리 여감의 표정은 여전히 어두웠다.

물론 뚜렷한 이유가 있는 것도 아니었다.

"여감! 왜 죽을상이냐?"

"아니옵니다. 잠시 생각할 게 있어 그러는 것뿐이옵니다."

"왜? 나를 노렸던 암살자들의 배후에 사가의 대군 형님이 있을 거라는 생각에서냐?"

"……."

"잊어라. 배후는 없어."

"태자전하! 너무 싱겁지 않사옵니까?"

"싱겁다니? 무슨 뜻이냐?"

"암살자들이 쏜 화살에 맞은 노루가 이미 죽었음에도 불구하고 까맣게 변색됐사옵니다. 그것은 놈들의 화살촉에 독이 묻어 있다는 증거이옵니다."

"……."

"물론 비적들이 독화살을 사용하기도 한다는 것은 알고 있사옵니다만……. 놈들이 처음부터 태자전하를 알고 덤벼들었다는 생각을 지울 수가 없사옵니다."

여감의 말에 대군은 잠시 눈을 가늘게 뜬 다음 대기하고 있는 호위무장을 쳐다보았다.

"너희들은 복종심이 강하고 독한 놈들이다. 그런데…… 너희들이 그 비적 놈처럼 심한 물꼬를 당한다면 어찌 하겠느냐?"

"……!"

"알고 있는 비밀을 끝내 숨길 수 있겠느냐고 묻는 것이니라."

"태자전하! 사실대로 말씀드려도 되겠사옵니까?"

"물론 그래야 한다."

"전하! 세상에 그런 물꼬를 당하고 입을 다물 수 있는 자는 없을 것이옵니다. 사람의 인내는 한계가 있기 때문이옵니다."

"너희 같은 자들도 견디지 못한다 이 말이렷다?"

"그렇사옵니다. 송구하옵니다. 태자전하!"

"하긴 견디는 자가 있다면 그건 사람이라고 할 수 없겠지. 더구나 그놈이 나를 알고 노리기에는 너무 겁이 많고 경박스러워."

"그렇사옵니다. 자객은 죽는 순간까지도 비명을 지르지 않사옵니다. 그런 것을 보면 좀도둑질이나 하는 비적이 틀림없는 것 같사옵니다. 배후가 있다면 누가 그런 형편없는 놈들에게 거사를 맡기겠사옵니까?"

호위무장의 말에 태자는 고개를 주억거렸다.

그리고 지금까지 그런 물꼬에 자신이 알고 있는 비밀을 털어놓지 않은 자를 본 적이 없다.

"여감! 들었느냐?"

"예."

"그렇다면 됐다. 대군 형님이 아니라서 다행이지. 그렇지 않았다면 대군 형님은 분시를 당하고도 남았을 텐데 말이다."

그랬다.

태자가 암습을 받았음에도 가뿐해 하는 것은 대군 부여효가 아무런 관련이 없다는 것을 믿은 때문이었다.

비록 정적이기는 해도 혈육이 아니던가.

여감은 동의한다는 듯 한숨과 함께 고개를 끄덕였다.

그렇지만 그의 마음은 여전히 무거웠다.

가잠성 밖 서쪽에 있는 만정(卍井)에는 한 사내가 피투성이가 되어 쓰러져 있었다.

악취가 심해 코를 막아야 하고 눈조차 제대로 뜰 수 없을 정도로 엄청난 파리떼들이 들끓고 있는 만정은 원래 늪이었다.

오랜 세월 백성들이 돌림병이 들어 죽은 짐승들을 귀찮은 나머지 묻지 않고 내다버리는 통해 늪이 채워지면서 물렁한 땅이 되어가는 중이었다. 하지만 여전히 악취가 심해 근처에는 사람들이 얼씬거리지도 않았고 썩은 고기를 취하려는 날짐승과 파리떼들의 천국이었다.

그때 피투성이 사내의 몸에 붙어 있던 파리떼가 일순 요란한 날갯짓을 하며 일제히 달아나기 시작했다.

사내가 힘들게 눈을 떴다.

처참하기 이를 데 없는 무휼이었다.

무휼은 조금씩 꿈틀대다가 안간힘을 다해 상체를 일으켰다.

파리떼들은 무휼의 신선한 피에 욕심이 났는지 앵앵거릴 뿐 그 주위를 떠나지 않고 있었다.

무휼은 엉금엉금 기어 만정을 간신히 빠져나가기 시작했다.

이어 온 힘을 다해 몸을 일으킨다.

순간, 다리에 힘이 풀리면서 그대로 엎어지고 말았다.

그러자 기다렸다는 듯 다시 파리떼가 몰려들었다.

파리들은 무휼의 등과 엉덩이 등 모든 상처에 달라붙어 만찬을 즐기는 것이었다.

하지만 무휼은 움직일 힘조차 남아 있지 않았다.

이런 상황에서 반각의 시간만 흘러도 다시는 움직이지 못할 것이다.

그때 지난날 계백이 했던 말이 무의식중에 무휼의 귓전을 때렸다.

'죽지 않고 살아가는 것이 잘하는 것이다……. 죽음은 나약한 자의 마지막 피난처. 그러니 개처럼 살더라도 죽지 않고 살아가는 것이 강한 것이다.'

무휼은 괴성을 지르면서 벌떡 몸을 일으켰다.

개처럼 살더라도 살아가는 것이 잘하는 것이라지 않은가.

괴성을 지른 탓인지 입안에서 핏덩이가 쏟아져 나왔다.

그런데도 그는 혼신의 힘을 다해 비틀거리면서도 겨우 겨우 만정을 벗어났다.

인간의 의지로는 정말 불가능할 것이었다.

하지만 무휼은 해냈다.

그리고 술 취한 사람처럼, 죽었다가 다시 무덤에서 살아나온 사람처럼 참혹한 모습으로 만정에서 멀어지기 시작했다.

아직도 그가 내딛는 발자국 주변에는 핏방울이 조금씩 떨어지고 있었다.

계백은 태자 일행을 배웅하고 만정을 향해 급히 말을 몰았다.

군사들에게서 무휼을 만정에다 버렸다는 말을 들었기 때문이었다.

그리고 계백이 만정에 도착했을 때는 이미 무휼이 사라진 지 한 시진이 지난 후였다.

계백은 무휼이 기어나왔을 자리를 보며 긴 한숨을 내쉬었다.

발자국으로 보아 다른 사람이 데려간 것은 아니라는 생각이었다.

그렇다면 놈은 그런 처참한 몸으로도 결국 죽지 않고 살아났다는 말이다.

참으로 감탄을 금할 수가 없다.

놈은 자신의 몸을 내주고 대군을 살린 것이다.

계백을 살린 것이다.

아니, 어쩌면 온 나라를 살린 것인지도 모를 것이었다.

왕실의 피 싸움이 온 나라로 번질 것은 말하지 않아도 너무나 자명한 일이지 않은가.

계백은 코끝이 시큰하게 아려오는 아픔을 느꼈다.

'놈……. 무휼이라고 했던가……? 네놈이 왕실을 구했구나. 네 피를 대신 흘려 온 백성들의 피를 멈추게 했어……. 부디 무사해야 한다. 부디…….'

무휼이 비몽사몽간에 부여효 대군 저택의 대문에 부딪치며 쓰러질 때는 다음날 해질녘이었다.

인기척을 느낀 집사가 대문을 열고 송장이 다 된 무휼을 발견하고 방으로 옮긴 다음 사랑채의 대군에게 사실을 고한 것은 차 한 잔 마실 시간도 되기 전이었다.

대군은 무휼이 돌아왔다는 말에 크게 놀란 얼굴로 처마 끝까지 버선발로 뛰쳐나왔다.

집사의 얼굴은 울상이었다.

지금까지 살아오는 동안 그런 끔찍한 모습은 처음 보았기 때문이었다.

"대군마마! 무휼이 놈이 살 수 있을지 걱정이옵니다. 도대체 어디에서 그런 산송장이 되어 왔는지 차마 눈을 뜨고 보지 못할 지경이옵니다."

"지금 어디에 있느냐?"

"겨우 숨이 붙어 있어 아랫것들 처소에 눕혀놓고 계집종으로 하여금 수발을 들라고 했사옵니다."

"상태가 어떻더냐?"

"아직까지 살아 있는 것이 신기할 정도이옵니다. 온몸이 찢겨지고 인두질을 당해 차마 볼 수가 없사옵니다. 자칫 죽을지도 모르겠사옵니다."

"어서 의원을 불러 치료토록 하고 어떻게든 목숨을 부지시키도록 해라. 어서 서둘러!"

대군의 채근에 집사는 부리나케 대문 밖으로 뛰어나갔다.

의원을 부르러 간 것이었다.

대군은 긴 한숨을 내쉬었다.

참으로 다행이었다. 어떻든 무휼이 놈이 살아왔다는 것은 태자가 자신의 존재를 모르고 있다는 것을 의미했다.

이때 내당 쪽에서 대군의 군부인이 치맛자락을 훔치며 잰걸음으로 달려오는 모습이 보였다.

대군은 짐짓 아무렇지 않은 듯 헛기침을 해대며 사랑채 안으로 들어갔다.

군부인이 냉큼 따라 들어왔다.

아랫목에 앉으며 위엄을 갖춘 대군이 물었다.

"부인! 사랑채에는 무슨 일이오?"

"소첩이 못 올 데를 왔사옵니까? 잠시 나리께 드릴 말씀이 있사옵니다."

도전적인 말투였다.

대군은 인상을 찌푸렸다.

투기가 남다른 부인이 또 무슨 트집을 잡으려는 것인가?

"말씀하시오."

"도대체 무슨 일이옵니까? 벌써 한 달째 내당을 찾지 않으시고!"

"무슨 소리요?"

"소첩이라고 바깥일을 전혀 모르겠사옵니까? 나리를 따르는 사람들이 상갓집 개 드나들 듯이 드나들고 종놈 무휼이가 피투성이가 되어 돌아왔다지요?"

"부인! 말씀이 지나치시구려. 이 나라 대신들한테 상갓집 개라니……?"

"소첩도 속이 타서 그러하옵니다. 분명 나리 주변에서 큰일이 벌어지고 있는데 소첩은 아무것도 모르고 있으니……! 이래가지고서 어찌 편안히 안방마님 노릇만 할 수 있단 말이옵니까? 대체 무슨 일이옵니까?"

"일은 무슨! 아무 일 없소. 그리고 있다 해도 부인이 알 일이 아니오."

"나리!"

"돌아가시오. 부인께서 걱정할 일이 아니니."

"나리께서 소첩에게 걱정을 끼친 것이 어디 한두 번이옵니까? 성정이 불같아 왕실에서까지 밀려나시고 눈에 보이는 계집이라면 신분여하를 막론하고 취하려 하시니 소첩이 하룬들 마음을 놓겠사옵니까?"

"허어? 부인! 지금 질투하시는 게요? 체통을 지키시오."

"소첩도 여자이옵니다. 그리고 이불 속에서의 계집 노릇은 신분과는 상관없는 것이옵니다."

"시끄럽소! 사내가 계집 좀 취하기로서니 무슨 문제가 된다는 말이오!"

"나리! 소첩이 두 눈을 뜨고 있는 한 또 다른 계집을 취하는 것은 두고 보지 않을 것이옵니다. 유념하시오소서!"

"사람 참, 그런 일이 아니라니까!"

대군이 버럭 소리를 질렀지만 군부인의 기세는 여전했다.

자고로 여인네가 제아무리 끈질기게 달려들어도 남정네의 고함에 기가 죽기 마련인데 군부인은 아니었다.

하긴 혼인 전부터 난봉 기질이 있었지만 지금까지도 그 버릇이 여전한 대군인지라 군부인 입장에서는 속이 터지는 것도 당연할 것이었다.

군부인은 대군을 한참 동안 노려보다가 노기 띤 얼굴로 냉기를 풍기며 일어났다.

"명심하시오소서! 나리께서 다른 계집을 취하려 하셨다가는 신첩이 그 계집을 살려두지 않을 것이옵니다! 그렇게 되더라도 모든 책임이 나리께 있다는 것을 아서야 할 것이옵니다!"

말을 마친 군부인은 사랑채 문을 부서져라 열고 밖으로 나가버렸다.

그녀는 대군이 1개월이 넘도록 자신을 품어주지 않고 밖으로 싸도는 것이 다른 계집 때문이라고 생각한 모양이었다.

지아비였지만 그녀는 아직 대군의 야망이 어떤 것인지를 모르고 있었던 것이다.

하지만 여자에게는 사내의 야망보다 오직 자신만을 사랑해 주는 마음이 더 간절한 것일지도 모를 일이었다.

여자의 야망의 끝은 언제나 사내의 사랑을 한몸에 받는 것이기 때문이었다.

대군은 아무것도 모르는 군부인이 한심한 듯 혀를 차댔다.

"한심한 여편네 같으니라고. 다 죽었다 살아난 남편에게 말하는 꼬락서니 하고는! 쯧쯧쯧."

어쨌든 대군도 자신이 살아난 것이 무휼 덕분이라는 것을 알기는 아는 모양이었다.

무휼의 방에서 옥서는 심하게 몸을 떨며 울고 있었다.

무휼의 몸은 몇 장의 천을 다 버려도 부족할 만큼 상처마다 피고름 투성이었다.

정말 너무나 끔찍해 차마 똑바로 쳐다보기가 무서울 정도다.

사람을 어찌 이렇게까지 찢어놓을 수 있단 말인가.

'어찌 이런 몸으로 살아올 수 있단 말입니까……? 장하십니다…… 장하십니다. 무휼 오라버니!'

상처를 닦아내는 옥서의 얼굴에 눈물이 뺨을 타고 흘러내려 혼절해 있는 무휼의 가슴에 떨어졌다.

그녀는 상처를 닦다 말고 무휼의 가슴에 얼굴을 갖다댔다.

무휼이 겪었을 아픔이 고스란히 전해져 온다.

"무휼 오라버니! 죽지 말아요. 죽으면 안 되잖아요……. 나한테 한 말 잊었어요……? 무슨 일이 있어도 나를 지켜주겠다는 말……."

옥서는 애절한 얼굴로 눈물을 흘리며 무휼의 몸을 쓰다듬기 시작했다.

5년 전 비가 억수같이 내리던 어느 날 밤이었다.

15살 어린 옥서는 군부인의 명을 받아 10리 너머 들새나루에 있는 군부인의 친정집에 금붙이가 든 보석함을 전해주고 오다가 낮에도 귀신이 나온다는 양쪽 솔밭 길에 들어섰다.

솔밭 길은 대군의 집에 가려면 반드시 지나야 하는 곳이었다.

그때 눈이 보이지 않을 정도로 많은 비가 내리면서 천둥 번개가 쉴 새 없이 치기 시작했다.

평소에도 겁이 많은 옥서는 번개가 치는 순간에 보이는 모든 물체들이 귀신이 웃고 서 있는 것으로 보였다.

그녀는 겁에 질려 울부짖으며 그 자리에 주저앉고 말았다.

금방이라도 울고 있는 그녀를 귀신들이 앞 다퉈 잡아먹을 것만 같았다.

하지만 그럴수록 옥서는 추위와 겁에 질려 오들오들 떨다가 조금씩 정신을 잃어가기 시작했다.

그때 '옥서야!'를 외치며 멀리서 달려오는 무휼의 모습이 번갯불에 보였다.

옥서는 무휼을 발견하고 울부짖으며 기어갔다.

달려온 무휼이 옥서를 들쳐 업었다.

어린 나이였지만 그전부터도 무휼은 노비 옥서의 마음을 차지한 남자였다.

무휼은 겁에 질린 옥서를 업고 오면서 말했다.

"울지 말고 무서워하지 마라. 앞으로는 내가 너를 지켜줄 테니……."

그날 이후로 무휼은 옥서의 신앙이었다. 영혼의 지배자였다. 그리고 그를 향한 것은 한 여자의 사랑이었다.

그런데 그런 사랑이 지금 눈앞에서 처참한 모습이 되어 누워 있는 것이다.

옥서는 무휼이 다 죽어가는 환자라는 사실도 잊은 채 무휼의 입에 자신의 입술을 가져갔다.

'아시나요……? 그때 오라버니가 가져간 것이 제 마음이었다는 것을……? 사랑해요……. 사랑해요. 무휼 오라버니.'

이때 문밖에서 사람이 다가오는 발자국 소리가 들려왔다.

옥서는 재빨리 입술을 뗐다.

그리고서는 무휼의 피고름이 잔뜩 묻은 천을 자신의 가슴에 갈무리했다.

그것조차도 남에게 줄 수 없을 만큼 소중한 것이었기 때문이었다.

문을 열고 황급히 들어온 사람은 집사와 의원이었다.

옥서가 비켜주자 의원은 무휼의 상태를 놀란 눈으로 보다가 이내 진맥을 시작했다.

그러더니 잠시 후 믿을 수 없다는 듯 신음소리를 냈다.

"믿을 수 없구먼? 이런 몸으로 지금까지 살아 있다니?"

그러자 긴장한 얼굴로 집사가 채근했다.

"무슨 일이 있더라도 살려내라는 대군마마의 명이오. 그렇잖으면 의원은 목숨을 부지하지 못할 것이오. 그러니 필히 살려내시오."

집사의 엄포에 의원의 얼굴이 사색으로 변했다.

의원이라고 해서 다 죽은 사람을 살려낼 수는 없지 않은가.

"해보는 데까지 해보겠지만……. 살아나는 것은 환자의 의지요. 이런 상태에서는 의원이 할 수 있는 것이 별로 없소이다."

"아무튼 어서 치료를 시작하시오. 죽기라도 하면 정말 큰일이니."

의원이 침구 보따리를 펼치는 것을 보면서 옥서는 방을 나왔다.

하지만 처음과는 달리 그녀의 마음은 더 이상 두렵거나 무섭지 않았다.

그가 죽을 경우 따라 죽으면 될 것이기 때문이었다.

그리고 그녀는 충분히 그럴 마음의 준비가 되어 있었다.

대군의 거처에는 부리나케 달려온 임자가 가쁜 숨을 조절하면서 대군을 쳐다보고 있었다.

충상과 상영은 무휼이 잡혀가지 않고 돌아왔다는 말에 두려움의 긴장이 풀리면서 자리에 눕고 말아 대군의 저택을 찾을 수 없다고 했다. 자신들이 죽지 않고 살게 됐다는 사실이 탈진으로 이어진 것이었다.

"대군마마! 마마의 가노 놈이 돌아왔다고 들었사옵니다."

"그렇소. 아주 형편없이 초죽음이 되어 돌아온 모양이외다."

"……."

"그놈이 돌아왔다는 것은 태자가 배후를 알아내지 못했다는 것이지. 그러니 걱정할 것 없소."

대군의 느긋한 말에 임자는 잠시 뭔가를 생각하다가 눈을 가늘게 떴다. 음흉한 생각을 할 때면 늘 하는 그 버릇이었다.

"대군마마! 소신이 걱정하는 것은……. 가노 놈의 몸이 아니라 입이옵니다."

"……!"

"비천한 일개 가노 놈을 어찌 믿을 수 있겠사옵니까? 놈은 모든 것을 알고 있사옵니다. 그것은 놈이 대군마마의 고삐를 쥐고 있는 것이나 마찬가지 아니옵니까?"

임자의 말에 대군의 얼굴이 굳어졌다.

임자가 무슨 뜻으로 하는 말인지를 알아들었기 때문이었다.

"좌평! 놈을 죽이자는 것이오? 무휼이 놈을……? 그런 게요?"

"예."

"아니 될 말! 그놈은 나를 위해 목숨을 내던진 놈이오. 죽일 수는 없소이다.”

“대군마마! 놈은 일개 노비일 뿐이옵니다. 그런 놈의 입을 어찌 믿는단 말이옵니까? 자칫하다가는 놈에 의해 대군마마의 대업이 그르칠 수도 있사옵니다.”

“……!”

“자고로 죽은 자는 말이 없는 법이옵니다. 입을 막아야 하옵니다. 만사불여튼튼이라고 하질 않사옵니까.”

“비밀을 아는 것은 무휼이 놈뿐만이 아니라 계백도 있소. 그리고 우리 말을 쥐새끼도 들었을 것이니 산야를 불 태워 들짐승 산짐승을 모두 없애야 한단 말이오?”

“대군마마! 그것은 경우가 다르지 않사옵니까?”

“다를 바 없소이다. 비밀을 아는 사람은 좌평도 있질 않소. 충상과 상영도……. 내가 비밀을 지키기 위해 세 분의 목에도 칼을 대야 하겠소?”

대군의 말에 임자의 얼굴이 파랗게 질리며 눈이 튀어나올 듯 휘둥그레졌다.

어찌 자신들을 일개 노비에 비견한다는 말인가?

하지만 그는 대군의 무서움을 누구보다 잘 알고 있었다.

태자와는 비교도 할 수 없을 만큼 정치적 야망이 크고 그것을 위해서라면 장애가 되는 모든 것을 베어버릴 사람이 바로 대군이었다.

그래서 태자를 등지고 대군의 충복을 자처하지 않았던가.

임자는 파랗게 질린 얼굴로 몸을 수그렸다.

“대군마마! 소신은 대군마마께 충성을 다하고 있사옵니다. 소신의 충정을 헤아려 주소서.”

대군은 그런 임자를 보며 살짝 미소를 떠올렸다.

강자만이 지을 수 있는 여유로움이었다.

"알아요. 압니다. 나는 내게 충성하는 자는 누구라도 귀하게 여기는 사람이오. 내게 충성을 하는 한 내치지 않는다는 말이오. 좌평께서 그걸 알아줬으면 좋겠구려."

또다시 임자의 몸이 파르르 경련을 일으킨다.

대군의 말은 충성을 하면 봐주지만 등을 지면 가차 없이 처단하겠다는 말에 다름 아니었다.

등줄기를 타고 식은땀이 흘러내리기 시작했다.

새삼 대군의 무서움과 잔인함이 골수를 파고든다.

이럴 때는 그저 엎드리는 것이 상책이라는 것을 임자는 경험으로 알고 있었다.

대군은 위엄 있게 고개를 끄덕였다.

"내 가노 놈에 대해서는 더 이상 입에 담지 마시구려. 그놈, 아주 쓸 만한 놈이외다."

"알겠사옵니다."

"이만 돌아가시구려. 그리고 내 지시가 있을 때까지는 당분간 내 집 출입을 삼가시오. 행여 태자가 감시의 눈을 거두지 않았을지도 모르니."

"예, 대군마마."

임자는 공손하게 절을 한 다음 사랑채를 빠져나가기 시작했다.

무휼을 죽이자는 청을 하러 왔다가 오히려 면박을 당하고 거기다 대군의 무서움만 한층 더 체험하고 돌아가게 된 것이었다.

하지만 임자의 청이 잘못된 것은 절대로 아니었다.

이날 대군이 임자의 청을 받아들여 무휼을 죽였다면 그의 일생은 어떻게 달라졌을지 모를 일이었다.

그리고 나중에 노비로 부리던 무휼에게 씻을 수 없는 모욕과 치욕을 당하는 일도 없을 것이었다.

이날 대군이 무휼을 감싼 것은 그를 아껴서가 아니었다.

앞으로도 수없이 자신의 야망을 위해 써먹어야 하는 훌륭한 살인 도구였기에 내치지 않은 것뿐이었다.

대군은 태자를 쓰러뜨릴 다음 술수를 생각하며 자리에서 일어나 밖으로 나왔다.

대기하고 있던 집사가 종종걸음으로 달려와 머리를 조아렸다.

"무휼이 놈은 어떻더냐?"

"예, 대군마마. 참으로 강골은 강골인 모양이옵니다. 좀 전에 들렀더니 몸을 움직이면서 미음을 먹는 것을 보고 왔사옵니다. 다 죽어가던 몸을 사흘 만에 반쯤 추스르다니 정말 희한한 놈이 틀림없사옵니다."

"그래, 다행이구나. 내가 직접 놈을 살펴봐야겠다."

"아니 되옵니다. 대군마마! 자고로 주인이 상것들의 처소를 찾는 법은 없사옵니다. 종놈들이 본볼까 두렵사옵니다. 소인이 놈을 데려오겠사옵니다."

딴은 그럴 만도 했다.

주인이 어찌 천한 상것들의 처소를 가겠는가?

체통과 권위를 위해서도 그럴 수는 없는 일이었다.

"알았다. 가서 냉큼 데려오너라."

집사가 물러가자 대군은 처마 저 너머로 보이는 잿빛 하늘을 물끄러미 쳐다보았다.

절대 절명의 위기를 겪기도 했지만 자신은 이렇게 살아 있다.

살아 있다는 것은 또다시 새로운 도전을 시작하게 만들 것이다.

그리고 이제 또 한 번 거사를 시도할 때면 절대로 실패하지 않을 것이었다.

대군의 눈가에 조금씩 광기의 미소가 떠오른다.

그 광기의 눈빛 속에는 이미 자신이 태자궁에 머물고 있는 그림이
보였다.

무휼은 아직 상처와 붓기가 여전한 모습으로 사랑채 아랫목에 앉
아 있는 대군을 향해 큰 절을 했다.
상처에 딱지가 너덕너덕 붙어 있는 처참한 모습이었다.
“쯧쯧쯧. 많이 상했구나.”
“견딜 만하옵니다.”
“내막이야 묻지 않겠다. 네놈이 살아 돌아온 것을 보면 모든 것이
네놈의 계획대로 된 것일 테니. 어쨌든 나를 위해 네놈의 목숨을 건
것은 참으로 고맙구나. 네 충성을 잊지 않겠다.”
“…….”
“네놈 같은 충성심을 가진 자들이 한 사람만 더 있었어도 일을 하
기가 훨씬 수월할 터인데……. 그런 자가 없으니 안타깝구나. 쩝.”
대군의 말은 사실이었다.
따르는 무리가 많다고 해도 무휼만큼 절대적인 충성을 보이는 자
는 없다.
임자와 충상 그리고 상영도 모두 자신에게 빌붙어 기생하려는 것
에 지나지 않는다.
또한 그런 자들은 기회가 오면 언제든 배신을 일삼을 것이다.
무휼은 대군을 물끄러미 보다가 입을 열었다.
“주인님.”
“말해 보거라.”
“송구하오나 소인은……. 주인님께 충성을 하는 것이 아니옵니
다.”
무휼의 말에 대군의 눈이 휘둥그레졌다.

이게 무슨 말인가?

"내게 충성을 하는 것이 아니다? 그럼…… 무엇이냐?"

"소인은…… 짐승이 아닌 사람이 되기 위해 주인님께 기대고 있는 것이옵니다."

"뭐라?"

"지금으로서는 제 소원을 이뤄줄 유일한 분이 주인님 뿐이기에 섬기는 것입니다."

"호오……? 재미있는 말이구나? 그래, 짐승이 아닌 사람이 되는 길이 무엇이더냐?"

"스스로 생각하고 스스로 행동할 수 있으면 되옵니다."

"노비라는 네놈의 신분을…… 그 신분을 벗고 싶다는 말이더냐?"

"예, 그렇사옵니다."

당돌한 말이었다.

노비 주제에 감히 주인 앞에서 노비의 신세를 벗어 던지겠다니?

수틀리면 그 자리에서 죽임을 당할 수도 있는 일이었다.

대군은 기가 막힌 표정으로 물끄러미 쳐다보았다.

하긴 이놈이기에 그런 말을 할 수도 있을 것이었다.

"그래, 노비가 어디 사람이더냐? 하지만 네놈의 꿈이 그렇다 하면 주인을 잘못 선택했다. 보통의 노비라면 노비문서를 태워 신분격상을 해줄 수 있지만 네놈에게는 해당사항이 없어."

"……."

"백제의 법은 적국의 포로출신 노비에게는 절대로 신분격상을 불허한다. 네놈은 우리 백제의 적국인 신라 출신의 노비다. 그곳에서도 네놈의 조상은 노비였어."

"알고 있사옵니다."

"전쟁 중에 네놈의 할애비가 노비 신분임을 망각하고 우리 백제에게 저항하다 잡힌 것이지. 그러니 네놈의 신분격상은 불가능하다. 있다면 오직 대왕폐하의 사면 칙령에 의해 탈을 벗는 것뿐이야."

"……."

"하지만 네놈의 능력이라면 신라나 고구려에 가 신분을 숨기고 살 수도 있었을 터인데……? 왜 그러지 않은 것이냐?"

"설사 신분을 숨긴다 하더라도 노비는 노비일뿐이옵니다."

"그렇지. 그 노비나 이 노비나 노비는 노비지. 말 꼬리는 호랑이 꼬리가 될 수 없으니."

"소인은…… 소인의 손으로 그 멍에를 벗을 것입니다. 그것을 위해서라면 목숨을 버릴 수도 있사옵니다."

"내가 그 멍에를 벗겨줄 것이라고 기대한다면 그것은 네놈의 착각이다. 보다시피 나는 힘없는 대군일 뿐이야."

"아니옵니다! 주인님께서 이 나라의 주인이 되시면 되옵니다!"

"……!"

무휼의 말에 대군의 눈이 금방이라도 튕겨져 나올 듯 불거졌다.

나라의 주인이라니?

그것은 용상의 주인을 말하지 않은가?

지금까지 대군의 목적은 태자의 자리에 앉는 것이었다.

용상은 아버지인 의자왕이 죽으면 잇게 될 것이다.

그런데 눈앞의 종놈은 태자의 자리 따위가 아니라 용상이라고 말하고 있다.

대군은 부릅뜬 눈으로 무휼을 노려보기 시작했다.

무휼도 지지 않고 마주 쳐다본다.

어차피 입 밖으로 나온 말이다.

그렇다면 끝장을 봐야 할지도 모를 일이었다.

"네 이놈! 혓바닥이 뽑히고 싶은 모양이구나! 대왕폐하께서 정정하게 살아 계시는데 감히 권좌를 말하다니?"

대군의 노기 띤 대갈에 무휼 역시 물러서지 않았다.

평소와는 완전히 다른 모습이었다.

"주인님의 마음속에는 오래전부터 그곳이 자리하고 있질 않사옵니까?"

"……!"

"소인은 주인님을 위해 무엇이든 할 것이옵니다. 바로 그 일을 위해 계백님을 죽이지 않은 것이고 주인님을 위해 피를 흘리는 것이옵니다."

대군은 어이가 없다.

이놈은 정말 괴상한 놈이다.

자신이 노비의 탈을 벗기 위해 주인을 용상에 앉히겠다니?

그것도 천하고 천한 일개 노비 신분으로.

"네깐 놈이……? 종놈 주제에 나를 만인지상의 자리에 앉힌다……? 허허허. 보자보자 하니 참으로 무엄하고 맹랑한 놈이구나! 권좌라니……? 천하가 웃을 일이 아니겠느냐? 어리석은 놈! 헛된 망상이니라."

"소인은 할 수 있사옵니다. 그리고 반드시 그리 할 것이옵니다."

"닥쳐라. 이놈! 내 네놈을 반역으로 몰아 당장 목을 쳐야 마땅하나, 나를 생각하는 마음이 가상하여 듣지 않은 것으로 하겠다! 하지만 차후로 다시 이런 말이 나왔을 때는 능지처참을 면치 못할 것이야! 알겠느냐?"

"……."

"어쨌든 네놈이 나를 위해 큰 곤욕을 치렀으니 네 소원을 들어주마. 그런 맹랑한 말이 아니라면 뭐든 말이다."

"……."

“말해 보거라.”

“계백님을 사비성으로 불러 주인님 가까이 두시오소서.”

“······!”

대군의 눈이 커졌다.

전혀 예상치 못한 말이기 때문이었다.

“물론 주인님의 마음에 차지 않는다는 것을 알고 있사옵니다. 하지만 그분은 백제 최고의 장군입니다. 천하에 그분의 위용을 모르는 사람이 없사옵니다.”

“그렇더라도 타협을 모르는 사람인지라 내게는 지극히 위험한 자다. 아니, 왕실 전체에 위험한 자라고 할 수 있지.”

“주인님! 패했을 때 가장 먼저 주인님께 달려오고 승리했을 때 가장 늦게 나타나는 사람이 주인님의 사람인 것이옵니다. 그리고 위험한 사람일수록 가까이에 두는 법이옵니다.”

“······!”

“계백님은 주인님의 적이 아니옵니다. 그런 분을 적으로 두시려는 것은 지극히 위험하지 않겠사옵니까?”

“내 사람이 아니라고 해서 적으로 간주하지 말라? 이 말이냐?”

“그렇사옵니다.”

대군은 가슴이 철렁 내려앉는 충격을 느꼈다.

도대체 이 괴상한 놈은 뭐란 말인가?

하는 행동은 상식의 잣대를 벗어나고 하는 말은 정곡을 찌르는 칼과 같다.

대군은 무휼을 물끄러미 쳐다보았다.

‘대왕폐하······ 태자······ 계백······ 모두 다 힘에 겨운 사람들이지만 어쩌면······? 이 종놈의 존재가 가장 무서운 게 아닐까······? 어떤 경우에도 물러섬이 없는 용기와 헤아리기 어려운 재능과 기량······.

내 곁에 이런 놈이 있다는 것이 과연 복인가……? 아니면 화인가?
대군의 얼굴이 조금씩 굳어지기 시작했다.
그것은 일종의 형언할 수 없는 두려움 같은 것이기도 했다.

그 시간.
여종들이 반찬거리를 다듬고 있는 찬방에 명연(明蓮)이 들어와 옥서를 찾았다.
명연은 서른 중반의 퇴기(退妓)였다.
기생 출신답게 빼어난 미모에 가무에 능해 다른 여종들의 부러움의 대상이었다.
물론 지금도 충분히 사내들을 홀릴 나이였지만 웬일인지 그녀는 기생 노릇을 그만두고 군부인의 대녀(代女)로 지내고 있었다.
그 이유는 알 수 없는 일이었다.
대녀는 안방마님 대신 살림살이를 책임지며 여종들을 관리하는 일종의 여자 집사를 말하는 것이었다.
귀족 집안 대부분은 바깥일을 맡아서 하는 집사와 안채 일을 챙기는 대녀를 두고 있었다.
그들은 노비가 아니라 대부분 중인이나 천민 출신이었다.
명연이 파를 다듬고 있는 여종에게 물었다.
"옥서는 어디 갔느냐? 아침나절부터 보이질 않으니."
"지 서방님 주겠다며 약초 캐러 갔어요."
"서방님?"
"며칠 전 피투성이가 되어 돌아왔던 무휼이를 사모하고 있다니까요."
이때 약속이나 한 것처럼 작은 바구니에 금방 캔 것 같은 약간의 약초를 들고 옥서가 콧노래를 흥얼거리며 찬방으로 들어오고 있었다.

표정이 한없이 밝은 것으로 보아 무휼이 깨어난 사실을 알고 있는
듯했다.
　"썩을 년! 3년 굶은 과부가 사내 맛본 것처럼 웬 콧노래야?"
　"지 서방님이 깨어났다고 저러는 거예요."
　여종이 고자질이라도 하는 것처럼 혀를 내밀며 말했다.
　옥서가 무휼을 좋아하는 것이 조금은 샘이 나는지도 모를 일이
었다.
　명연은 혀를 찼다.
　"미친 년! 종년이 무슨 사내냐? 분탕질해서 새끼라도 낳으면 그 새
끼조차 종년, 종놈이 되는 것을!"
　"아니에요. 그 사람은 자신의 피붙이를 그렇게 키울 사람이 아니
라구요."
　옥서가 정색하며 대꾸했다.
　천만의 말이라는 표정이었다.
　"이년아! 종놈이 별 수 있냐? 하루아침에 종놈이 귀족 된다든?"
　"그 사람이라면 그럴 수 있어요."
　"쯧쯧쯧, 헛바람만 가득 들어갖고……! 잔말 말고 강변으로 나와.
춤은 하루라도 쉬면 허리가 굳는 법이다."
　"오늘은 약초 좀 다려주고……. 내일 가면 안 될까요?"
　"우라질 년! 네년은 춤꾼으로 태어났어. 그걸 하루라도 거스르면
하늘이 노하게 돼."
　"피이……."
　"얼른 가지 못해!"
　"알았어요. 가면 되잖아요."
　옥서가 심드렁한 얼굴로 찬방을 나가자 명연이 혀를 차며 뒤를 따
랐다.

하지만 명연은 그런 옥서를 동기간처럼 아끼고 있었다.

　백강의 모래사장.
　병풍처럼 펼쳐진 거대한 산과 산 사이를 흐르는 강의 상류는 모래사장도 그만큼 넓어 나들이를 나온 사람들로 붐비는 곳이었다.
　하지만 지금은 농번기철인지라 모래사장은 한산했다.
　옥서는 흐르는 강물을 바라보며 옥구슬 같은 미성(美聲)을 토해냈다.
　참으로 구성지고 아름다운 노래였다.
　사비성의 여인네들이 전장에서 일찍 죽거나 보따리 장사를 떠난 남편을 생각하며 부른다는 단심가(丹心歌)였다.
　명연의 얼굴에 탄복의 미소가 떠오른다.
　그녀가 보기에 옥서는 타고난 소리꾼이었다.
　그것은 신분과는 상관없는 것이었다.
　노래가 끝나자 이번에는 명연이 너울너울 춤을 추기 시작했고 옥서는 그런 명연을 따라 하기 시작했다.
　마치 두 마리의 학이 날갯짓을 하는 멋진 모습이었다.
　얼마나 지났을까?
　춤을 끝낸 옥서의 얼굴에 땀이 방울방울 맺혀 있다.
　명연은 흐뭇했다.
　어떻게 보면 옥서는 자신보다 더 뛰어난 소리꾼에 춤꾼이라는 생각을 지울 수가 없었다.
　정말 숨겨진 보물 같은 아이였다.
　"춤과 노래가 좋으냐?"
　이마의 땀을 손 등으로 닦는 옥서를 향해 명연이 물었다.
　옥서는 뭐가 뭔지 모르겠다는 듯 고개를 저었다.

"모르겠어요. 다만 춤을 출 때나 노래를 부를 때면 제가 다른 세상에 살고 있다는 생각이 들긴 해요."

"네년은 타고난 소리꾼이자 춤꾼이야. 기생이 될 팔자지."

"그런 말 하지 말아요! 제가 할 게 없어서 기생이 되겠어요?"

명연의 말에 옥서는 이마를 찌푸리며 쏘아붙였다.

말도 안 되는 소리다.

내게 그 사람이 있는데 기생이라니?

"이년아! 종년 주제에 기생이 뭐가 어때서? 잘 나가는 기생만 돼 봐라. 번듯한 사내놈을 만나 노비 신세 면하는 거야. 잘하면 대갓집 첩실이 될 수도 있고."

"나는 그렇게 안 살아요. 두고 보면 알 거예요."

"네년이 아직 세상을 몰라서 그래. 계집 팔자는 사내 잘 만나면 하루아침에 귀부인이 되는 것이야. 그렇게 되면 부러울 것이 없지."

"그럼 대녀님도 그렇게 하지 왜 퇴기가 되어 군부인 마님의 대녀가 된 거예요? 사내가 다 얼어 죽었나 보네요?"

옥서의 말에 명연의 얼굴이 크게 굳어졌다.

그리고 긴 한숨이 연이어 흘러나왔다.

분명 말 못 할 사연이 있는 듯했다.

옥서는 자신이 너무 심한 말을 한 것 같아 미안해하는 얼굴로 명연의 손을 잡았다.

"대녀님! 미안해요. 제 말은 대녀님을 속상하게 하려는 것이 아니었는데."

"네년이 뭘 알겠느냐? 계집은 사내 때문에 억장이 무너지고 피가 마르기도 한다는 것을."

말하지 않아도 어느 사내를 사모하다가 끝내 결실을 맺지 못했다는 것을 알 수 있었다.

하긴 세상에 사내 때문에 가슴앓이를 하는 여자가 어디 명연뿐
이랴?

명연은 길게 한숨을 내쉰 다음 몸을 돌렸다.

"아무튼 조금만 더 수련하면 네 춤과 노래를 따를 계집이 없을 테
니 부지런히 해라. 네년이 살 길은 그것뿐이야. 오늘은 이만 가자."

명연이 돌아서자 옥서는 입술을 삐죽였다.

춤과 노래가 좋기는 하지만 자신은 기생이 될 수 없었다.

기생이 되는 순간에 그를 내쳐야 하는데?

천만의 말이다.

죽어도 그럴 수는 없는 일이다.

영혼을 버리고 육신만 산다면 그건 짐승과 무엇이 다르겠는가?

그가 없는 그녀는 영혼이 없는 짐승일 뿐이리라.

옥서의 생각이었다.

말 없는 영혼

　백제 조정의 최고 거목이자 충신.

　백성들에게서 오히려 왕보다도 더 많은 지지와 존경을 받는 좌평 (佐平) 성충(成忠)의 집에 부여효 대군이 찾아온 것은 무휼에게서 계백에 대한 말을 들은 지 이틀 후였다.

　6순의 말미에 접어든 성충의 집에는 때마침 성충과 쌍벽을 이루는 좌평(佐平) 흥수(興修)와 성충의 친동생이자 백제의 대장군인 윤충 (允忠)이 와 있었다.

　대군을 황급히 사랑채로 안내한 성충은 내심 깜짝 놀라고 있었다.

　일국의 대군이 조정 대신의 집을 몸소 찾아주다니? 참으로 황송한 일이었다.

　아마 중차대한 말을 하려고 찾아온 것 같았다. 술상을 들이겠다는 것을 거절하는 것만 봐도 알 수 있었다.

　성충은 정중하게 머리를 조아렸다.

　막내아들뻘이지만 왕실의 적자가 아닌가.

　"대군마마! 소신들을 부르시지 않고서 직접 찾아주시다니요? 황송하옵니다."

성충의 말에 대군은 정색하며 고개를 흔들었다.

"무슨 말씀을! 일개 대군 주제에 어찌 나라의 어른들을 오라 가라 하겠소? 그러니 격식은 따지지 맙시다. 허허허."

대군은 여유가 있었다.

그것은 동생인 태자가 지니고 있는 위엄과는 또 다른 것이었다.

성충은 대군이 불쑥 찾아온 이유가 궁금했다.

"하오면 대군마마! 어인 일이시옵니까?"

"좌평! 가잠성주 계백을 사비성으로 가까이 불러들이면 어떻겠소이까?"

"……!"

대군의 말에 성충은 물론 홍수와 윤충도 깜짝 놀랐다.

계백을 사비성으로 불러들이다니?

계백은 너무나 뛰어난 인품과 실력 때문에 왕은 물론 왕실의 인척들에게 배척을 당해 변방으로만 떠돌고 있지 않은가.

특히 문신보다는 무신의 실력이 발군일 경우 왕실은 그를 귀히 여기면서도 가까이 두지 않고 실권을 주지도 않는다.

칼을 쥔 무장에게 실권까지 쥐게 할 경우 자칫 반란이라도 일으키면 돌이킬 수 없다는 생각에서였다.

"대군마마! 계백을 사비성으로 불러들이시겠다는 말씀이옵니까?"

성충의 말에 대군은 간단없이 고개를 끄덕였다.

이어 성충과 홍수를 번갈아 쳐다보았다.

"하지만 그 일은 내가 하겠다는 것이 아니라 두 분이 대왕폐하께 말씀드려 그렇게 해달라는 것이오. 아시다시피 대군이라고 해도 이 몸이 대왕폐하를 쉽게 만날 수는 없소이다. 태자가 가로막고 있으니 말이오."

"……."

　"장군 계백은 우리 백제 제일의 무장이자 충신이라고 할 수 있소이다. 오래전에 대왕폐하의 고구려 북진정벌을 반대했다가 미움을 사 변방으로 떠돌고 있지만…… 이제 장군의 능력을 백제를 위해 사용할 때가 됐다는 말이오."

　이때 홍수가 정색하며 끼어들었다.

　성충과 함께 일흔을 바라보는 나이지만 아직 정정했다.

　"소신도 계백의 능력은 잘 알고 있사옵니다. 그처럼 출중한 장수는 많지 않사옵니다."

　"그래서 이번에 모든 것을 바로잡자는 것이오."

　그러나 대장군 윤충의 생각은 달랐다.

　그가 아는 계백은 정치군인이 아니었다.

　그리고 계백은 적을 가까이 두고 있을 때 그 능력을 마음껏 발휘하는 사람이었다.

　"하오나 대군마마! 장군 계백은 오히려 국경에 있는 것이 더 어울릴 것이옵니다. 그의 용맹함이 신라나 고구려의 예기를 누르고 있지 않사옵니까?"

　윤충의 말도 맞다.

　그리고 무엇보다 계백은 모함과 치졸한 권력 싸움이 벌어지는 사비성을 탐탁찮게 생각하는 사람이었다.

　그러나 일단 결정을 하면 쉽게 물러설 대군이 아니었다.

　"아니오. 나라의 모든 힘은 수도에서 나오는 것이외다. 수도가 강해야 지방이나 국경도 강해지는 것이 아니겠소?"

　"……"

　대군의 논리 정연한 말에 윤충은 입을 다물었다.

　틀린 말이 아니었기 때문이었다.

　성충이 밝지 않은 얼굴로 입을 열었다.

"하지만 사비성의 군권은 태자전하가 쥐고 있사옵니다. 그렇다면 태자전하의 결심이 중요할 것이옵니다."

"문제는 바로 그것이오. 태자는 계백 같은 출중한 사람에게 비록 그 일부라 할지라도 군권을 넘기려 하지 않을 것이오. 왕실의 존망이 걸려 있는 일이라고 생각할 테니……. 거기다 대왕폐하 역시 계백이라면 고개를 흔드는 분이시지."

"……."

"허나 백제에 사비성만 있는 것은 아니질 않소? 계백에게 사비성의 외곽인 백강이나 남강의 수비를 맡기면 될 것이오. 강을 따라 외국의 첩자들이 심심찮게 드나든다고 하니 계백에게 맡기면 놈들이 준동하지 못할 것이오."

"……."

"두 분 좌평은 대왕폐하의 신임을 얻고 있으니 윤허를 받아내는 것은 그리 어려운 일이 아닐 듯싶소이다만……?"

"알겠사옵니다. 대군마마의 뜻이 그러하시다면 소신들이 대왕폐하께 소를 올려 허락을 받아 보겠사옵니다."

"고맙소이다. 성충 좌평! 그럼 그리 알고 이 몸은 이만 가보겠소."

대군이 일어나자 세 사람 모두 자리에서 일어나 정중하게 대문 앞까지 따라나가 배웅했다.

집사가 고삐를 쥐고 있던 말에 탄 대군이 멀어지자 성충은 고개를 갸웃했다.

"뜻밖이오. 대군께서 계백을 챙기려 드시다니?"

어리둥절한 것은 흥수도 마찬가지였다.

"그러게 말입니다. 계백은 대군의 사람이 아니질 않소이까. 그렇다고 태자전하의 사람도 아니지만."

"아마 우리가 모르는 다른 생각이 있을 것이외다."

성충의 말에 흥수는 긴 한숨을 내쉬었다.

늙은 충신의 한숨은 언제나 사사로운 것이 아니라 나라의 안녕을 염려하기 때문에 나오는 것이다.

"그나저나 왕실 일이 걱정이옵니다. 대왕폐하께서는 이제 태자전하의 문후인사마저 받지 않으려고 하시니 이 일을 어쩌면 좋겠습니까?"

"그건 어제 오늘의 일이 아니질 않소이까. 대왕폐하께서는 태자전하의 강경노선을 싫어하시고 태자전하는 대왕폐하께서 미색과 가무를 탐하시는 것을 공개적으로 비난하시니…… 두 분이 서로 돌아올 수 없는 강을 다른 길로 걷는 것 같소이다."

"이러다가 왕실에 피바람이 부는 것은 아닌지 걱정이 되옵니다. 태자전하의 성정이 워낙 종잡을 수가 없으니 말입니다."

"설마 그런 일이야 일어나겠소? 그래도 부자지간인데."

그러나 그들이 모르는 것이 있었다.

왕실의 피바람은 벌써 오래전에 불기 시작했고 지금 그 절정을 향해 치닫고 있다는 것을. 그리고 그 한복판에 어떤 식으로든 계백이 끼어들었다는 것도.

거기다 따지고 보면 오늘 대군이 찾아온 것도 그 피의 폭풍을 자신에게 유리하게 하기 위함이라는 것을 그들은 짐작조차 못하고 있었던 것이다.

하지만 은밀히 진행되고 있는 이 피의 폭풍 한복판에 서 있는 사람은 다름 아닌 일개 노비 청년이라는 것을 그들이 어찌 상상이나 할 수 있겠는가?

또한 그 노비의 이름이 무휼이라는 것은 더더욱 모를 것이었다.

사비성 저자거리는 백제에서 가장 활기가 넘치는 곳이었다.

그곳에는 백성들의 웃음이 있었고 상견례가 있으며 모든 애환도 그곳에서 알려지고 그 끝을 맺기도 했다.

하지만 사람이 많다는 것은 그만큼 그들의 주머니를 노리는 음험한 자들 또한 널려 있다는 뜻이기도 했다.

그날도 언제나처럼 저자거리의 터줏대감 격인 마인(磨仁)은 부두목 고보를 데리고 순찰을 돌고 있었다.

둘 다 22~23세쯤이나 됐을까?

그때 뒷짐을 쥔 채 꽤나 거드름을 피우며 위세를 떠는 마인의 눈에 처음 보는 수상한 자들이 눈에 들어왔다.

마인과 고보는 긴장하며 푸줏간 벽에 몸을 숨겼다.

그들로부터 조금 떨어진 곳에서 얼굴에 칼자국이 있는 사내가 다른 사내들을 지휘하며 사람들의 주머니를 터는 광경을 목도했기 때문이었다.

도둑은 도둑을 알아보는 것일까?

마인의 눈에 살기가 번뜩인다.

감히 내 구역에 들어와 사업을 벌이는 놈들이 있다니?

"저런 싸가지 없는 놈들! 감히 내 구역에 와서 뚜룩질을 허다니?"

그때 고보(高甫)가 칼자국 사내를 은밀히 살피다가 눈이 휘둥그레졌다.

부하들을 데리고 사람들의 주머니를 터는 칼잡이가 다름 아닌 웅진성의 그 유명한 칼잡이 용추였기 때문이었다.

"대장! 저 새끼……? 웅진성의 용추가 틀림없어!"

고보의 말에 마인의 눈이 커졌다.

"용추……? 오메? 도둑놈이면서도 칼로 날아가는 참새의 거시기를 맞춘다는 그 용추를 말허는 것이냐? 그런 겨?"

"그려. 지난번에 내가 웅진성에 출장을 갔다가 그때 거기서 봤어.

그런데 이번에는 저놈들이 우리 사비성으로 출장을 온 것이 분명해.”

“새꺄! 말을 똑바로 해! 도둑질이 출장이냐? 출장이여?”

이때 시장 안에서 미모의 젊은 여자가 몇 명의 소매치기들을 이끌고 용추에게 다가가는 모습이 눈에 들어왔다.

서로 은밀히 눈짓을 교환하는 것으로 보아 일당이라는 것을 알 수 있었다.

마인의 눈이 휘둥그레졌다.

“워메……? 뭔 가시내 쌍판떼기까지 등장헌다냐?”

놀란 것은 고보 역시 마찬가지였다.

“그러게? 아직까지 우리 사비성에도 소매치기 가시내는 없었는데? 웅진성이 더 유행을 앞서 가남?”

“고것 참, 별일이네?”

“대장! 어쨌든 모른 척해야겠지? 상대가 용추잖여.”

“미친 놈! 저런 시끼를 그냥 놔두면 사비성 사람들이 얼매나 우리를 욕하겠냐? 사비성 재물은 우리가 지켜야 허는 것이여! 필요헐 때만 야금야금 쬐까씩만 빼먹고.”

“그라몬? 한판 붙을라고?”

“…….”

“대장 실력이야 알지만 용추 저놈의 칼솜씨가 어디 보통이어야지? 그냥 못 본 척혀!”

“잔말 말고 얼릉 가서 아그들을 데꼬 온나! 오늘 전부 힘 좀 써야 쓰겄다.”

“쉽지 않을 턴디?”

“새꺄! 얼릉!”

마인이 눈을 부라리자 고보는 부랴부랴 부하들을 동원하기 위해 달음질을 쳤다.

이렇게 되면 구역을 침범한 침입자를 응징하려는 조직 간의 전쟁이 곧 시작될 판이었다.

용추를 노려보는 마인의 눈에 좀 전보다 더 진한 살기가 피어오르고 있었다.

어떤 경우든 구역을 침범하는 놈은 용서할 수 없다.

마인은 적어도 사비성의 어둠의 지배자였다.

칼잡이 용추와 그의 부하들은 시장 뒤편에 있는 정자나무 터에 둘러앉아 수익금이 담긴 돈 보따리를 보며 희희낙락하고 있었다.

역시 사비성은 돈푼깨나 있는 사람들이 산다더니 확실히 웅진성과는 달랐다.

자신의 웅진성 구역에서 보름에 걸쳐 수금해야 할 엽전을 사비성에서는 단 몇 시진 만에 해치운 것이었다.

10명에 달하는 부하들도 모두 흡족해 하며 배당금을 기다리고 있었다.

용추는 엽전 꾸러미를 펼쳤다.

이때 여자의 손이 날쌔게 돈 꾸러미를 낚아채 갔다.

마인이 말한 여자 소매치기였다.

"오빠! 돈은 여자인 내가 관리한다는 것, 알지?"

여자의 말에 용추와 부하들의 얼굴이 시큰둥해졌다.

"용정아! 오늘은 수입이 괜찮으니 주막에 가서 한잔씩! 어떠냐?"

"헛소리 마! 돈은 벌릴 때 모아야 하는 것이야. 그러니 꿈 깨!"

여자는 엽전 꾸러미를 자신의 고쟁이에 집어넣었다.

그녀는 용추의 하나뿐인 여동생 용정이었다.

그때 뜻하지 않게 마인의 목소리가 들려왔다.

“얼씨구? 누구 맘대로 사비성의 재물을 가져간다는 것이여?”

용추와 용정 그리고 용추의 부하들은 크게 놀란 얼굴로 소리 나는 곳으로 고개를 돌렸다.

거기에는 마인이 고보와 다른 10명의 부하들을 거느린 채 코를 벌름대며 서 있었다.

용추 일행은 본능적으로 벌떡 일어나 결투 자세를 취했다.

용정도 마찬가지였다.

“뭐야? 네놈들은?”

용추가 마인에게 물었다.

마인은 씩 이빨을 보였다.

“나? 마인……! 너? 사비성의 대빵 마인을 모르냐? 나를 모른다고 허면 내가 많이 섭하제.”

“네놈이 마인이란 말이냐?”

용추가 놀라서 되물었다.

그들 세계에서는 마인의 위명이 웅진성까지 알려진 모양이었다.

“그려. 그렇게 존말 헐 때 훔친 재물 다 놓고 가거라. 안 그라몬 혼난다이!”

그러나 용추도 비록 사비성보다는 못하지만 백제에서 두 번째로 큰 성의 지배자였다.

비록 어둠의 세계이기는 하지만.

“미친 새끼! 너 같으면 주머니에 들어온 물건을 도로 내뱉겠냐?”

“그라몬? 말로 해서는 안 되것다이?”

마인의 말에 용추는 부하들을 향해 몰아치라는 신호를 보냈다.

용추의 부하들이 앞으로 뛰쳐나왔다.

그러자 마인의 부하들 역시 고보의 인솔 하에 기다렸다는 듯 달려들었다.

곧이어 재물을 지키기 위한 두 조직의 그렇고 그런 전쟁이 시작됐다.

마인은 한쪽 구석에 서 있는 용정을 가리키며 달려 들어가는 고보를 향해 소리쳤다.

"고보야! 저쪽 처자는 손대지 말그라. 여간 곱상한 것이 내 맘에 쏙든다야!"

마인의 말에 용정의 눈 꼬리가 찢어지며 잡아먹을 듯 노려보기 시작했다.

고만고만한 그들끼리의 전쟁은 쉽게 결론이 나지 않는 법이다.

두 패거리들의 싸움은 우열을 가리지 못한 채 불과 반각도 못 가 서로 깨지고 다쳐 양쪽으로 갈라졌다.

다만 이때까지 고함소리만 요란했을 뿐이었다.

하지만 두 패거리들은 자신들이 패싸움을 벌이는 동안 잃어버린 돈을 찾아 헤매던 어느 피해자가 마침내 그들을 발견하고 관아에 신고하러 간 사실은 꿈에도 모르고 있었다.

마인은 느긋한 표정으로 용추를 쳐다보았다.

"이렇게 되면 맞장 떠서 결론을 내릴 수밖에 없고만? 안 그냐?"

마인의 말에 용추는 대검을 꺼내들었다.

역시 그는 칼잡이였다.

"새끼! 네놈의 실력이 대단하다는 것을 알고 있지만 나도 이것만 있으면 두려울 것이 없는 놈이야."

"븅신! 칼 들고 설치는 놈은 꼭 칼 땜시 망허드라."

"맛이 어떤지 보고 난 다음에 지껄여라."

"그라몬? 우리 이러코롬 허자."

"……?"

마인은 용정을 가리켰다.

"이긴 사람이 쟈를 갖기로! 나, 저 처자가 마음에 들걸랑. 어뗘?"

마인의 말에 용정이 코웃음을 쳤다.

특히 제멋대로 생긴 우스꽝스러운 얼굴에 유달리도 큰 주먹코가 마음에 안 들었다.

하지만 마인에게는 그 큰 코가 무엇보다 자랑이었다.

예부터 코가 큰 사람은 사타구니가 크다고 하지 않았던가.

마인이 누구에게나 당당한 것은 그래서였다.

용추는 싸늘한 얼굴로 무휼을 노려보며 대검을 겨누었다.

"개새끼! 너 같으면 하나뿐인 여동생을 도둑놈한테 주겠냐?"

마인의 눈이 커졌다.

마음에 드는 처자가 용추의 동생이라니?

"오메? 동생이라고? 그라몬……? 자넨 내 처남이 되는고만!"

"뭐야?"

"그라고 너는 도둑놈 아니냐?"

"이 새끼! 주둥이를 찢어주마."

화가 난 용추가 작심하고 칼을 휘두르며 덤벼들기 시작했다.

하지만 웅진성에서는 제아무리 날고 긴다 하는 용추일지라도 사비성은 웅진성에 비해 큰 고을이다.

그리고 마인은 큰 고을의 대장이었다.

마인은 연거푸 이어지는 용추의 공격을 절묘하게 피한 다음 번개처럼 주먹을 내질렀다.

자신감에 넘쳐 공격을 계속하던 용추가 복부를 얻어맞고 크게 나가 떨어졌다.

용추의 비참한 패배였다.

곧이어 고보를 비롯한 사비성 패거리들에게서 함성이 터져나왔다.

반면에 웅진성 패거리들은 모두 고개를 숙였다.

이렇게 되면 애써 챙긴 엽전을 모두 내놔야 했다.

소매치기들이지만 승부에서 패하면 거기에 승복해야 한다는 것을 알고 있었던 것이다.

그때였다.

요란한 발자국 소리가 들리면서 창을 꼬나 든 20여 명의 관군이 달려오는 것이 보였다.

피해자의 신고를 받고 출동한 모양이었다.

누구의 입에서인지는 몰라도 '관군이다! 도망 쳐!' 라는 고함이 들려왔다.

사비성 패거리들과 웅진성 패거리들은 각기 다른 방향으로 내달리기 시작했다.

위기에서 두목의 안전을 먼저 헤아려야 한다는 것은 이들에게 상관없었다.

마인은 달려오는 관군을 쳐다본 다음 급히 몸을 돌렸다.

그때였다.

마인보다 먼저 도망쳐야 안전하다는 것을 느낀 용추가 마인을 향해 대검을 던졌다.

마인은 기겁하며 바닥으로 굴렀다.

비겁한 놈. 이미 승부가 끝난 마당에…….

결국 대검을 피해 바닥을 구르던 마인은 미처 달아나지 못하고 관군들이 일제히 겨눈 창끝에 갇힌 꼴이 되고 말았다.

이때를 이용해 용추와 용정은 벌써 희미해지고 있었다.

다른 사람은 모두 도망을 쳤는데 마인만 잡히고 만 것이었다.

마인을 알아본 관군들이 소리쳤다.

"아니? 이놈은?"

마인의 얼굴에 비굴한 웃음이 떠올랐다.

"안녕하쇼! 나, 알지라……? 마인!"

"그래, 알지. 사비성의 소매치기 왕초!"

"그라몬 아는 사이에…… 거시기……."

"옥사로 데려다주지. 묶어!"

관군들이 포승줄로 마인을 묶기 시작했다.

그들로서는 다른 놈들은 놓쳤더라도 왕초를 잡았으니 큰 성과를 거둔 셈이었다.

"아이고! 어째 이랬싼다요? 나는 사비성의 재물을 지키는 수호신이랑께! 정말이어라!"

거미줄에 걸린 나방처럼 포승줄에 묶인 마인의 비명과 몸부림이었다.

늦은 밤인데도 군부인은 연지를 살짝 바르고 머리를 빗는 등 단장을 하고 있었다.

아랫목에 깔아놓은 이불 속에는 마른 백합꽃가루를 조금 뿌려 놓았다.

그래서인지 온 방 안에 은은한 백합 향기가 그득했다.

거의 2개월 만에 대군이 내당을 찾는다는 전갈을 보내왔기 때문이었다.

군부인은 아직도 풍만한 자신의 젖가슴을 추켜올리며 요염한 미소를 머금었다.

오랜만에 운우지락을 나눌 생각을 하니 벌써부터 아랫도리가 촉촉이 젖어오는 듯 전율이 등을 타고 전신으로 흐르기 시작했다.

자고로 여인네는 남정네가 품어줄 때 가장 행복한 법이지 않은가.

그 시각.

옥서는 애써 잠을 청하려다가 자리에서 몸을 일으켰다.

갑자기 춤을 추고픈 마음이 간절했다.

내일이 바로 그녀의 귀 빠진 날이었다.

대갓집에서도 노비들의 생일만큼은 챙겨주었다.

그래서 노비들 사이에서는 오로지 생일날만큼은 자신들도 사람이라는 말을 할 정도였다.

왜냐하면 생일날에는 하루종일 일을 하지 않아도 되었고 가까운 곳으로 나들이를 나갈 수도 있다.

옥서는 내일 무휼과 함께 강변에 나갈 꿈에 부풀어 있었다.

지난번 처참한 모습으로 집에 돌아온 후 몸이 완쾌될 때까지는 잡일을 시키지 말라는 대군의 지시로 집사는 무휼을 아예 노역장에서 빼버렸다.

그 후 무휼이 날마다 강변에 나가 달리기를 하는 등 체력단련을 하고 있다는 것을 알고 있었다.

옥서의 얼굴에 환한 미소가 떠오른다.

내일 강변에서 무휼이 보고 있는 동안에 너울너울 춤을 추는 자신의 모습이 떠오른다.

황홀했다.

사랑하는 사람이 보고 있고……. 오직 그 사람을 위해 춤을 추는 여자. 새삼 자신에게 가무를 가르쳐 준 명연이 고마웠다. 그리고 명연이 뭐라고 하든지 옥서는 오로지 무휼을 위해 춤을 추고 노래를 부르고 있었다.

옥서는 얼마 전에 아껴두었던 광목으로 만들어 입은 하얀 무명옷을 입기 시작했다. 무휼 앞에서 춤을 출 때 입으려고 한 옷이었다.

선잠이 들었던 듯 옥서의 기척에 곰보여종 방개가 게슴츠레 눈을 떴다.

유난히 눈이 커 주인 댁에서 방개라는 이름을 얻었다고 했다.

"왜? 야밤에 춤추러 가려고……? 차라리 서방님한테 가서 몸 보시나 하지 그러냐?"

방개는 여종이면서도 입담이 거칠었다.

하지만 입담만 거칠 뿐 천성이 옥빛처럼 맑은 여자였다.

옥서는 옷고름을 매며 배시시 웃었다.

"아픈 사람한테는 쉬는 게 제일이야. 그리고 나는 그렇게 값싼 여자가 아니야."

"얼씨구? 무휼이가 죽으면 함께 죽겠다고 할 때는 언제고?"

"어쨌든 살았잖아. 갔다 올게."

옥서는 방문을 열고 밖으로 나왔다.

"이년아! 밤에 춤추는 것은 미친년이나 기생이 하는 것이여! 알아?"

문이 닫히기 전 부러운 듯 들려온 방개의 말이었다.

옥서는 조심스럽게 정자 쪽으로 살금살금 걸어가기 시작했다.

보름달이 손에 닿을 듯 환하게 가까이 떠 있어 마치 대낮같았다.

정자는 사랑채와 내당의 중간쯤에 있었다.

모두 잠이 들었는지 다행히 아무도 보이지 않았다. 하긴 하루종일 고된 일을 해야 하는 노비들이 이 시간까지 잠자리에 들지 않을 리가 없다. 저녁을 먹고 머리를 바닥에 대기만 하면 코를 고는 부류가 노비였다.

옥서는 버선발로 정자에 올랐다. 그리고 하늘하늘 춤을 추기 시작했다. 임을 위한 행진곡이었다.

정말 선녀가 따로 없다. 아무도 없는 달밤에 천성적으로 타고난 끼를 마음껏 발산하며 너울너울 춤을 추는 여자. 어찌 아름답지 않겠는가.

그녀는 이마에 땀이 맺힐 때까지 천상의 선녀처럼 쉬지 않고 춤을 추었다.

그러나 세상에는 비밀이 없는 법. 밤 말은 쥐가 듣고 낮말은 새가 듣는다지 않은가.

대군은 사랑채를 나와 내당으로 가다가 정자에서 환상적인 자세로 춤을 추는 옥서를 보며 넋을 잃고 있었다.

벌써 일각이 넘는 시간 동안…….

다만 춤에 몰두한 옥서가 그것을 깨닫지 못했을 뿐이었다.

옥서의 춤은 계속됐다.

구경꾼은 오직 대군이었다. 그리고 대군 역시 몽롱한 표정으로 옥서의 춤 세계로 빠져들고 있었다.

그때 대군을 기다리다 지친 군부인이 내당을 나와 사랑채 쪽으로 오다가 대군을 발견했다.

군부인은 애써 온몸에 퍼져 있는 음기를 다스리며 대군에게 다가갔다.

하지만 대군은 군부인이 가까이 오는 동안에도 알아차리지 못하고 여전히 정자를 보고 있었다.

군부인의 눈이 정자를 향했다.

순간.

그녀의 눈이 불거지며 입이 벌어졌다. 누군가 대군을 위해 정자에서 춤을 추고 있지 않은가.

구경꾼은 오직 대군 혼자일 뿐이다.

군부인의 눈에 살기와 함께 분노가 가득 떠올랐다.

이런 찢어죽일 년.

어느 년인지 모르지만 감히 대군을 유혹하려 하다니?

치가 떨리고 이가 갈렸다.

대군은 군부인의 이 갈리는 소리에 정신이 들었는지 깜짝 놀라 군부인을 쳐다보고서는 헛기침을 해댔다.

그 바람에 낌새를 알아차린 옥서 역시 춤을 멈추었다.

옥서는 경악했다. 대군과 군부인이 자신을 보고 있지 않은가. 그녀는 잽싸게 정자를 넘어와 허리를 굽혔다.

큰일이었다.

"춤을 잘 추는구나. 잘 봤느니라."

대군의 말이었다.

그러자 군부인의 눈 꼬리가 더욱 더 찢어졌다.

"부인! 나오셨구려. 들어갑시다."

다시 대군이 어색하게 군부인에게 말했다.

"먼저 들어가시어요."

대군은 옥서를 힐끔 쳐다본 후 연신 헛기침을 하며 내당 쪽으로 멀어졌다.

옥서는 질린 얼굴로 군부인에게 허리를 조아렸다.

본능적으로 무언가 잘못됐다는 것을 직감했다.

분노에 찬 군부인의 손이 옥서의 뺨을 향해 날아갔다.

쫙!

"이 분탕한 년!"

노기가 서리서리 배인 한스러운 목소리였다.

"군부인…… 마님!"

겁에 질린 옥서의 눈이 휘둥그레졌다.

"네년이 감히……? 감히 종년 주제에 대군마마께 꼬리를 쳐?"

"마님! 어인 말씀이옵니까? 저 같은 년이 하늘 같은 대군마마께 꼬리를……?"

옥서의 말이 끝나기도 전에 군부인의 손이 옥서의 머리채를 잡고 마구 흔들다가 내동댕이쳤다.

옥서는 힘없이 쓰러졌다.

"이 천박한 년!"

"마님!"

"오냐. 이년! 네년이 반반한 얼굴값을 하겠다 이 말이렷다?"

"……!"

"어디 두고 보자! 날이 밝는 대로 물꼬를 내주마!"

군부인은 질린 얼굴로 떨고 있는 옥서를 한기 가득한 얼굴로 쏘아보다가 찬바람을 남기며 내당 쪽으로 가버렸다.

옥서는 정신이 몽롱했다.

이게 무슨 일인가?

이게 무슨 일인가……?

다음날 아침.

옥서의 생일날이었다.

저택의 내당 뒤 텃밭에는 군부인이 살기 띤 얼굴로 서 있었고 군부인의 앞에는 불길이 무성한 장작더미가 불타고 있었다.

그리고 군부인의 뒤로는 방개와 다른 여종들이 겁에 질린 얼굴로 작은 목제의자와 노끈을 든 채 어쩔 줄 모르는 모습이었다.

명연은 그 시간 여종들의 방에서 질려 있는 옥서를 보며 연신 한숨을 내쉬었다.

"네가 춤을 추다가 군부인 마님께 들켰단 말이냐? 그것을 대군마마께서 지켜보셨고?"

옥서는 파랗게 질린 얼굴로 고개를 끄덕였다.

"저는 대군마마께서 계시는 줄을 정말 몰랐어요. 정말이에요."

명연은 옥서의 말이 사실이라는 것을 안다.

하지만 이건 보통 문제가 아니었다.

"군부인 마님은 시샘이 하늘을 찌르는 분이다. 마님은 네가 대군마마를 꼬드기려고 한 것으로 여기실 게야."

"말도 안 돼요. 저 같은 계집이 대군마마를 유혹하다니요?"

"군부인 마님은 틀림없이 그렇게 생각해."

"그럼 어떻게 해요?"

"방법이 없다. 무조건 잘못했다고 비는 수밖에."

"……!"

"만약 말대꾸를 한다거나 고개를 꼿꼿이 세우면 군부인 마님의 성정으로 보아 너를 살려두지 않을 것이야. 그러니 무조건 빌어."

"……."

"가자. 어차피 부딪쳐야 할 일이니까."

옥서는 더럭 겁이 났다.

이건 자신과는 하등 상관이 없는 일이다.

문제라면 노비 주제에 사랑하는 사람에게 보이기 위해 춤을 췄다는 것뿐이다.

그리고 그녀가 사랑하는 사람은 대군이 아닌 노비 무휼이다.

그렇다면 노비의 사랑이 잘못이라는 말인가?

하긴 그럴 수도 있을 것이었다.

적어도 짐승이 아닌 사람들이 볼 때에는…….

군부인이 앙칼지게 소리쳤다.

"이년을 묶어라! 어서!"

군부인의 대갈에 방개를 비롯한 여종들이 어쩔 수 없다는 듯 옥서를 의자에 앉힌 후 몸을 묶기 시작했다.

표정으로 보아 군부인의 분노는 어젯밤보다 더 큰 것 같았다.

그도 그럴 것이 그녀는 자리에 누운 대군을 향해 옥서의 춤을 보게 된 동기를 따져 물으면서 대군의 난봉기질을 힐책했다.

이에 화가 난 대군은 또다시 사랑채로 가버렸고 그것으로 군부인의 두 2개월 만의 운우지락은 물거품이 돼 버렸던 것이었다.

몸이 불같이 뜨거운 한창 나이에 화가 날 만도 했다.

하지만 그보다는 옥서와 대군의 사이를 의심하는 의부증이 그녀의 이성을 망가뜨렸을 것이다.

군부인의 손이 또다시 옥서의 뺨을 갈겼다.

“이 화냥년! 종년이 감히 누구를 유혹해? 그렇게 해서 신세를 고쳐볼 생각이었더냐?”

“마님! 저 같은 년이 감이 어찌…….”

“닥쳐라! 이년! 내 눈으로 똑똑히 봤는데 허튼 소리를 하겠다는 말이냐?”

“마님…….”

이때 명연이 울상을 하며 군부인 앞으로 끼어들었다.

“군부인 마님! 아랫것들을 단속하지 못한 이년의 죄가 큽니다. 또한 옥서가 뭘 모르고…….”

하지만 분노에 치민 군부인의 귀에 명연의 말이 들어올 리가 없었다.

군부인은 귀찮다는 듯 명연을 밀어버렸다.

명연이 힘없이 나가 떨어졌다.

분노가 극에 달한 사람은 힘도 세지는 모양이었다.

이어 군부인은 불이 활활 타고 있는 장작개비를 집어들었다.

명연을 비롯한 여종들의 눈이 튀어나올 듯 불거졌다.

하지만 말릴 수도 없는 상황이었다.

“네년이 반반한 얼굴을 믿고 날뛰는 것이니 그리해서는 안 된다는

것을 깨닫게 해주마! 제멋대로 뭉개진 얼굴이 네년의 처지를 확실하
게 알게 해줄 것이야!"

군부인은 불타고 있는 장작개비를 옥서의 얼굴 가까이 들이댔다.

악에 바친 악귀의 모습이었다.

옥서는 군부인의 얼굴에서 자신이 결코 무사하지 못하리라는 것을
직감했다.

살려달라고 애원한다 해서 군부인의 화가 풀린다면 발가락을 핥으
면서라도 그리 할 수 있건만 흥분과 분노가 극에 달한 군부인에게는
어림도 없는 일이었다.

명연이 달려와 군부인의 손을 잡았다.

"마님! 아니 되옵니다. 계집에게 얼굴은 정절보다 소중한 것이옵
니다. 하오니……."

명연을 바라보는 군부인의 눈에서 불길이 치솟는다.

완전히 이성을 잃은 모습이었다.

"오라? 네 이년! 네가 옥서 년에게 춤과 노래를 가르친다더니? 그
렇다면 네년이 대군마마를 유혹하라고 꼬드긴 것이냐?"

"마님! 천녀가 어찌 그런 벼락 맞을 짓을 하겠사옵니까?"

"아니라면 비켜라! 네년의 얼굴까지 사단이 나기 전에!"

군부인은 불붙은 장작개비를 명연의 얼굴에 지져댈 듯했다.

크게 놀란 명연이 질린 얼굴로 물러났다.

다시 군부인의 광기 서린 얼굴이 옥서를 향했다.

"이년! 네년의 죄를 알렸다?"

옥서는 입술을 깨물었다.

순간, 알 수 없는 분노가 치밀어 오르기 시작했다.

그녀는 싸늘한 눈으로 군부인을 노려보았다.

이상하게도 두려움이 사라지고 있었다.

옥서가 쏘아보자 군부인의 광기는 더 끓어오르는 듯했다.

"이년이 감히 누굴 째려보는 것이야?"

"모르옵니다! 무슨 죄를 지었는지 도대체 이년은 모르옵니다!"

옥서의 비명에 가까운 고함이었다.

발악이었다.

"뭐라?"

"그런데 지체 높으신 군부인께서 어찌 천한 년에게 투기를 하신단 말이옵니까? 체통을 중히 여기시오소서!"

"이년이? 살려달라고 애걸복걸해도 시원찮을 판에 감히 내게 훈계를 하려 들어?"

"죽일 테면 죽이십시오! 어차피 우리 같은 상것들의 목숨이야 마음대로 해도 되는 것 아니옵니까!"

"오냐! 이년……! 네 소원대로 해주마! 종년이 감히 주인에게 하는 꼬락서니라니?"

인간의 이성을 완전히 잃어버린 군부인은 기어코 활활 타고 있는 장작개비를 옥서의 얼굴에 푹 찔러 넣었다.

그러자 옥서의 뺨이 시뻘건 불에 타면서 김을 뿜어냈다.

그리고 살이 타는 냄새가 사방으로 퍼져 나갔다.

명연과 여종들은 너무나 끔찍한 현실에 비명을 지르며 그 자리에 주저앉았다.

옥서는 비명조차 지르지 않았다.

평소 겁이 많고 눈물이 많은 그녀와는 완전히 딴판이었다.

이미 죽음을 각오한 듯했다.

잔인한 생일날이었다.

공교롭게도 그날 계백은 왕명을 받들고 가잠성에서 사비성을 감싸고 있는 백강의 수비대장으로 임지를 옮겼다.

그리고 그동안 월희 부인이 차근차근 모아둔 모든 돈을 털어 처음으로 사비성 내에 그럴듯한 집을 마련했다.

새로 사들인 계백의 집에 찾아온 첫 번째 손님은 성충과 흥수였다.

계백 부부는 두 아들과 함께 나라의 어른이신 성충과 흥수를 맞아들였다.

이어 마루에 조촐한 술상이 펼쳐졌다.

예의 그렇듯 월희 부인은 남정네들이 있는 자리에 아녀자가 낄 수 없다며 두 아들과 함께 자리를 비웠다.

몇 순배의 술이 돌자 성충이 그간의 사정을 설명했다.

계백 자신이 느닷없는 임지 이동을 어리둥절한 때문이었다.

그는 단지 왕명이 내려졌기에 따른 것뿐이라고 했다.

"장군! 사실 장군을 사비성으로 오시게 한 분은 대군마마이시오. 우린 대군마마의 명으로 대왕폐하께 주청을 드려 허락을 받아낸 것뿐이오."

성충의 말에 계백의 얼굴이 굳어졌다.

흥수가 거들고 나섰다.

"장군! 그러니 늦지 않게 대군마마를 찾아뵙고 인사를 드리는 것이 좋을 것 같소이다."

두 사람은 계백의 성품을 누구보다 잘 알고 있었다.

계백은 정도가 아니면 쉽게 받아들이는 사람이 아니라는 것을.

아니나 다를까?

눈을 부릅뜬 계백의 불만 어린 말이 터져나왔다.

"소장은 대왕폐하의 왕명을 받고 왔사옵니다. 장수는 오직 대왕폐하의 명에 의해서만 임지를 옮길 수 있사옵니다. 하온데 조정의 일과는 아무런 상관이 없는 대군께서 어찌 소장의 임지를 마음대로 정하신단 말이옵니까?"

"……."

"소장은 다시 가잠성으로 돌아가겠사옵니다!"

성충은 그러지 말라는 듯 손사래를 쳤다.

"장군! 어쨌든 대왕폐하께서 윤허하신 일이외다. 돌아간다면 왕명을 어기게 되는 것이 아니겠소?"

"……."

"장군께서 다른 사람의 청탁으로 움직이지 않는 분이라는 것은 잘 아오. 허나 일이 이렇게 됐으니 어쩌겠소이까? 나라를 위해서 이번은 수락해 주시오."

"……."

"장군! 장수가 왕실과 등을 져서는 칼 한번 마음대로 휘두르지 못하는 세상이 아니오? 그리 해주시구려."

계백은 굳은 얼굴로 긴 한숨을 내쉬었다.

성충과 흥수의 말이 잘못된 것은 아니다.

연유야 어떻든 왕이 이미 재가를 했지 않은가?

복잡한 세상이 하수상한 것뿐이었다.

자신의 방에 누워 있는 옥서의 얼굴은 참혹했다.

왼 뺨이 움푹 패어 있었고 그 상처에서는 끔찍한 진물이 흘러내리고 있었다.

입술 역시 차마 사람의 입술이라고 할 수도 없을 정도로 불에 탄 상태였다.

여자의 투기는 참으로 무서운 것이었다.

명연과 방개 그리고 다른 여종들은 망연자실한 얼굴로 상처를 치료할 엄두조차 내지 못하고 있었다.

설사 치료를 한다 한들 달라질 것이 무에 있겠는가?

더구나 화상은 상처가 아문다 해도 그 흉터는 지워지지 않는 법이다.

옥서는 말을 듣지 않아도 자신의 얼굴이 완벽하게 뭉개졌다는 것을 알고 있었다.

그런데도 이상하게 분노가 치미는 것보다는 절망이 그녀를 짓눌렀다.

"대녀님……! 저 보기 흉하죠?"

간신히. 그러나 의외로 차분하게 옥서의 말이 들려왔다.

명연은 대답 대신 얼굴을 돌리며 몸을 떨었다. 방개나 다른 여종들도 마찬가지였다.

옥서의 얼굴을 보자면 숨이 막히고 눈물조차 흘러나오지 않는다.

정말 형언키 어려울 정도로 흉하고 험했다.

"옥서야……! 어쨌든 살았잖아……. 그리고 살다 보면 지금보다 나아질 수도 있을 테고……."

명연의 말은 거짓말이다.

얼굴이 뭉개진 여자는 살아 있는 것이 아니다.

그리고 앞으로 나아지는 것도 아닐 것이었다.

오히려 상처가 아물면서 피부를 서로 당기다보면 지금보다 더 괴상한 괴물이 될 것이다.

"대녀님! 그렇게 말해 줘서 고마워요."

옥서의 얼굴에는 의외로 알 수 없는 미소까지 떠오른다.

명연은 그런 옥서가 차라리 더 안타깝고 무서웠다.

명연은 옥서의 손을 잡았다.

노비치고는 참으로 깨끗한 섬섬옥수다.

"옥서야……."

"혼자 있고 싶어요.……."

"……."

"나가 주세요.……. 제 얼굴…… 보이고 싶지 않아요."

명연은 고개를 끄덕인다.

옥서의 마음을 충분히 이해할 수 있다.

명연은 눈물을 글썽이며 자리에서 일어났다.

없는 줄 알았던 눈물이 이제야 흐르기 시작했다.

방개와 여종들도 마찬가지였다.

여자들이 머뭇거리다가 할 수 없다는 듯 밖으로 나가자 옥서는 그때서야 손으로 자신의 얼굴을 더듬었다.

그리고서는 이내 처연한 미소를 떠올렸다.

마지막으로 자신의 얼굴을 확인하고 싶었지만 명연이 거울을 깡그리 치워버렸기에 그럴 수도 없는 노릇이었다.

아픔보다는 슬픔이. 슬픔보다는 서러움이 밀려온다. 비천한 노비의 신분으로 태어나 단 한 번도 마음껏 살아보지 못했다. 그러나 그런 것보다는 사랑하는 이를 이제 더 이상 사랑할 수 없다는 서러움이 문제였다.

그 사람.

그를 사랑하지 못하는 옥서는 존재하지 않는다.

무휼을 떠올리자 스멀스멀 눈물이 보이기 시작한다.

참으로 가여운 사람.

참으로 사랑했던 사람.

옥서는 천천히 몸을 일으켰다.

사랑을 잃었는데 무엇을 주저할 것인가.

'무휼 오라버니……. 당신은 모르실지라도 짧은 세월 동안 많이 사랑했습니다. 하여, 그 기억만으로도 행복하게 웃으면서 당신을 떠

날 수 있을 것입니다.……. 살아 있는 동안 더 많이 사랑하지 못한 것
은 저승에서 당신을 기다리기 위함이라고 말하겠습니다. 그리고 이
비천한 계집에게 당신이 있어 참으로 다행이었습니다. 당신의 그 숨
결…… 그 목소리…… 어느 것 하나 잊지 않고 떠나렵니다. 그리고
소원하건대…… 당신 역시 가끔은 저를 기억해 주시어요. 제가 슬프
지 않게…….'
　옥서의 눈이 시렁을 향했다.
　그리고 그녀는 의외로 태연했다.

　무휼이 흐느끼며 찾아온 방개를 통해 옥서의 처지에 대해 알게 된
것은 그로부터 반각도 채 되지 않아서였다.
　무휼은 미친 듯이 옥서의 방을 향해 내달렸다.
　청천벽력이었다.
　원래 대갓집은 철저하게 내외(內外)로 구분되어 있었다.
　남종들은 여자들이 주로 머무는 내당 쪽에는 접근할 수도 없었고
여종들 또한 사랑채 가까이에는 낯을 내밀수도 없게 돼 있었다.
　그래서인지 분명 한 집인데도 내당의 일을 남자들은 알 수도 없었
고 여자들 역시 사랑채의 일을 알지 못하였다.
　처참한 고문에 의해 한 여자가 죽어가는 데도 남자들은 그 사실을
모르고 있었던 것이다.
　무휼은 머뭇거리지 않고 옥서의 방문을 열고 뛰어 들어갔다.
　집안의 금도를 깨는 행동이었다.
　그 뒤를 명연과 방개가 뒤따랐다.
　방 안으로 들어온 무휼의 눈이 불거졌다.
　이어 따라 들어온 명연과 방개의 입에서 찢어지는 비명이 새어 나
왔다.

옥서가……,

옥서가 시렁에 목을 맨 채 대롱거리고 있었던 것이었다.

무휼이 달려들어 매어 있는 끈을 풀었다.

무명옷을 찢어 만든 끈이었다.

오늘 그 옷을 입고 무휼에게 자신이 춤을 추는 모습을 그렇게도 보여주고 싶어했던 그 무명옷.

결국 그 옷을 찢어 저승으로 가는 도구로 사용했던 것이다.

옥서의 몸은 이미 싸늘하게 식어 있었다.

명연과 방개의 통곡이 사방으로 울려 퍼졌다.

무휼은 멍하니 앉아 옥서의 시체를 내려다본다.

그토록 말렸건만 자신을 사랑했던 여자의 죽음.

머릿속이 텅 비어 간다.

그도 사랑했는가?

한 번도 그런 생각을 해본 적이 없다.

노비에게 사랑이라니?

그것은 서로에게 죄를 짓는 것이 아닌가.

그래서 무휼은 아예 사랑이라는 말을 기억조차 하지 않았다.

외면했다.

물론 좋아하긴 했다.

그리고 굳이 그것을 사랑이라고 한다면 부인하지 않는다.

무휼은 옥서의 시체를 안아들었다. 마지막이라도 자신의 손으로 보내줘야 했기 때문이었다. 아직 옥서의 혼령이 주변을 맴돌고 있다면 그렇게 해주기를 바랄 것이었다.

방을 나오자 누구한테 들었는지 군부인이 굳은 얼굴로 다가왔다.

옥서의 시체를 쳐다보는 군부인의 얼굴이 살짝 경련을 일으켰다.

아마 스스로 목숨을 끊으리라고는 생각지 않았던 모양이었다.

무휼은 옥서의 시체를 안은 채 물끄러미 군부인을 쳐다보았다.

분노조차 일지 않는다.

그러나 그것이 무휼의 분노였다.

그리고 훗날 군부인은 무휼의 분노가 이날 얼마나 컸는지를 뼈저리게 느낄 것이었다.

"어리석은 년! 겨우 그까짓 일로 목숨을 끊다니? 그러게 행동거지를 조심했어야지."

군부인의 말이었다.

옥서의 죽음은 자신의 탓이 아니라 대군을 유혹하려 든 대가로 마땅히 스스로의 책임이라는…….

그러나 어느 누구 하나 항변하거나 이의를 제기하는 사람이 없다.

그것이 바로 노비였다.

군부인의 눈이 무휼을 향했다.

"이 일이 대군마마의 귀에 들어가지 않도록 해라. 만약 이 일을 대군마마가 알게 될 경우 너희들은 뼈마디 하나 남아나지 않게 될 것이야."

"……."

"조용히 갖고 나가 묻어버려. 어서!"

군부인의 명령이 떨어졌다.

그렇다면 지금은 그렇게 해야 한다.

무휼은 옥서의 시체를 안은 채 말없이 군부인의 곁을 스쳐 내당 뒤 싸리문을 통해 밖으로 사라졌다.

그리고 무휼이 돌아온 것은 그 다음날 아침이었다.

대군의 집에서 변한 것은 아무것도 없었다.

남자 노비들은 옥서가 다른 대갓집으로 팔려간 것으로 알고 있었다.

여종을 처리하는 권한은 일체 내당에 있었기 때문에 대군 역시 그렇게 아는 듯했다.

죽은 자는 말이 없다는 진리가 이곳에서 보여주고 있었다.

옥서의 죽음은 일단 그렇게 묻혀졌다.

백제 공주 부여해

사비성 관아의 옥사 안은 찜통 더위였다.

꽤 큰 감옥이었지만 그만큼 수감자들이 많은 탓이었다.

마인은 심드렁한 얼굴로 옥사 벽에 기댄 채 다른 죄수들을 보며 연신 씨부렁거리고 있었다.

"좌우당간 여기만 들어왔다 하면 하나같이 저 얼굴들을 보게 되니⋯⋯. 어째 생긴 것이 다 도둑놈 쌍판이여? 나까지 쪽팔려 죽겠네."

그러자 한쪽 귀가 뭉그러진 짝귀가 마인을 노려보며 코웃음을 쳤다.

"이 사람아! 그러는 자네는 도둑놈 아녀? 사비성에서 제일가는 도둑 주제에 누굴 욕하는 것이여?"

"얼씨구? 내가 도둑질 허는 것 봤어? 봤냐고?"

"죄를 지었으니까 들어온 것 아닌가? 안 봐도 뻔하지."

"헛소리 말어! 우리 같은 사람들은 금방 나가게 돼 있어. 증거가 없으면 잡아둘 수 없는 법이랑께!"

"어쭈? 그러서?"

이때 옥사의 문이 열리며 옥사장과 관군 2명이 안으로 들어왔다.

마인의 표정이 밝아졌다.

마인은 잽싸게 창틀 사이로 얼굴을 내밀며 옥사장을 쳐다보았다.

"보쇼! 나 풀어 줄라고 왔지라?"

"……."

"얼릉 내보내주쇼! 관군이면 신라 놈들허고 싸워야제 왜 죄 없는 나 같은 사람이나 잡아들이는 것이여? 신라 놈들헌티는 싸웠다 하면 복날 개 터지듯 터지면서 왜 지 백성들을 못살게 구는 것이냐고! 증말 짜증나서 못 살겠네 그랴."

옥사장은 마인의 따발총 말에 인상을 찌푸리면서 옥사의 문을 열었다.

"이놈아! 그렇잖아도 내보내줄 것이니까 나와!"

마인의 입이 함박만해졌다.

"정말이우?"

"그렇다니까."

다시 마인의 눈이 짝귀를 향했다.

짝귀의 얼굴에는 부러움이 가득했다.

수감자들에게 가장 부러운 사람은 출옥하는 사람이기 때문이었다.

"어이, 짝귀! 봤제……? 이렇게 증거가 없으면 나가게 되는 것이여! 히히히."

이때 관군들이 마인의 팔을 양쪽에서 꽉 붙잡았다.

마인의 눈이 커졌다.

뭔가 이상했다.

"보쇼! 옥사장! 어째 이러요? 석방이람서라?"

"심증은 있지만 증거가 없어서 내보내는 대신! 곤장 열 대를 치라는 명이 떨어졌다."

"뭐……. 뭐시여? 곤장 열 대?"

마인은 뒤집혔지만 다른 수감자들의 얼굴에는 득의의 웃음이 떠올랐다.

그냥 무사히 나가는 것보다 얻어터지고 나가는 것이 그나마 자신들의 부러움을 조금이라도 상쇄해 주는 것이기 때문이었다.

옥사 밖으로 끌려 나오자 형틀이 준비되어 있었고 마인은 곧바로 묶였다.

그리고 형리가 무시무시한 곤장을 치켜들었다.

빡……! 빡……!

마인의 엉덩이를 향해 곤장이 내리쳐졌다.

그러자 비명과 함께 마인의 고함이 관아를 뒤흔들었다.

"으아악……! 이 나라는 법도 없냐? 왜 이러코롬 백성을 못살게 허는 것이여! 증거가 없으면 없는 것이제 심증은 또 뭐시냐고……? 아이고! 사람 죽네! 사람 죽어!"

그러나 마인의 항변에도 불구하고 곤장은 여지없이 10대를 채웠다.

엉덩이가 터져 피가 흥건했다.

관군들은 그런 마인을 가차 없이 끌고 나가더니 관아 밖으로 내동댕이쳤다.

그리고 하필이면 바닥에 먼저 떨어진 곳이 곤장을 맞아 터진 엉덩이였다.

"아이고! 이놈들아! 사람을 두 번 죽이냐? 때렸으면 좀 곱게 보내줘야 헐 것 아녀? 워메! 죽겄는거!"

관군들이 손을 털고 관아 안으로 들어가자 어디선가 부두목 고보가 달려왔다.

누군가로부터 마인이 석방된다는 전갈을 받은 모양이었다.

"대장! 괜찮수?"

"시꺄! 니 눈에는 내가 괜찮은 것으로 보이냐? 곤장을 백 대나 맞았는디 괜찮아 보이냐고?"

고보의 눈이 휘둥그레졌다.

"곤장을 백 대나……? 그러고도 살아 있단 말이우?"

"이 새꺄! 궁께 내가 마인이제! 곤장 백 대쯤이야 끄덕없어야!"

"대장! 참말로 장하우! 나는 삼십 대만 맞아도 골로 갈 텐데."

"그렇게 내가 대장 아니냐! 그란디……? 다른 놈들은 다 어디 갔냐? 대장이 나왔는디 어째 코빼기도 안 보이는 것이여?"

"다 잠수 탔수! 대장도 알다시피 이런 일이 생기면 잠수 타는 것이 우리들의 생리잖수. 나도 숨어 있다가 끈이 닿는 관군이 귀띔해 주길래 달려온 것이우."

"새끼들이 대장이야 어치케 되든 말든 즈그들 살길부텀 챙기는고만!"

"암튼, 얼른 업히쇼! 대장이 이런 꼴을 당했다는 소문이 나기 전에 여길 벗어나야지. 쪽팔리잖수."

고보는 마인을 업고 뛰기 시작했다.

대장의 체면을 생각하는 부하의 눈물겨운 충성이었다.

그리고 그 충성심은 두 사람을 곧바로 인적이 뜸한 골목길로 들어서게 만들었다.

대신 고보가 그만큼 많이 지친 것뿐이었다.

고보가 헉헉대며 말했다.

"대장! 이제 좀 걸어가면 안 되겠수? 나 죽겄소."

"마! 환자를 걷게 하는 놈이 어딨냐? 내려놓으면 나 죽는다. 죽어."

고보는 어쩔 수 없다는 듯 있는 힘을 다해 걷기 시작했다.

대장을 죽게 만드는 것은 부하의 도리가 아니었기 때문이었다.

"그란디? 고보야."

“왜 그러쇼?”

“그 가시내 있잖냐.”

“가시내라니? 누구?”

“칼잽이 용추의 동생 말이다. 그 삼삼한 처자.”

“용정이 말요?”

“용정이? 갸 이름이 용정이냐?”

“내가 웅진성 애들한테 살짝 들었는데 그 가시내 이름이 용정이라고 헙디다.”

“오메에? 뭔 처자가 얼굴만 이쁘면 됐지 어째 이름까지 그러코롬 이쁘다냐?”

“하긴 얼굴이 쪼매 반반한 편이등만.”

“고보야. 내가 이상해졌어야. 갸만 생각하면 온몸이 뒤틀리고 숨이 막히면서……. 거시기가 불끈불끈 솟는단 말이다. 이 일을 어쩌야 쓰겄냐? 어쩌야 써?”

“꿈 깨쇼! 알고 봉께 그 가시내는 지 오빠 용추보다 더 지독헙디다. 임존성이나 지라성까지 출장을 댕기는 것은 물론 신라나 고구려까지 제집 드나들 듯 한다는디……? 아무튼 우리 세계의 여제여라우! 여제!”

“그려?”

“그날 봤지라? 성깔도 보통이 아니등만! 그러니 잊어버리쇼.”

“아녀. 갸는 천지신명이 나헌티 보낸 내 짝궁이여. 그라고 이 마인의 거시기 정도 될라몬 그 정도는 돼야제. 암, 히히히.”

이렇게 해서 마인은 사랑을 알게 됐다.

하지만 사랑은 혼자 하는 것이 아니다.

처음 느껴보는 감정인지라 아직 마인이 그 사실을 모를 뿐이었다.

계백은 내키지 않았지만 성충과 흥수의 청을 받아들여 대군의 집을 찾았다.

대군은 미소를 머금은 채 군례를 하는 계백을 쳐다보았다.

가잠성에서 목숨을 구원받은 터라 그 고마움이 여전했다.

계백이 자리를 잡으며 입을 열었다.

"대군마마! 소장 계백! 부임인사 올리옵니다."

"잘 오셨소. 장군! 장군이 사비성 가까이 오시니 내 마음이 든든하기 그지없소이다. 허허허."

"군인이 어디에서 일을 한들 무엇이 중요하겠사옵니까? 오직 나라를 위하는 마음만 있다면 변방이든 사비성이든 다 같을 것이옵니다."

"그거야 그렇지. 역시 장군다운 말이오."

"황송하옵니다."

"아무튼 오랜만에 사비성으로 오셨으니 좀 쉬면서 몸을 추스르시고 때가 되면 이 사람을 좀 도와주시오."

"……."

"그리고…… 가잠성에서의 일은 두고두고 잊지 않겠소."

"……."

"장군이 아니었으면 참으로 큰일 날 뻔하지 않았소이까. 자칫했으면 골육 간에 상쟁이 벌어질지도 모를 일이었으니……. 모두 장군 덕분이오."

"하오면 대군마마! 소장이 한 말씀만 올리겠사옵니다."

"말씀해 보시오."

"대군마마! 이제는 권력을 생각하기 전에 먼저 백성을 생각하는 대군마마가 돼 주시오소서."

"……!"

"지금 우리 백제는 사면초가의 위기에 직면해 있사옵니다."

"……."

"북으로는 고구려가 힘으로 우리를 다스리려 하고 동으로는 신라의 김춘추와 김유신이 힘을 합쳐 끊임없이 우리 영토를 노리고 있사옵니다. 또한 남으로는 왜의 도발이 끊이질 않사옵니다."

"……."

"이러한 때에 대군마마와 태자전하께서 힘을 합하지 않고 반목을 하신다면 나라가 어찌 되겠사옵니까?"

계백의 말에 대군의 표정이 굳어지기 시작했다.

자신이 계백에게 듣고 싶은 말은 그런 말이 아니었다.

그리고 계백이 자신을 위기에서 구해주는 순간, 어쩌면 자신의 사람이 될지도 모른다는 생각을 하고 있던 차였다.

그런데 자신의 착각이었단 말인가?

계백이 말이 이어졌다.

"부디! 왕실이 힘을 합하여 외세에게 이 땅이 유린당하지 않도록 나라의 힘을 굳건히 세워 주시오소서!"

"나 때문에……? 나라가 망하고 있다는 말이오?"

한층 냉기가 서린 대군의 말이었다.

계백은 대군의 말에서 그가 아직도 피의 전쟁을 멈추지 않고 있다는 것을 직감했다.

그렇다면 더더욱 물러설 수 없는 일이었다.

"대군마마! 소장의 충언을 곡해하지 말아 주시오소서! 대군마마께서는 이 나라 왕실의 장자이시옵니다. 하오니 비록 태자전하가 마음에 차지 않는다 하더라도 넓은 마음으로 헤아리시고 힘을 보태 주시라는 말이옵니다."

"……."

"소장의 충정이옵니다. 대군마마!"

"알겠소이다. 장군의 마음을 내가 어찌 모르겠소."

"황송하옵니다."

"내 항상 장군의 말을 잊지 않을 테니……. 오늘은 이만 돌아가시오. 마침 대왕폐하께서 이 몸을 찾으신다니 궁에 가봐야 할 것 같소이다."

"알겠사옵니다. 하오면 소장은 이만."

계백이 자리에서 일어서자 대군은 눈을 가늘게 뜬 다음 방문을 향해 소리쳤다.

"밖에 집사 있느냐?"

"예, 대군마마!"

기다리고 있던 집사의 말이 들려왔다.

"여기 장군이 오셨으니 무휼이 놈의 몸이 괜찮다면 인사 여쭙고 모셔다 드리라 해라."

계백의 눈이 조금 커졌다.

그 역시도 그날 초죽음이 되어 사라진 무휼이 어찌 됐는지 궁금하던 차였다.

"사람이 은혜를 입었으면 감사의 인사를 드리는 것은 당연한 것이지. 아니 그렇소? 장군!"

계백은 대군의 말에 대답 대신 어색한 미소를 보인 다음 밖으로 나왔다.

문이 닫히자 대군의 눈이 광기를 보이며 싸늘해졌다.

'계백! 무색무취……! 색깔이 없는 사람은 권력의 그늘에 있을 자격도 없는 것이오. 그리고 그런 자의 일생은 언제나 험한 파도 속에서 표류하게 되는 것이지……. 그것을 깨닫지 못하는 한 당신의 시대는 오지 않을 것이야.'

인간의 야망은 어디까지인가?

그릇된 야망은 언제나 부메랑이 되어 자신에게 되돌아오는 것을…….

대군은 아직도 그 진리를 알지 못하는 것인가.

두 사람이 길을 걷고 있다.

계백은 말을 타고 무휼은 그 말의 고삐를 쥔 채.

계백은 내심 놀라움을 금할 수가 없었다.

무휼의 모습이 말끔하게 완치됐다는 것을 알았기 때문이었다.

"놀랍구나. 만신창이의 몸을 그새 추스르다니?"

"소인은 몸이 유일한 재산이옵니다."

이어 무휼은 계백을 물끄러미 쳐다보았다.

"왜? 내게 할 말이 있느냐?"

"장군님! 송구하오나 제 주인님의 뜻을 막으려 하지 마시오소서. 그것은 그분의 운명이옵니다."

"……!"

"주인님은 자신의 길을 가시는 것이옵니다. 그리고 그것을 소인이 도울 것입니다."

"무휼아!"

"예."

"자신에게 주어진 길이라 할지라도 그것이 패악의 길이라면 멈출 줄도 알아야 한다. 악과 동행하지 않는 것이 사내가 가야 할 길이니라. 그런데 대군마마께서는 야망과 욕망이라는 길에 올라서 눈이 멀어 있다."

"……."

"무릇, 사내의 야망은 세상을 품게 한다지만 대군마마의 야망은 추하고 비열한 것이다. 그 추한 야망 때문에 많은 사람이 피를 흘리게 될 것이고 백성들이 힘들게 될 것이야. 추악한 욕망에는 정의가 없기 때문이다.”

“소인이……. 피 흘리지 않고 그 일을 해낼 것이옵니다. 누구도 소인이 하는 일을 막지 못합니다.”

계백의 눈이 조금 커졌다.

이놈?

노비 주제에 이게 무슨 말인가?

하지만 이상하게도 이놈의 말을 들으면 불가능이 보이지 않는다.

그리고 계백은 이미 가잠성에서 그것을 경험한 바 있었다.

무휼의 말이 바람결에 들려왔다.

“소인은…… 그것을 위해 마음에 둔 여자의 죽음까지도 가슴에 묻은 놈이옵니다.”

무표정했지만 무휼의 말에는 비감이 배어 있었다.

그가 유일하게 자신의 감정을 겉으로 드러낸 경우였다.

계백은 답답해진다.

그렇다고 일일이 설명할 수도 없는 노릇이지 않은가.

“네놈이 그토록 대군마마께 매달리는 절실한 이유가 도대체 무엇이냐?”

“…….”

“그래, 누구든 말 못 할 사연이야 있을 수 있겠지. 하지만 대군마마를 향한 네 충성은 아주 초라한 것이다. 왜냐하면…… 대군의 욕망이 포화지점에 이르고…… 그릇된 야망이 성공에 이르렀을 때 그분의 칼은 가장 먼저 네놈을 향하게 될 것이기 때문이다. 네놈에 대한 논공행상은 이뤄지지도 않을 것이고 내려지는 것은 차디찬 배신의 칼날뿐이지. 그것이 권력자의 본 모습이자 속성이니라.”

“…….”

“누구든 욕망의 소용돌이에 휘말리게 되면 자신의 꿈을 이루기도 전에 내팽개쳐지는 것이다. 누구든 말이다.”

“소인은 다르옵니다. 소인의 충성은 격이 다르다는 말이옵니다.”

무휼의 단단한 말이었다.

아니 그는 추호도 흔들림이 없었다.

“소인이 원하지 않는 이상, 버려지지도 않을 것이며 버림받지도 않을 것이옵니다. 만약…… 소인에게 음모의 칼을 내리려는 자가 있다면 여지없이 그 싹을 잘라 버릴 것이옵니다. 그 대상이 누가 됐든 가리지 않을 것이옵니다.”

계백은 경악했다. 정말 상식이 없는 놈이다. 아니, 자신의 뜻을 이루기 위해서라면 상식을 파괴할 수 있는 놈이다.

계백은 내심 자신이 긴장하고 있다는 것을 느꼈다.

이런 놈은 잘못 다스리면 지극히 위험하다. 하지만 그 반대의 경우도 있을 것이다. 잘만 다스리면 그야말로 보석 중의 보석이 되고도 남을 것이었다. 다만 어떤 선택을 하게 할 것인지는 오로지 하늘만이 결정할 수 있다.

인간의 힘으로는 결코 함부로 다룰 수 없는 놈이 바로 무휼이었다.

의자왕은 화려한 편전에 누워 젊은 궁녀들의 시중을 받고 있었다.

이제 50을 겨우 넘긴 나이였지만 술이 과하고 미색을 탐하는 정도가 지나쳐 황달이라도 든 것인 양 얼굴이 검게 보일 정도였다.

왕의 여성 편력은 정실부인이 세 아들과 딸 하나를 낳고 죽은 이후 조정 대신은 물론 백성들조차 눈살을 찌푸리게 할 정도로 극심했다.

물론 정비가 살아 있을 때도 후처를 들이는 것은 다반사였다.

또한 후처들 사이에서 낳은 왕자와 공주들이 벌써 15명에 이를 정도였다.

하지만 왕의 여성편력을 논하는 것은 있을 수 없는 일이었다.

왕이 곧 나라의 지아비인 이상 모든 백성들은 왕의 자식인 셈이었다.

헌데 자식이 어찌 아버지의 흠을 헐뜯겠는가.

왕은 궁녀의 손길이 자신의 허벅지를 주무르자 묘한 쾌감과 함께 전신이 나른해지는 것을 느끼며 조금씩 흥분을 느끼기 시작했다.

그의 눈길이 향하는 궁녀는 그날 밤 침전에 들게 될 것이다.

이때 왕의 음심(淫心)을 깨뜨리는 내관의 말이 들려왔다.

"대왕폐하! 사가의 대군마마께서 납시셨사옵니다."

의자왕은 황급히 상체를 일으키며 궁녀들에게 나가라는 시늉을 했다.

"오? 대군이……? 어서 들라 하라!"

궁녀들이 침전의 뒷문을 통해 빠져나가자 왕은 머리를 살짝 매만지며 정색을 했다.

침전의 문이 열리며 황금색 도포차림의 장자(長子) 부여효 대군이 들어왔다.

왕은 흐뭇한 얼굴로 큰 절을 하는 대군을 내려다보았다.

"아바마마! 소자 부여효이옵니다! 그간 강녕하셨사옵니까?"

"어서 오너라. 대군! 허허허."

대군이 자리에 앉자 왕은 내관을 불러 시원한 수정과를 가져오게 했다.

그러자 마치 기다렸다는 듯 책임상궁이 수정과를 갖다놓고 뒷걸음질로 침전을 나갔다.

"대군! 그래, 사가에서 얼마나 고생이 많은고?"

"아니옵니다. 소자는 아바마마의 성은에 힘입어 잘 지내고 있사옵니다.”

“아니다. 왕실의 적자가 황궁에 있지 못하고 사가에서 지내다니? 다 이 애비가 부덕한 탓이니라.”

“황송하옵니다. 아바마마.”

“짐이 너를 생각하면 참으로 마음이 아파 견딜 수가 없느니라. 참으로 가슴이 아파.”

“다 소자가 불민하여 그런 것 아니옵니까? 소자 대신 태자전하가 잘 보필하는 줄 아옵니다.”

태자라는 말에 왕은 눈살을 찌푸리며 대뜸 손사래를 쳤다.

왕과 태자가 서로 반목하고 있다는 것이 사실로 드러나는 순간이었다.

“대군! 태자의 말이라면 꺼내지도 말라!”

“어인 말씀이옵니까?”

“내가 종친과 대소신료들의 청을 받아들여 융을 태자로 봉했다마는……. 그것은 짐의 큰 불찰이었느니라. 힘만 앞세우고 정치력이 없는 태자 때문에 지금 왕실의 권위가 땅에 떨어지고 있어.”

의자왕의 말에 대군은 내심 회심의 미소를 머금었다.

하여 먼저 태자에 대한 말을 꺼내 부왕의 심중을 타진하는 중이었던 것이다.

그리고 다시 한 번 부왕과 태자의 사이가 예전보다 더 악화됐다는 것을 확인할 수 있었다.

왕의 말이 계속됐다.

“아무튼 이 애비가 너를 부른 것은 지금의 시국을 의논하기 위함이니라. 정세를 보는 눈이야 태자보다 대군이 훨씬 뛰어나지 않느냐.”

“아바마마! 소자를 그리 높이 봐주시니 그저 황송할 따름이옵니다.”

“대군! 고구려도 그렇지만 지금 신라가 우리 백제를 호시탐탐 노리며 침공에 침공을 거듭해 오고 있느니라. 태자는 거기에 맞서 군대를 일으켜 두 나라와 전쟁을 불사하자고 청해 오는데 어찌해야 하겠느냐? 대군은 주변 정세를 꿰뚫고 있을 터! 기탄없이 말해 보거라.”

“…….”

“어서! 이곳에는 너와 이 아비뿐이니라.”

“아바마마! 소자는 그걸 아뢸 수 있는 자리에 있지 않사옵니다. 소자가 비록 왕실의 장자라 할지라도 아무런 직책이 없는 몸이옵니다. 이런 상황에서 소자가 소를 올리면 왕실의 질서가 문란해지고 태자 전하께 누를 끼치는 격이 되옵니다. 하오니 다른 대신들을 찾으셔야 할 줄로 아옵니다.”

대군의 말은 짐짓 겸손의 미덕이었다.

왕의 장자지만 아무런 벼슬이 없는 상태에서 국정을 입에 다물 수 없다는……. 하지만 그것은 아버지에 대한 일종의 보이지 않는 항의이기도 했다. 장자를 내친 장본인이 그게 무슨 말도 되지 않는 소리냐는.

의자왕이 장자의 그런 내심까지 읽기에는 한계가 있었을까?

“대군! 정말 가상하구나. 하고 싶은 말이 있어도 왕실과 애비를 위해 입을 닫겠다니? 태자가 네 효심과 충정을 반만 따라올 수 있어도 내 이리 답답치 않을 것을……! 내 불찰로 왕실의 기둥이 사가에서 저리 썩고 있으니…… 참으로 안타까운 일이로다.”

“아바마마! 정 그러하시다면 소자가 한 가지 대안을 말씀드리겠사옵니다.”

“오호? 그래. 어서 말해 보거라.”

"좌평 성충을 불러 그 대책을 들으시옵소서!"

"성충 좌평을?"

"예. 성충 좌평이야말로 그 재능과 예지가 하늘을 덮고 남으며 온 백성의 존경을 받고 있는 나라의 어른이시옵니다."

"이 애비도 안다. 성충 좌평은 사적으로는 내 제종 8촌 형님이 아니더냐? 그리고 대군의 말대로 이 나라에 그만한 대신이 어디 있겠느냐? 그 동생 윤충 대장군, 좌평 흥수와 더불어 충신 중의 충신이지."

"아바마마! 하온데 어찌 그런 분을 중히 쓰지 않으신단 말이옵니까? 그런 분들은 태자전하의 사람이 되기 전에 아바마마의 사람으로 만들어야 하옵니다. 하오니 성충 좌평을 불러 그 능력이 입증되면 아바마마의 사람으로 거느리소서. 꼭 그리해야 하옵니다."

이상한 일이었다.

대군 역시 성충과 흥수를 좋아하는 것이 아니었다.

오히려 그들의 인품이 훌륭하고 백성들에게 존경을 받는다는 것은 왕실의 입장에서 보면 그리 유쾌한 일이 아니질 않은가.

백성이 따르는 사람은 왕실에서 함부로 다룰 수 없기 때문이었다.

하지만 대군이 성충을 추천하는 이유를 그의 말에서 찾을 수 있다.

성충이나 흥수 그리고 대장군 윤충 같은 사람들이 태자의 편에 서는 것을 일거에 차단하려는 것이었다.

지금까지 중립을 지키는 것을 보면 쉽게 어느 쪽을 선택하지는 않겠지만 사람의 마음은 알 수 없는 것이었고 더더욱이나 정치는 알 수 없는 것이었다.

인생이 다 그렇지만 특히 정치세계에서 영원한 동지나 적은 존재하지 않는다.

경우에 따라서는 오늘의 동지가 내일은 자신에게 비수를 들이대는 것이 바로 정치였다.

하여 왕명이라는 이름으로 성충과 홍수, 윤충을 묶어둔다면 자신이 앞으로 해야 할 대업에서도 커다란 이득이 될 거라는 판단에서였다.

그들이 태자에게 가지 않도록 하는 것이 무엇보다 중요하다는 것이 대군의 생각이었다.

의자왕은 흐뭇했다.

태자와는 달리 적어도 대군은 자신의 가려운 곳을 긁어줄 줄 아는 효자였다.

"대군! 주변에 애비를 이토록 생각하는 사람은 대군뿐이로구나. 더구나 자신을 뒤로 감추고 다른 사람을 배려할 줄 아는 품성이 천하를 닮았도다! 내 대군 말대로 하마. 허허허."

"황송하옵니다. 아바마마."

"그리고 대군……! 모든 것을 참고 기다려라. 기다리다 보면 네게도 때가 올 것이니라."

"……!"

의자왕의 말에 대군은 숨이 가빠오는 전율을 느꼈다.

언뜻 들으면 아무렇지도 않은 말일지도 모른다.

기다리다 보면 때가 온다?

곰곰이 씹어 들으면 매우 의미심장한 말이었다.

대군은 머리를 조아렸다.

이럴 때는 더욱 더 자신을 낮춰야 한다.

"소자가 바라는 것은 오직 아바마마의 강녕함뿐이옵니다. 하오니 소자로 인하여 마음 상하지 마시오소서."

"오냐. 내가 대군의 그 효성을 어찌 모르겠느냐? 잘 알았느니라."

"하오면 다시 뵐 때까지 부디 평안하시오소서!"

"이대로 사가에 갈 셈이냐?"

"아니옵니다. 황후마마와 태자전하를 뵙고 가는 것도 소자가 할 일이옵니다."

"동기간이니 태자라면 모를까 황후는 만날 필요 없다. 품행이 단정치를 않으니 원."

의자왕은 황후에 대한 말을 하면서 입맛을 다셨다.

황후는 이제 불과 26세였다.

거기다 태자인 부여융의 첫 정인이기도 했다. 즉 아들의 정인을 아버지가 가로챈 것이다.

하지만 백제의 귀족 사회에서는 얼마든지 있을 수 있는 일인지라 크게 책할 문제는 아니었다. 심지어 이웃 당나라 고종은 아버지의 여자였던 측천무후를 자신의 여자로 삼아 황후에 책봉하기까지 하지 않았던가.

그래도 윤리의식이 강한 백제에서는 자식이 아버지의 여자를 뺏는 경우는 참수형에 처했다. 아버지는 권위의 상징이기 때문이었다.

왕의 말이 이어졌다.

"그리고 해아가 너한테 가 있겠다고 하니 당분간 보살펴 주거라. 놈이 혼인할 생각은 안 하고 저렇게 천하를 주유할 생각이나 하고 있으니 머리가 아프구나."

말은 그렇게 하면서도 의자왕은 미소를 머금었다.

부여해.

이제 20세로 의자왕의 정실부인에게서 태어난 막내였다. 즉 태자나 대군과는 동부 동모지간이었다.

부여해에 대한 의자왕의 사랑은 각별했다.

대군과 다른 후처들에게서 난 왕자와 공주들은 태자 책봉이 끝나는 순간 모두 사가로 내보냈지만 부여해만큼은 자신의 지근거리에 있게 할 정도였다.

또한 대군 역시 부여해에 대한 마음이 유별했다.

태어나자마자 어머니를 잃은 부여해였기에 대군 역시 막내에 대해서는 그만큼 마음을 두고 있었다.

그 시각.

태자궁에서는 책사 여감이 우직한 태자를 설득하느라 여념이 없었다.

그가 보더라도 지금 고구려와 신라를 상대로 동시에 전쟁을 벌인다는 것은 위험천만한 일이었다.

그러나 태자의 생각은 달랐다.

지금 백제의 힘이라면 정벌이 가능할 것이라는 다소의 착각에 빠져 있었던 것이다.

태자가 화난 얼굴로 여감을 쏘아보았다.

"여감! 그대는 내 머리이자 눈이다. 그런 자가 고작 하는 말이 뭐라……? 지금은 고구려와 신라를 함께 상대할 때가 아니라니? 네놈은 불과 얼마 전까지만 해도 두 나라를 함께 칠 수 있다고 하지 않았더냐!"

"태자전하! 그 일은 언젠가는 전하께서 하실 일이옵니다."

"그런데 왜 지금은 안 된다는 말이냐?"

"전하! 몸 안의 곪은 상처를 제거하지 않으면 먼저 팔다리가 저리고 힘을 잃게 되는 법이옵니다. 그러다가 끝내 등창이 나 이러지도 저러지도 못하고 드러눕게 되지 않사옵니까? 하오니 대업을 시작하기 전에 지금은 몸 안의 곪은 상처부터 짜내야 할 것이옵니다."

"몸 안의 곪은 상처라?"

"사가에 계시는 대군마마를 말씀드리는 것이옵니다."

"······!"

"또한 대군마마를 따르는 자들을 선별하여 제거하거나 태자전하의 사람으로 만들어야 하옵니다."

"······."

"태자전하께서 이러고 계실 때 사가에 계시는 대군마마는 지략과 용맹이 뛰어난 자들을 자신의 사람으로 끌어들이고 있사옵니다. 그 것이 무엇을 뜻하겠사옵니까? 바로 전하를 경계하기 위함이옵니다."

"대군을 따르는 임자와 충상, 상영 같은 자들을 일컫는 것이냐?"

"여부가 있겠사옵니까? 그 중에서 특히 임자 좌평은 그 머리가 비상하여 반드시 죽이든가 전하의 사람으로 만들어야 하옵니다."

"임자의 얄팍한 처세야 어제 오늘 이뤄진 게 아니지. 특히 잔머리 굴리는 데는 따라올 자가 없고."

"그리고 또 있사옵니다. 바로 계백이옵니다."

"계백······? 가잠성주 계백을 말하는 것이냐?"

태자의 눈이 휘둥그레졌다.

계백이라니?

"여감! 계백이 뭐가 어떻다는 말이냐?"

"모르시옵니까? 계백은 가잠성을 떠나 사비성 외곽인 백강의 수비대장이 되었사옵니다."

"뭐시라?"

태자의 고성이었다.

그만큼 많이 놀랐다는 증거였다.

"거 보시오소서! 태자전하는 지금 세상 돌아가는 것을 너무나 모르고 있사옵니다."

"그게 무슨 소리야? 가잠성이라면 전술적으로 신라와 맞닿은 우리 백제의 가장 중요한 성이 아닌가? 계백은 적이 있는 곳에 있어야 빛이 나는 사람이다! 그런데 사비성이라니……? 거기다 그런 중요한 장수를 불러들이는 일에 태자이자 병관좌평인 내가 아무런 말도 듣지 못했다는 것이 말이나 되는가!"

"더욱 중요한 것은 그 일을 대군마마의 지시를 받은 좌평 성충과 홍수가 대왕폐하의 윤허를 받아냈다는 것이옵니다."

"뭐라? 형님 대군이?"

태자는 깜짝 놀랐다.

자신이 느긋하게 마음을 놓고 있는 사이에 대군이 먼저 손을 쓰고 있었다는 말인가? 거기다 군권에 관한 전권을 왕의 허락 없이 사용할 수 있는 병관좌평은 자신이었다. 그런데 자신도 모르게 계백을 사비성으로 불러들이다니?

물론 병관좌평의 권한보다 위에 있는 것이 왕의 권한이긴 했다.

하지만 그렇더라도 계백쯤 되는 장수의 임지이동은 자신이 결정해야 하지 않은가.

"좌평 성충과 홍수가 내게 아무런 말도 없이 대왕폐하께 그런 윤허를 받아냈다니? 어찌 그럴 수 있단 말인가?"

태자의 말에 분노가 느껴지자 여감은 조바심이 났다.

행여 분을 참지 못한 태자가 그 두 사람을 탓하기라도 한다면 보통일이 아닐 것이기 때문이었다.

"태자전하! 그 두 분 좌평을 책하시면 아니 되옵니다. 특히 성충 좌평이야말로 진정으로 무서운 인물이옵니다. 온 백성의 존경을 받으며 대왕폐하의 신임을 받고 있다는 것 자체가 그의 저력이 엄청나다는 것이옵니다. 만약 그런 분을 적으로 돌리셨다가는 태자전하께서 오히려 곤경에 빠질 수 있다는 것을 명심하시오소서!"

여감이 이렇듯 긴장하며 말하지 않아도 태자 역시 성충과 홍수에 대해서는 잘 알고 있었다.

그들은 아무리 태자라 해도 마음대로 상대할 수 있는 인물들이 아니었다.

백성들에게 폭넓은 지지를 받는다는 것 이상으로 중요한 정치적 기반이 어디 있겠는가?

이때 태자궁 살림을 도맡아 하는 내관부장의 말이 침전 밖에서 들려왔다.

"태자전하! 사가에 계시는 대군마마께서 납시셨사옵니다!"

내관부장의 말에 태자와 여감의 얼굴이 굳어졌다.

절묘하게도 마치 약속이나 돼 있었던 것처럼 대군이 태자궁을 찾은 것이다.

태자에게 있어서도 가장 무서운 적은 바로 대군이었다.

"어서 뫼시어라!"

태자의 허락이 떨어지자 문이 열리며 내관부장이 대군을 침전 안으로 안내했다.

대군은 자세를 바로 한 다음 태자에게 큰 절을 올렸다.

사사로이는 아우지만 이 나라 태자이기에 형이 동생을 향해 큰 절을 하는 것이다.

"태자전하! 그간 강녕하셨사옵니까?"

자리에 앉으면서 대군이 안부를 물었다.

태자의 얼굴에 미소가 떠올랐다.

정적이기는 해도 피를 나눈 친형이었고 왕실의 장자가 아닌가.

"형님 대군의 염려에 잘 지내고 있습니다."

대군의 눈이 다시 여감을 향했다.

"그대는 여감 공이 아니시오? 반갑소이다."

그러자 여감은 정중한 자세로 허리를 숙였다.

"그간 편안하셨사옵니까? 대군마마!"

"사비성의 장자방을 이곳에서 만나게 되다니? 아무튼 태자전하를 잘 부탁하겠소이다."

"황송하옵니다. 대군마마."

이어 여감은 태자를 향해 허리를 굽혔다.

"태자전하! 하오면 소신은 이만 물러가겠사옵니다."

태자는 손사래를 쳤다.

"아니다. 형님 대군께서는 금방 가실 터이니 그냥 있도록 해라. 그런데 형님 대군! 태자궁에는 어인 일이십니까?"

"오랜만에 대왕폐하께 문후 드리고 가던 길에 태자전하께 들렸사옵니다."

"잘하셨습니다. 나도 형님 대군을 만나고 싶었던 참입니다."

"그러셨사옵니까? 하오면 무슨 일이옵니까?"

"형님 대군의 능력이야 천하가 다 아는 일."

"능력이라니요? 태자전하께 비하면 부끄러울 뿐이옵니다."

"형님! 단도직입적으로 말하지요."

"……."

"대왕폐하는 이 몸을 경원하고 있습니다. 특히 고구려와 신라를 치자는 이 몸의 말에 대노하고 계신다 이 말입니다."

"……."

"형님께서는 어찌 생각하십니까? 우리 백제가 고구려와 신라를 상대로 전쟁을 할 힘이나 능력이 부족하다고 보는 겁니까? 나는 형님의 고견을 듣고 싶소이다."

"문제는…… 우리 힘으로 그들 두 나라를 동시에 상대하기에는 힘이 부친다는 것이 아니겠사옵니까? 예부터 한 나라가 다른 두 나라를 상대로 전쟁을 벌인 적은 없사옵니다."

“그렇다면……? 그들 두 나라중 한 나라만 친다면 어찌 되겠습니까?”

“……!”

“가능하지 않겠습니까?”

“태자전하! 저는 병법이나 외교에는 문외한인지라……. 쉬이 답을 알아내지 못하겠사옵니다.”

“그래요?”

대군의 말에 태자는 의미심장한 얼굴로 물끄러미 쳐다보았다.

그는 알고 있었다. 어쩌면 국제정세나 병법에 관해서는 대군의 능력이 자신에 못지않다는 것을. 다만 왕과 태자의 치열한 기세 싸움에 끼어들지 않으려 하는 것일 뿐.

태자의 눈이 여감을 향했다.

“여감! 그대가 내 말에 대해서 생각한 것을 말해 보라.”

여감이 잠시 생각을 가다듬은 다음 입을 열었다.

“태자전하! 고구려를 친구로 삼아 화친하고 소국 신라를 친다면 충분히 점토할 수 있을 것으로 사료되옵니다.”

“그 방법은?”

태자의 말에 여감은 조용히 대군을 쳐다보았다.

“여감! 그 방법을 말해 보라지 않느냐!”

“전하! 자고로 천기는 두 사람이 알면 그 효능이 반감되는 것이옵니다. 하오나 대군마마께서도 그 방법을 알고 계실 것이옵니다.”

여감의 말에 대군의 얼굴이 굳어졌다.

여감.

참으로 징그럽도록 무서운 자다.

단지 세 치 혀로 대군의 위험성을 태자에게 경고하는 것이지 않은가.

물론 태자 역시 여감의 의중을 읽고 있었다.

"형님 대군께서 그 방법을 알고 계시다……? 형님! 그 방법이 무엇입니까?"

"태자전하! 이 몸은 그 능력이 쇄하여 왕실에서조차 벗어나 사가에서 지내고 있사옵니다. 그런 저에게 어찌 다른 고견이 있겠사옵니까. 송구하옵니다."

대군의 말에 태자는 눈을 가늘게 뜬 다음 손가락으로 자신의 턱을 가볍게 토닥였다.

생각에 몰두할 때마다 나오는 특유의 버릇이었다.

대군은 그런 태자를 곁눈질하다가 여감을 힐끔거렸다.

그에게 있어 여감은 뱀 같은 자였다.

'여감……! 백제 최고의 책사라고 하지만 네놈의 실수는 감히…… 감히 나를 헤아리려고 한 것이다. 또한 네놈이 사라지면 태자 역시 머리가 잘린 지렁이에 지나지 않을 터…….'

지금 대군의 마음속에는 살기가 이글거린다.

막강한 상대를 치기 위해서는 그 주변 인물부터 정리해야 한다는 것은 삼척동자도 아는 사실이다.

그리고 대군은 곧 그것을 실천에 옮길 것이었다.

"할 수 없군요. 형님 대군께서 방법을 모른다고 하니 내 식대로 대왕폐하를 설득하는 수밖에요. 잘 알겠습니다. 허면 이만 돌아가시지요."

말은 순순하지만 태자가 무슨 생각을 하는지는 오직 그 자신만 알 뿐이었다. 그 역시 간단한 사람이 아니기 때문이었다.

대군은 말없이 인사를 하고 태자궁을 나왔다.

그의 머릿속이 빠르게 움직이기 시작했다.

태자가 왕을 무력화시키기 전에 무엇인가를 해야 한다. 왕이 무력해지면 대군에게는 기회가 없을 것이었다. 사가로 향하는 대군의 발 걸음이 빨라졌다.

  무휼은 대군이 찾는다는 집사의 전갈을 받고 사랑채 안으로 들어 섰다.
  대군은 심각한 얼굴로 무엇인가를 곰곰이 생각하는 모습이었다.
  무휼은 큰 절을 마친 다음 윗목에 무릎을 꿇고 앉았다.
  핏발 선 대군의 눈이 무휼을 향했다.
  "주인님! 찾아 계시옵니까?"
  "몸은 어떠냐?"
  "충분하옵니다."
  무휼의 말은 언제나 짧고 간략하다.
  그렇기에 더 믿음이 가는 말이다.
  "허면…… 사람을 하나…… 죽여야겠다."
  "……!"
  "그것도 쥐도 새도 모르게 아무런 증거 하나 남기지 않고 완벽하 게 말이야. 그 일은 네놈이 아니면 할 수 없는 일이다."
  "주인님이 가시는 길에 방해가 되는 인물이옵니까?"
  "그래, 필히 그놈을 죽여야 태자의 팔다리를 묶을 수 있느니라. 어 쩌면 눈을 가리고 귀까지 멀게 할 수도 있을 것이고."
  "죽이겠사옵니다."
  "하지만 그놈은 쉽지 않는 놈이다. 그래도 죽여야 해."
  "소인을 믿으소서."
  "기한은 열흘 안이다. 방법은 네놈이 알아서 해. 네놈 식대로."
  대군은 품에서 봉투에 담긴 서찰을 꺼내 무휼에게 내밀었다.
  살생부였다.

"이 안에 적혀 있는 자다. 명심할 것은 절대로 실패가 없어야 할 것이며 일체의 흔적을 남겨서도 안 된다는 것이다."

"……."

"완전무결한 처형! 그것이어야 해. 알겠느냐?"

"예, 주인님!"

무휼은 살생부를 품안에 갈무리했다.

살인명령을 받았는데도 표정은 예의 무표정 그대로였다.

"그놈은 보통이 아닌데다 호위가 치밀할 것이다."

"소인이 직접 확인하겠사옵니다."

"만약 실패한다면……? 아무도 모르는 곳에 가서 스스로 네 얼굴을 뭉개고…… 자결해라."

"그리 하겠사옵니다."

"나가 봐."

무휼은 절을 한 다음 사랑채를 나왔다.

별다른 감흥조차 느끼지 못하는 모습이었다.

하긴 그래서 그가 무휼인지도 모를 일이었다.

그 시간.

대군의 저택 대문 앞에는 집사를 비롯한 남녀 노비들이 화려한 비단옷이 무색할 만큼 절세미인의 젊은 여자를 향해 허리를 굽혀 인사를 하고 있었다.

절을 하는 집사의 얼굴에 긴장감이 스며 있었다.

"공주님! 어서 오시오소서!"

공주?

그랬다.

대군의 저택을 찾아온 여자는 다름 아닌 의자왕의 금지옥엽이자 대군의 막내 동생인 부여해였다.

이제 20세.

혼인할 나이가 한참을 지났지만 웬일인지 그런 것에는 관심이 없고 하는 짓마다 사내를 능가해 의자왕을 곤혹스럽게 만드는 여장부.

그녀가 큰오라버니인 대군의 집을 찾은 것이다.

부여해는 화사한 미소를 머금은 채 대문 안으로 들어섰다.

집사와 노비들이 그 뒤를 따랐다.

그때 집안을 어슬렁거리던 누렁이가 부여해를 발견하고서는 반가움에 꼬리를 흔들며 미친 듯이 달려왔다.

부여해 역시 누렁이를 향해 팔을 벌렸다.

누렁이는 원래 부여해가 왕궁에서 몰래 키우다가 1년 전 대군에게 맡긴 개였다.

새끼라면 모를까 다 큰 개를 왕궁에서 키울 수는 없었기 때문이었다. 하지만 1년 만에 보는 누렁이는 그전과는 달리 거의 송아지처럼 커졌다.

여자의 몸으로 달려드는 누렁이의 무게를 버티기에는 거의 불가능했다.

부여해는 누렁이를 안은 채 그 힘을 견디지 못하고 누렁이와 함께 그대로 뒤로 나가 떨어졌다.

생각보다는 크게 넘어지는 모습이었다.

집사의 눈이 휘둥그레졌다.

부여해가 다쳤을지도 모르기 때문이었다.

그렇다고 해서 공주의 옥체에 손을 대고 일으킬 수도 없는 노릇이었다.

누렁이는 충격으로 어쩔 줄 모르는 부여해의 위에 올라타 여전히 꼬리를 흔들며 혀로 부여해를 핥기 시작했다.

역시 미물은 미물이었다.

부여해가 고통을 느끼든 말든 자신만 반가우면 그뿐인 모양이었다.

이때 누군가 누렁이의 몸을 강하게 걷어찼다.

캥! 하는 비명과 함께 누렁이가 멀리 나가 떨어졌다.

무휼이었다.

이어 무휼은 쓰러져 있는 부여해의 손을 잡아 힘껏 일으켰다.

심한 고통으로 어쩔 줄 모르던 부여해는 무휼을 보는 순간 오만상을 찌푸리는가 싶더니 그대로 손을 날려 무휼의 뺨을 강하게 때렸다.

짝!

무휼의 차림새에서 집안의 노비라는 것을 확신한 후였다.

"네 이놈! 감히 누구한테 손을 대는 것이냐!"

하긴 그럴 만도 했다. 노비 주제에 하늘 같은 공주의 옥체에 손을 대다니? 능지처참을 당해도 쌌다.

무휼은 부여해를 물끄러미 보다가 입을 열었다.

"소인은 아무런 잘못이 없습니다."

무휼의 말에 부여해의 눈 꼬리가 찢어졌다.

이놈이?

노비 주제에 하는 말이라니?

이때 사태의 심각성을 깨달은 집사가 무휼에게 달려들어 삿대질을 해댔다.

"이놈아! 감히 누구한테 말대꾸를 하는 것이냐? 왕실의 부여해 공주님이시다! 공주님!"

"……."

그러자 화가 난 부여해가 다시 무휼을 향해 손을 날렸다.

하지만 무휼이 누군가?

자신의 잘못이 없는 한 누구에게도 두 번 맞지 않는 그였다.

무휼은 날아오는 부여해의 손목을 다잡았다.

부여해의 눈이 믿을 수 없다는 듯 불거졌다.

이럴 수가? 노비 주제에 또?

"소인은 잘못이 없다고 했사옵니다."

"종것 주제에 내 몸에 손을 댔는데 잘못이 없단 말이냐?"

부여해가 앙앙댔다.

잔뜩 화가 난 얼굴이었지만 그래도 예쁘고 귀여웠다.

"소인은 공주님을 도우려 한 것뿐이옵니다. 그게 잘못이라는 말이옵니까?"

"네 이놈……! 네놈은 누구냐?"

부여해의 말에 기다렸다는 듯 집사가 머리를 조아렸다.

"노비 무휼이라는 놈이옵니다. 공주마마."

부여해는 무휼의 신분을 확인하는 순간 자신의 짐작이 맞았다는 생각에 한층 더 냉기를 풍기며 싸늘하게 노려보았다.

"이놈? 노비 주제에 감히 내게 훈계를 하려 하다니? 정녕 죽고 싶은 것이냐?"

이때였다. 발자국 소리가 들리며 대군의 말이 들려왔다.

"무슨 일이냐?"

부여해는 대군을 향해 몸을 돌렸다.

대군은 그런 부여해를 향해 팔을 활짝 벌리며 만면에 미소를 머금었다.

부여해는 금방이라도 울 것 같은 얼굴로 달려가 대군의 품에 안겼다.

"이게 누구신가? 우리 막내 공주님이 아니신가?"

"대군 오라버니!"

"허허허. 공주! 아바마마한테 말을 들었느니라. 그래, 이 큰오라비가 보고 싶어서 왔느냐?"

부여해는 미소를 머금은 채 고개를 끄덕이다가 갑자기 생각이 난 듯 무휼을 가리키며 말했다.

"대군 오라버니! 우선 저 종놈부터 치도곤을 내주세요."

"……?"

"저 종놈이 저를 능멸했단 말이에요."

"능멸이라니?"

"제 손목을 잡고……. 아무튼 종것이 공주의 옥체를 손댔다니까요."

"그래? 아주 나쁜 놈이구나?"

"맞아요. 어디서 감히 종놈 주제에."

"알았다. 감히 우리 공주님에게 무례를 범했으니 가만 둘 수 없지. 여봐라!"

대군의 말에 집사가 긴장한 얼굴로 허리를 조아렸다.

"예, 대군마마."

"무휼이 놈을 데려다가 곤장 서른 대를 치도록 해라!"

"……!"

"아니, 공주의 화가 큰 모양이니 백 대를 치도록 해라!"

대군은 말을 하면서 부여해가 모르게 집사를 향해 눈을 찡긋했다.

때리지 말라는 신호였다.

집사는 내심 안도하며 다른 가노들에게 무휼을 붙잡으라는 신호를 보냈다.

아무것도 모르는 가노들이 굳은 얼굴로 무휼을 붙잡았다.

그러자 정작 놀란 사람은 다름 아닌 부여해였다.

설마 그렇게까지 할 필요야……?

"백 대는 너무 많으니 세 대만 때려! 죽을지도 모르잖아."

집사를 향해 다시 내려진 부여해의 정정된 명령이었다.

그런 부여해를 쳐다보는 대군의 얼굴에 흐뭇한 미소가 떠오른다.

그는 다른 사람에게는 몰라도 부여해에게만큼은 한없이 다정다감한 큰오라비였다.

내당에서는 대군과 군부인, 그리고 부여해가 마주앉아 다과를 나누며 담소 중이었다.

부여해는 무휼의 일을 벌써 잊어버린 듯 맑고 맑은 얼굴이었다.

군부인이 부여해를 보며 입을 열었다.

"공주 아가씨! 더 예뻐지셨어요. 이제 정말 시집을 가야겠어요."

"그런 소리 마세요. 저 시집 안 가요. 그리고 사비성에 제 신랑감이 있기나 하나요? 뭐."

부여해의 말에 대군이 너털웃음을 터뜨렸다.

"허허허. 그건 그렇구나. 어디 사내다운 놈이 있어야 우리 공주를 데려가지?"

그러자 군부인이 대군을 향해 눈을 흘겼다.

"그래도 여자는 나이가 차면 혼인을 해야 하는 법입니다."

부여해는 손을 내저었다.

"언니! 그만두세요. 그런 소리 자꾸 하면 저 그냥 궁으로 돌아갈 거예요. 아셨죠?"

군부인은 입을 다물었다.

그녀가 아는 부여해는 워낙 천방지축인지라 정말 궁으로 돌아가고도 남을 것이었다.

"그래, 아바마마와 황후마마는 안녕하시더냐?"

대군의 말에 부여해는 입술을 삐죽였다.

"아바마마야 늘 그렇죠 뭐. 그리고 황후는 잘 몰라요. 관심도 없고."

"……."

"나이도 어린 게 황후랍시고 어찌나 윗사람 행세를 하려고 하는지……! 거기다 그 못된 성깔은 또 뭐야? 그 여자가 무서워하는 분은 태자전하밖에 없다니까요."

황후에 대한 부여해의 불만은 대단한 모양이었다.

그도 그럴 것이 나이 차이도 없는 여자가 느닷없이 궁에 들어와 황후가 되고 궁의 안주인 역할을 하려고 하니 비위가 거슬리는 것은 당연할지도 모를 것이었다.

"좌우간? 저 대군 오라버니 댁에서 오랫동안 쉬었다 가도 되죠?"

"그거야 얼마든지 네 마음이지만 너무 오래 있으면 아바마마께서 심심해하지 않겠느냐? 너를 유달리 귀여워하셔서 사가에 내보내지 않고 왕실에 둘 정도이신데."

"궁은 답답해 죽겠어요. 어디 제 마음대로 할 수 있는 것이 하나라도 있나요?"

"허허허, 알았다. 네 마음대로 뛰놀다가 싱거워지면 돌아가거라. 얼마든지."

"말을 타고 달리기도 하고 사냥도 하고……. 생각만 해도 정말 재밌어요. 호호호."

"말을 타고 사냥을 해? 공주 네가?"

"그럼요. 그런 것을 뭐 사내만 즐기라는 법이라도 있어요?"

부여해의 말에 대군과 군부인이 곤혹스러운 얼굴로 서로를 마주쳐다보았다.

이처럼 부여해는 막힘이 없는 그야말로 천방지축이었다.

그러나 그녀는 유람삼아 찾아온 대군의 집에서 자신의 운명이 극명하게 바뀌게 된다는 것은 까마득히 모르고 있었다.

그것은 대군이나 군부인도 마찬가지였다.

하긴 하늘이 관장하는 인간의 운명을 누가 알 수 있을 것인가.

언제나 그렇듯 사비성 저자거리는 오늘도 활기가 넘치고 있었다.

마인은 부두목 고보와 부하들을 데리고 느긋하게 사업장에 들어섰다.

그를 알고 있는 상인들이 화들짝 전대를 감추며 잔뜩 경계태세를 취했지만 마인의 정체에 대해서는 입을 다물었다.

잘못했다가 마인의 눈에 찍힐 경우 시장판에서의 장사는 그 순간 끝장나기 때문이었다.

마인은 상점 이곳저곳을 기웃거리며 장사치들의 좌판에서 떡이나 과자 같은 것들을 주인의 허락도 없이 입에 넣었다.

장사치들은 모른 체하다가도 마인 일행이 지나치면 뒤에서 주먹질을 하며 분통을 터뜨리기도 했다.

어쨌든 마인은 사비성 저자거리의 지배자였다.

그때였다.

마인과 고보의 눈에 한 사내가 들어왔다.

허리춤에 두툼한 주머니를 찬 사내.

주머니 안에는 필경 엽전이 그득할 터였다.

차림새로 보아 대갓집 종놈 같았지만 주인의 심부름을 나온 것이 분명해 보였다.

득의의 표정으로 서로 눈짓을 교환한 마인과 고보는 사내의 뒤로 접근했다.

곧이어 고보의 주도로 부하들이 왁자지껄하게 떠들기 시작했다. 표적의 시선을 다른 곳으로 유도하기 위해서였다.

아닌 게 아니라 사람들과 사내의 눈이 마인의 부하들을 향했다.

사내는 바로 무휼이었다.

순간.

마인의 손이 민첩하게 움직이며 무휼의 허리춤에 달린 주머니를 귀신같은 솜씨로 끊어냈다. 믿을 수 없을 정도로 빠른 실력이었고 대성공이었다.

소매치기들은 거액을 챙기면 일단 현장을 빠져나가야 한다.

그래야 증거를 없앨 수 있기 때문이었다.

마인과 고보가 여유 있는 자세로 휘적대며 모습을 감추자 언제 그 랬냐는 듯 부하들이 뒤를 따랐다.

무휼의 얼굴에 얼핏 미소가 떠오른다.

그 미소의 의미는 오직 자신만 알 뿐이었다.

싸전 뒤의 허름한 창고 안.

마인 패거리들의 본부였다.

마인은 잔뜩 기대에 찬 부하들의 시선 속에서 엽전 주머니를 열 었다.

순간.

마인의 눈이 크게 뒤집혔다. 이게 웬일인가? 주머니 안에는 엽전 대신 작은 돌멩이들만 잔뜩 들어 있었다.

이럴 수가? 돈 냄새 맡는 데는 귀신 뺨친다는 왕초 마인이 헛손질을 하다니? 마인은 돌멩이들을 가리키며 고보를 쳐다봤다. 울상이었다.

"고보야! 이거이……? 뭐시다냐?"

"돌멩이 같은디라?"

눈이 좋은 고보의 정답이었다.

마인은 화가 난 얼굴로 고보의 머리를 이마로 들이박았다.

"새꺄! 내가 돌멩이를 몰라서 묻는 것이여?"

"왜 때려! 나는 본 대로만 말했잖여!"

고보가 평소와는 달리 맞대들었다. 그에게도 실망이 크게 찾아든 모양이었다.

마인의 얼굴이 일그러졌다.

"이거 오늘, 완전히 똥 밟았고만? 금붙이가 아니라 돌멩이라니? 빌어먹을!"

"어쩐지 아까 글마……? 차림새가 허접하등만?"

이때였다.

창고 입구에 누군가 모습을 드러냈다.

무휼이었다.

"그러게 아무거나 덥석 무는 것이 아니야."

무휼의 말에 깜짝 놀란 마인과 고보 그리고 부하들이 후다닥 몸을 일으켰다. 그들은 침입자가 있을 경우 본능적으로 도망을 치거나 달려드는 무리였다.

다행이 다른 일행도 없이 침입자는 무휼 혼자였다.

마인은 무휼을 가리키며 고보에게 말했다.

"고보야! 절마……? 뉘 같으냐?"

"저 시끼는……? 돌멩이 쥔 아뇨?"

고보의 말에 마인은 험악한 인상으로 무휼을 째려보았다.

무휼은 씩 이빨을 보였다.

"어쭈? 쪼개기까지……? 너? 시방 나를 놀릴라고 왔냐……? 그런 겨"

"……."

"몹쓸 새끼! 죄받을라고……. 그럼 못 써!"

"잘못했다고 빌면 없던 일로 하고 용서해주지. 아니면 혼 좀 나야 할 것이다."

"뭐……? 뭐시라고? 니가 우릴 혼내? 너 혼자?"

"……."

"니가 그럴 실력이면 내가 무릎 꿇고 평생을 형님으로 모시겠다!
니 바짓가랑이를 평생 붙잡고 형님으로 모신당께!"

"정말이냐? 사비성 왕초 마인의 말이니 믿어도 되겠지?"

"……!"

옆에 있던 고보가 놀란 얼굴로 마인에게 말했다.

"대장! 절마가 대장을 아는 모양인디라?"

마인의 얼굴이 일그러졌다.

자신을 알고 있는 놈이라면 그냥 보낼 수가 없다. 관아에 가서 신고
라도 할라치면 증거와 증인이 명백하니 꼼짝없이 옥사에 갇힐 것이
었다.

마인은 부하들을 향해 고개를 끄덕였다.

"아그들아! 저 염병헐 시끼를 자근자근 밟아뿐져라! 조져버려!"

마인의 말에 고보와 부하들이 일시에 무휼을 향해 달려들었다.

하지만 그들은 소매치기 기술은 귀신의 뺨을 칠 정도였지만 무술
에서만큼은 볼품이 없었다. 그리고 상대가 누군가.

무휼이다.

먼저 고보가 무휼의 멋진 돌려차기에 턱을 얻어맞고 벽에 부딪치
며 코피를 흘리기 시작했다.

이어 무휼의 주먹 한 방과 발길질 한 번에 정확히 한 놈씩 급소를
맞고 나뒹굴었다.

숫자만 많았지 처음부터 상대가 될 수 없는 싸움이었다.

마인은 여기저기 깨진 얼굴로 도망쳐 오는 고보와 부하들을 보고
서는 덜컥 겁이 났다.

그는 상대를 잘못 만났다는 것을 직감했다. 하지만 그렇다고 해서

내색할 수도 없는 노릇이었다. 부하들은 자신을 천하제일 고수로 알고 있지 않은가.

무휼이 마인을 향해 손가락을 까닥였다. 앞으로 나오라는 신호였다.

마인이 머뭇거리자 코피를 손 등으로 닦고 있던 고보가 채근했다.

"대장! 우리들의 원수를 갚아 줘. 대장이라면 할 수 있고 또 그래야 하는 것이여."

"……!"

"얼릉!"

마인으로서는 진퇴양난이었다. 부하들 앞에서 처음 보는 놈에게 무릎을 꿇을 수는 없지 않은가.

"고보야! 느그들은 꼼짝 말고 여가 있어라! 알았제?"

"……?"

마인은 무휼을 보며 밖을 가리켰다.

"너! 따라 와!"

마인이 창고 바깥으로 나가려 하자 고보가 소리쳤다.

"대장! 어디 가?"

"새꺄! 고수들은 이런 디서 솜씨를 발휘허는 것이 아녀! 결투 장소가 그럴 듯해야제."

마인이 어기적거리며 밖으로 나가자 무휼은 씩 웃어 보이고서는 뒤를 따라나갔다.

무휼이 사라지자 고보는 그때서야 눈을 부라리며 분통을 터뜨렸다.

"뭐? 저런 놈이 다 있냐? 괭이가 쥐새끼 갖고 놀듯이 우릴 아주 갖고 노는고만? 갖고 놀아!"

"그래도 마인 대장이 데리고 갔으니까 절마는 이제 뒤졌어!"

부하 한 놈이 희망사항을 털어놓았다.

고보는 고개를 갸웃했다.

"그렇기야 하겠지만……? 그래도 이거 불안해지는데?"

저자거리에서 북쪽으로 반각쯤 가다보면 커다란 뽕나무 밭이 있었다.

마인은 뽕나무 밭 한가운데서 무휼을 노려보았다.

깨지더라도 사람들이 보지 않는 곳에서 깨져야 체면을 유지할 수 있다. 그렇지 않고 대로에서 깨졌다가는 금세 소문이 날 것이고 그것으로 사비성 왕초 자리는 날아갈 것이었다.

만에 하나 이기게 되면 전리품으로 끌고 가면 된다.

마인은 이빨을 앙다물고 주먹을 내질렀다.

그도 싸움이라면 자신이 있었고 어디다 내놔도 빠지지 않을 실력이었다. 단지 눈앞의 괴상한 놈의 실력이 간단치 않을 뿐이었다.

무휼은 공격하지 않고 마인의 수를 막아내기만 했다.

그의 실력을 가늠해 보고 싶었던 것이다.

마인은 무휼이 피하거나 막기만 하자 그것이 더 울화가 치밀었다. 자신을 갖고 논다는 생각을 지울 수 없었기 때문이었다.

하지만 결투 중에 이성이 흐트러지면 감정이 복받치게 되고 승부는 그 순간에 끝나는 법이다.

무휼은 정권을 마인의 명치에 크게 명중시킨 다음 뛰어오르며 고통으로 입을 벌리고 있는 마인의 턱을 무릎으로 강타해 버렸다.

수하로 부리려면 확실한 수를 보여주는 것이 중요했다.

결코 자신이 넘볼 수 없는 사람이라는 것을 깨달아야 고개를 숙일 것이다.

마인이 썩은 나무토막처럼 크게 나가 떨어졌다.

곧이어 믿을 수 없다는 듯 마인의 비명과 예의 따발총이 쏟아져 나왔다.

 "아이고! 사람 죽네! 사람 죽어……! 마인 죽는당께……! 이거이 꿈이다냐 생시다냐……? 내가 이러코롬 태질당한 깨구락지처럼 쥐 터지다니……? 오메에! 이거이 뭔 속이여?"

 부끄러움은 오래전에 잊은 모양이었다.

 하긴 숨이 막힐 정도로 고통이 밀려오는데 부끄러움을 생각할 새가 어디 있으려고?

 마인은 뽕나무에 멍하니 기대어 넋을 놓고 있었다. 자신의 상대가 아니라는 것은 처음 보는 순간 직감했지만 상대가 이 정도일 줄이야.

 무휼은 그런 마인을 보며 피식 웃음을 머금었다.

 그는 마인이 마음에 들었다.

 거기다 허깨비인 줄 알았더니 무술 솜씨도 그만하면 어디에 내놔도 자신의 몸을 지킬 수 있지 않을까.

 "나를 형님으로 모시겠다고 했는데……? 분하고 원통하냐?"

 무휼의 말에 마인은 짐짓 노려보다가 긴 한숨을 내쉬었다.

 그는 거칠기는 해도 승부에 따르는 책임을 회피할 사내는 아니었다.

 "나하고는 격이 다른 실력자라는 것을 알겠수다! 그라고 이놈 마인은 한 입으로 두말허는 놈이 아뇨. 터진 입으로 쩨쩨하게 두 말 허는 놈들은 불알 달 자격도 없는 것이지라."

 "나도 그런 놈이라면 거두지도 않는다."

 "첨부터 나를 노리고 왔수?"

 "그래, 나한테도 평생을 함께 할 동생이 있어야 할 것 같아서."

 "나를 어치케 알고?"

 "필요할 것 같아서 오랫동안 봐왔다. 저자거리에 나올 때마다 뒤

따라다니기도 했고."

"그라몬? 내가 뭣 허는 놈인지 알고 왔다는 말이여?"

무휼은 빙그레 웃어 보였다.

"나 그렇게 쓸 만한 놈 아닌디? 보기보다 쪼잔허고 겁이 많아 괜히 악바리처럼 허세 부리면서 사는 놈이라는 말이오."

"약한 자에게 악이라도 없으면 그것은 무능한 것이다."

"그란디도 나 같은 놈이 필요하다……? 웃기는 말 같지만 믿어도 되겠수?"

"네가 내 동생이 되는 한 나 역시 네 형이 될 것이다. 내 이름은 무휼이다."

무휼의 말에 마인은 입술을 지그시 깨물며 물끄러미 쳐다보았다.

만감이 교차하는 모양이었다.

물론 그렇다고 해서 자신의 패배를 부끄러워하거나 곱씹는 것도 아닌 듯했다.

이어 마인은 결심한 듯 자세를 가다듬은 다음 무휼을 향해 큰 절을 했다.

"무휼 형님! 절 받으쇼! 마인이우!"

우스꽝스럽게 생기긴 했어도 시원시원한 성격이었다.

무휼은 고개를 끄덕였다. 마인을 동생으로 받아들인다는 뜻이었다.

"이놈, 비록 넘의 주머니나 털면서 험하게 살아왔지만 한 번 맺은 인연은 절대로 버리지 않소. 지금부터 나는 평생 형님의 동생이외다!"

"좋은 형이 되도록 하마."

마인은 자리에서 일어나 무릎에 묻은 흙을 털어냈다.

막상 결정을 하고나니 시원한 모양이었다.

"그런데 왜 굳이 여기까지 온 거냐? 네 부하들이 있는 곳에서 해도 될 텐데?"

"에이, 형님도! 이래뵈도 사비성을 한 손에 쥐고 있는 놈인디 아그들 앞에서 깨지면 뭔 쪽이겄소? 안 그라요?"

그럴 만도 했다. 권위는 대갓집 사람들만 갖고 있는 것이 아니기 때문이다.

마인의 궁금증이 시작됐다.

"그란디……? 형님은 어디 계시다 왔수? 산 속에서 도를 닦다가 왔수? 아니면 하늘에서 떨어졌수? 당최 형님 같은 실력자가 있다는 말은 못 들어봐서 그라요."

"나는 대군마마 댁에 있다."

무휼의 말에 마인의 눈이 커졌다.

사비성에서 대군 부여효를 모르는 사람은 아무도 없었다.

"와? 어쩐지……? 나하고 격이 틀리드랑께! 격이……! 그라몬? 대군마마의 호위무사요?"

"대군마마의 가노다."

"뭐……? 뭐시여? 가노? 노비란 말이여?"

마인의 눈이 뒤집혔다.

가노라니? 노비는 천민보다 더 하층 계급이지 않은가. 마인은 당당한 천민출신이었다.

"그랑께……? 시방 노비가 이 마인의 형님 노릇을 허겄다 이 말이여?"

"……."

마인은 게거품을 물었다. 전혀 상상 밖의 암초였다.

"택도 없는 소리! 나는 그 한 단계 윗사람인 천민이여! 천민!"

"……."

"취소여! 취소! 의형제 맺은 것 취소랑께! 노비헌티 형님이라고 헐

수는 없어! 그런 법은 없다고!'

마인은 방방 뛰기 시작했다. 어찌 이런 개 같은 경우가 있단 말인가?

하지만 이미 엎질러진 물이다. 그리고 자신의 입으로 맹세하지 않았던가. 평생 형님으로 모시겠다고. 입이 방정이었다.

"아이고 미치겠네……! 노비나 천민이나 그것이 그것이지만서도……. 그래도 그렇제. 이 꼴이 뭐냐고……? 형님! 꼭 노비 노릇을 해야 허우? 이렇게 되면 내가 노비만도 못한 꼴이 된 것 같아서 그렇수. 그랑께 직책을 좀 바꿀 수 없수?"

"약속하마. 머지않아 그렇게 될 것이라는 것을."

"정…… 말이우?"

"나는 한 입으로 두말하지 않는다."

"알았수다! 까짓 거 노비나 천민이나 도낄 개낄 아뇨! 우리 같은 사람들이야 한 세상 이리저리 묻어가면 되는 것잉께라. 그대로 내 형님 하쇼."

"그럼…… 마인! 네가 해야 할 일이 있다."

"얼씨구? 벌써부터 부려 먹을라고 그라요? 빠르기도 하셔."

무휼은 마인에게 뭔가를 설명하기 시작했다.

그리고 처음보다 진지하게 듣는 마인이었다.

결국 이렇게 해서 두 의형제가 탄생하게 된 것이었다.

창고 안에서는 고보와 부하들이 애가 타는 얼굴로 마인을 기다리고 있었다.

시간이 오래 걸린다는 것은 뭔가 잘못됐다는 것을 의미했다.

그때 창고 문이 열리며 마인이 들어왔다.

여기저기가 많이 깨진 모습이었다.

고보가 크게 놀란 얼굴로 물었다.

"대장? 졌…… 수?"

마인이 눈을 부라렸다.

"지다니? 누가……? 내가야?"

고보는 마인의 몸을 이리저리 살피기 시작했다.

"얼굴이 장난이 아닌디? 온 삭신이 다 뭉개졌고만이라?"

"새꺄! 내가 이 정도면 형님은……. 글마는 어찌겄냐? 산 송장으로 맹글어 버렸제."

"하긴 대장이 누구헌티 질 사람은 아니제. 칼잡이 용추도 이긴 사람인디."

고보가 아부의 발언을 했다. 보지 않았으니 일단 아부로 대장의 점수를 따놓는 것이 부하다운 모습이었다.

마인은 심드렁한 얼굴로 긴 한숨을 내쉬었다.

"아그들아! 앞으로 당분간은 느그들끼리 사업을 해야 쓰겄다."

고보와 부하들의 눈이 휘둥그레졌다. 그것은 마인이 당분간 조직을 떠난다는 말이기 때문이었다.

"내가 당분간 중요한 일이 있어서 거기에 매달려야 하걸랑. 그라고 고보, 너는 나를 좀 따라댕겨야 헐 것이여."

"뭔 일인디라?"

"그럴 일이 있어야."

고보는 고개를 갸웃했다.

평소의 마인 모습이 아니었다. 분명 곡절이 있는 것 같았다. 하지만 부하가 대장의 심중을 알려고 하다가는 다치는 법이다. 그 사실을 잘 알고 있는 고보는 아예 입을 다물어 버렸다.

야망

　몸이 약한 여왕이 병석에 누워 언제 죽을지 몰랐지만 신라 서라벌은 백제의 사비성에 비해 백성들의 활기가 넘치는 곳이었다.

　그것은 김춘추와 김유신이라는 두 거목이 턱하니 버티고 있기 때문이었다.

　김춘추와 김유신은 처남 매부 사이였다. 하지만 좀더 따지고 들어가면 둘의 관계는 복잡했다.

　김유신의 막내 여동생이 김춘추의 부인이었지만 두 사람 사이에서 태어난 딸이 또다시 김유신의 부인이 되어 있었던 것이다.

　얼마 전에 상처한 김유신은 자신의 여동생이 낳은 딸. 즉 조카를 부인으로 삼았다.

　거기에는 김유신을 인척으로 묶어두고 싶은 김춘추의 계산이 숨어 있었다.

　아무튼 두 사람은 처남매부이면서도 장인과 사위라는 얽히고설킨 관계였다.

　병석의 여왕을 알현하고 집으로 돌아온 김춘추와 김유신은 대청마루에 앉아 차를 마시며 담소 중이었다.

먼저 김춘추가 입을 열었다.

"여왕께서 저리 거동을 못 하시니 큰일입니다. 후손도 없는데다 다음 왕위에 대해 아무런 대책도 없으니 장차 이 일을 어찌 해야 하겠소?"

진덕여왕의 환우를 화두로 꺼냈지만 사실은 다음 왕위에 대한 김유신의 의중을 떠보는 것이었다.

그리고 그것을 모를 김유신이 아니었다.

김유신은 간단없이 대답했다.

"대인! 지금까지 대인께서 왕실을 거의 이끌어 오지 않으셨소이까."

"……."

"대인! 대인의 뒤에는 이 김유신이 있소이다. 무엇을 걱정하신단 말입니까?"

김유신의 말은 김춘추가 왕위에 오르는 것을 적극 지지하며 거추장스러운 문제는 자신이 알아서 해치우겠다는 약속이기도 했다.

김춘추는 내심 쾌재를 불렀다. 사실 서라벌에서 김유신과 손을 잡으면 두려울 것은 아무것도 없었다. 그리고 사실상 오래전부터 신라는 그들 두 사람의 손아귀에 있었다.

"압니다. 사적으로 장군과 나는 가까운 인척이 아니겠소? 내가 장군이 없이 무얼 한단 말이오."

"하오면 아무런 걱정 마십시오. 모든 것은 순리에 따라 이뤄지게 되는 법입니다."

"하지만 장군! 그게 어디 쉬운 일이오? 백성들이 인정을 해줘야 하는 것이고……."

"대인! 그래서 하는 말이오이다만, 용상에 오르기 전에 외교에 전력을 기울이셔야 할 것입니다. 우선 당나라와 고구려를 찾아 친교를

맺으시고 대인의 능력을 보여주셔야 합니다.”

“그거야 나도 오래전부터 생각해 온 바요. 하지만 백제가 걸린단 말이오. 백제는 그동안 우리와 얼마나 많은 다툼이 있었소이까? 지금도 그들은 우리 땅을 넘보고 있어요.”

“대인! 백제는 이 김유신이 맡겠습니다. 대인께서는 당나라와 고구려 일에 매진하시지요. 그래야 백성들이 대인의 능력을 높이 인정하고 차후 용상에 앉으셔도 추앙할 것입니다.”

“알겠소. 내 내치 문제는 장군께 맡기고 당분간 외교에만 전념하겠소이다.”

“특히 고구려의 연개소문과 화친을 맺는 것이 중요합니다. 그자는 호랑이 같은 자이기 때문입니다.”

“나도 압니다. 연개소문은 영류태왕 고건무를 죽이고 허수아비를 왕으로 내세워 모든 것을 좌지우지하고 있질 않소이까. 야심이 하늘을 찌르는 자.”

“백제에도 무서운 자들이 많습니다. 왕은 두려운 존재가 아니나 그를 받치고 있는 성충의 지략이 워낙 뛰어나고……. 우리에게 강탈해간 가잠성을 수없는 공격에도 너끈히 막아낸 계백 역시 치가 떨릴 정도로 무서운 잡니다. 그 밖에도 정치력이 뛰어난 홍수와 성충의 아우인 대장군 윤충도 만만한 자가 아니지요.”

김유신의 입에서 윤충이라는 말이 나오자 김춘추의 얼굴에 분노와 살기가 피어올랐다.

지난날 대야성을 침공한 윤충이 김춘추의 딸 고타소랑과 사위이자 성주였던 품석의 목을 벴기 때문이었다.

하여 백제를 향한 김춘추의 분노는 꿈에서까지 이어질 정도로 깊었다.

“장군! 이 사람은 결코 윤충만큼은 용서할 수 없소이다. 내 어찌 애비가 되어 원수를 갚지 않을 수 있겠소?"

"대인! 저도 잊지 않고 있습니다. 그리고 그 원수는 외삼촌인 제가 갚겠습니다. 심려 놓으시지요."

"어쨌든, 우린 백제와는 같은 하늘 아래서 지낼 수 없소. 내 이번 출행에서 백제를 멸망시키기 위한 외교에 전력을 기울일 것이오."

이렇듯 김춘추는 나라의 외교조차 사적인 원한에 결부시킬 만큼 백제를 증오했다.

그것은 김유신 역시 마찬가지였다. 그의 야망은 자신의 손으로 백제와 고구려를 멸하고 이 땅의 지존이 되는 것이었다. 그렇게 보면 김춘추의 야망과는 비교도 안 될 만큼 크고 무서운 것이었다.

아무튼 김춘추와 김유신은 이처럼 죽이 잘 맞는 거목들이었다.

무휼은 헛간에서 박달나무를 깎아 만든 방망이를 쳐다보고 있었다. 특이하게 손잡이 부분이 가늘고 끝 부분이 뭉툭한 방망이였다.

이때 집사가 대군이 찾는다는 전갈을 갖고 왔다.

무휼은 괴상한 방망이로 무엇을 할 것이냐는 집사의 물음에 웃어 보이는 것으로 대답을 대신한 다음 대군의 사랑채로 향했다.

대군은 붓을 치다 말고 예의 날카로운 표정으로 방에 들어서는 무휼에게 대뜸 물었다.

"벌써 며칠이 지났다. 일은 차질 없이 진행되고 있겠지?"

"예."

"놈만 감쪽같이 사라지면 태자는 허수아비가 될 것이다. 그렇게 되면 거칠 것이 없어. 암."

대군의 눈에는 광기가 가득했다. 바로 음모가 시작되는 그 눈이었다.

무휼은 대군을 향해 고개를 조아렸다.

"주인님!"

"뭐냐?"

"소인이 밭에 나가 일을 하다 보니 허수아비는 서 있는 것만으로도 날짐승에게 무서운 존재라는 것을 알았사옵니다. 하지만…… 걸치고 있는 옷이 벗겨지면 새들도 무서워하지 않사옵니다."

"그야 그렇지. 옷을 입지 않은 허수아비는 볼품없는 앙상한 나뭇가지일 뿐이지."

"하오나 언제든지 누구라도 그 나뭇가지에 옷을 걸쳐 놓으면 다시 허수아비가 되어 새들을 쫓사옵니다."

"이놈아! 내가 허수아비를 모를 것 같아 지금 나를 가르치려는 것이냐?"

"……."

"헛소리 말고 그만 나가 보거라."

대군은 다시 붓을 치기 시작했다. 꽤 웅장한 그림을 그리는 중이었다.

무휼은 대군을 물끄러미 보다가 인사를 한 다음 사랑채를 나왔다.

그리고 문이 닫히자 대군은 실소를 머금었다.

"갑자기 웬 허수아비? 실없는 놈."

대군은 붓 끝에 다시 먹물을 묻혔다.

그리고 종이에 화점을 먹이려는 순간, 대군의 눈이 갑자기 휘둥그레졌다.

'가만……? 저놈의 말뜻은……? 허수아비가 된 태자에게 옷을 입힐 기회를 주지 말라는 의미가 아닌가? 그 말은……? 제 놈에 의해 여감이라는 옷이 벗겨질 지금 태자를 그 자리에서 끌어내라는 뜻……! 그렇다면? 앙상한 나뭇가지에 다름 아닐 태자에게 누가 다시 옷을 입힌다는 말이지……? 설마? 그 계집이……? 황후 그 계집이 그렇게 할 수도 있다는 말인가?

대군의 얼굴이 크게 굳어졌다. 그것은 자신이 간과한 부분이었다. 그리고 충분히 그럴 수 있는 일이었다.

대군은 붓을 내려놓고 한동안 깊은 생각에 잠기기 시작했다.

무휼.

갈수록 더 무서워지고 있는 놈이다.

'무휼 이놈……? 도대체 네 재능의 끝이 어디까지인 것이냐……? 재능을 가늠할 수 없는 자가 가장 무서운 법이거늘!'

대군의 심각한 생각은 그 후로도 한참 동안 이어졌다. 아마도 그 다음의 음모를 계산하는 모양이었다.

그 시간.

마인은 고보와 함께 태자의 책사인 여감의 집을 은밀히 감시하고 있었다.

여감의 집은 태자가 하사한 저택이었다.

특별한 관직이 없는 일개 책사가 그런 저택에 산다는 것이 믿어지지 않는 일이었다. 그것은 태자가 그만큼 여감을 중히 여기고 있다는 뜻이기도 했다.

얼마나 지났을까?

흰 두루마기차림의 여감이 대문 밖으로 나오는 것이 보였다.

그리고 여감의 뒤를 세 명의 경호무사가 장검을 품은 채 뒤를 따랐다.

한눈에 보아도 호위무사들의 위세가 단단해 보였다.

여감은 말에 올라 호위무사들의 철저한 보호를 받으며 길을 떠나기 시작했다.

하지만 여감은 누군가 자신의 뒤를 따르고 있다는 것을 전혀 모르는 것 같았다.

그도 그럴 것이 마인과 고보라면 미행에 관한 천재적인 실력을 지닌 자들이 아니던가.

그들은 그 실력으로 사비성의 밤을 지배해 왔던 것이었다.

"대장! 저 사람이 누구요? 누군디 대장이 숨어서 살피는 것이냐고요……? 주머니를 털라고 해도 무시무시한 호위무사들이 지근거리에서 따르고 있어 불가능할 것 같은데?"

적당한 거리를 두고 은밀히 따르면서 고보가 물었다.

마인은 고개를 흔들었다.

"마! 너는 알 것 없어!"

말은 그렇게 했지만 마인 역시 사실은 자신이 여감을 감시하는 이유를 모르고 있었다.

단지 무휼의 명령이 그랬을 뿐이었다.

대군의 명을 받고 급히 달려온 임자와 충상 그리고 상영은 극도의 긴장한 얼굴로 몸을 떨고 있었다.

짐작은 하고 있었지만 대군이 일사천리로 일을 진행시키고 있다는 것을 짐작한 때문이었다.

임자가 떨리는 가슴을 애써 진정시키며 물었다.

"대군마마! 드디어 대업을 시작하시겠다는 말씀이옵니까?"

"너무 오랫동안 기다려 왔소이다. 이제 때가 됐어."

"그 일이야 소신들이 오매불망 기다리던 일이옵니다. 하오나……! 태자에게는 여감이라는 뛰어난 책사가 있사옵니다. 태자전하의 힘은 모두 여감의 머리에서 나온다 해도 과언이 아닐 정도이옵니다. 그러니 그자를 제거하지 않고서는……."

"그 일은 내가 알아서 하고 있으니 걱정 마시오. 그러니 세 분은 궁의 일에 전력을 기울이시오."

“……”

“실수가 있어서는 안 될 것이오. 아시겠소?”

“물론이옵니다. 실수가 있다면 태자전하의 무리들에 의해 곤욕을 치를 테니까요.”

“그쪽은 곤욕으로 끝날지 몰라도……. 그전에 내 손을 먼저 거쳐야 할게요.”

“……!”

대군의 말에 세 사람의 몸이 일제히 부르르 떨렸다.

실패할 경우 가장 먼저 세 사람을 죽이겠다는 말이 아닌가.

이렇듯 사랑채에서 일촉즉발의 긴장이 계속되고 있을 때 무휼은 대군의 저택 대문 앞에서 마인을 만나고 있었다.

마인은 먼저 고개부터 흔들었다.

“형님! 그 사람 포기하쇼!”

“……”

“당최 가까이 갈 수도 없습디다. 움직일 때마다 칼을 찬 무사들이 턱하니 지키는디다가 철통같은 집과 대궐만 왔다리갔다리 허는 통에 눈꼽만큼의 틈도 없드랑께라.”

“……”

“거기다 신분도 여간 아닌 것 같둥만이라. 늘 같은 시간에 같은 길을 오고가고……. 바늘로 찔러도 틈새가 없을 것 같은디?”

“같은 시간에……? 같은 길을 오고간다고?”

“야. 집에서 나와 궁에 들어갔다가 때가 되면 같은 시간에 같은 길로 집에 가고……. 뭐 허는 일이 그것입디다. 그란디……? 그 사람을 어치케 헐라고 그라요……? 만약 그 집안에서 뚜룩칠 것이 있으면 나를 보내시씨요. 그런 일이라면 내가 전문강께!”

“……”

"암튼, 더 시킬 일 없지라? 없으면 인자 나의 본업으로 돌아가야겠소. 나도 먹고살아야 헝께라."

"한 가지 더 있어."

"또?"

마인의 얼굴이 시큰둥해졌다.

그의 입장에서 볼 때 무휼은 전혀 도움이 안 되는 사람이었다.

도대체 생업에 종사할 틈을 주지 않지 않은가.

임자 등 세 사람이 각자의 임무를 맡고 떠난 후 대군은 사랑채를 나왔다.

마침 마인을 돌려보낸 무휼이 마당으로 들어서다가 대군을 보고서는 허리를 굽혔다.

그리고 대군이 아무런 말이 없자 무휼은 다시 헛간 쪽으로 걸어 갔다.

대군은 그런 무휼의 뒷모습을 보며 눈을 가늘게 떴다. 역시 음산한 눈이었다. 그리고 그 음산함 속에 무휼에 대한 두려움이 조금씩 끼어들고 있었다.

'이놈! 조금만 뛰어나도 사람들의 시기를 받는 법인데 네놈은……모든 이의 간담을 서늘케 하는 놈이지. 너무 뛰어난 재능은 간혹 죽음을 부르기도 하는 법이거늘……! 왜 네놈이 새들을 쫓는 허수아비일 수도 있다는 것을 망각했단 말이냐?

아쉽지만 취하지 못할 것은 버려야 한다.

하지만 문제는 대군이 버린다는 것은 곧 죽음이라는 것이었다.

그렇다면 대군은 지금 무슨 생각을 하는 것인가?

대군은 집사를 불러 힘이 좋은 말을 준비하라는 명을 내렸다.

그것은 먼 길을 다녀온다는 뜻이기도 했다.

그리고 그것 역시도 대군의 음모일 것이었다.

태자궁.

태자는 천으로 정성스레 장검을 닦고 있다가 전갈도 없이 들어온 황후를 보고서는 굳은 얼굴로 자리에서 일어나 허리를 숙였다.

옛 정인이기는 해도 황후는 이제 태자의 어미였다.

"어서 오시오소서. 황후마마."

태자의 말에 황후는 짐짓 노려보다가 길게 한숨을 내쉬었다.

"태자전하! 어찌 이 몸이 전하의 입에서 황후라는 말을 들어야 한단 말이옵니까?"

"황후마마는 아바마마의 여인이 아니옵니까? 그러니 이 사람은 이제 황후마마의 아들이옵니다."

말을 하는 태자의 얼굴이 심하게 일그러지며 경련을 일으킨다.

참으로 기막힌 경우였다.

정인을 아버지에게 뺏기고 어머니라고 불러야 하다니?

황후는 울 것 같은 얼굴로 태자의 품으로 달려들었다.

"저에게 그런 칭호는 하지 마세요. 만날 때마다 저를 그렇게 부르시는 것은 전하의 마음속에서 제가 사라지고 있다는 뜻이 아니옵니까?"

"……."

"저는 단 한 번도 태자전하를 마음에서 떠나 보낸 적이 없사옵니다."

황후의 눈에서 끝내 눈물이 흘러내렸다.

태자는 거친 숨을 내쉬었다.

아아.

정이라는 것이 무엇인가? 그것은 상처를 도려내듯 잘라낼 수도 없는 것이다.

태자의 얼굴이 황후를 향했다.

언제나처럼 아름다운 여자다. 거기다 물망초처럼 눈물을 머금은 여자는 사내의 마음을 여리게 만드는 법이다.

"안아 줘요."

황후의 애가 타고 갈증이 서린 얼굴이었다.

태자는 더 이상 참지 못하고 황후의 입에 자신의 입술을 갖다댔다.

아버지의 여자를 간(姦)하는 순간이었다.

그리고 그것이 바로 정이라는 괴물이었다. 절대 인간의 힘으로는 쉬이 해결할 수 없는 괴물.

하지만 태자는 자신의 이런 일거수일투족이 태자궁의 내관에 의해 누군가에게 고해바쳐지고 있다는 것은 꿈에도 모를 것이었다.

바로 태자가 아버지의 여자를 간하는 그 시간에 태자궁의 내관은 궁궐 뒤쪽 은밀한 곳에서 임자를 만나 낱낱이 그 사실을 고해바치고 있었다.

내관의 말을 들으며 회심의 미소를 머금는 임자의 표정은 악귀에 다를 바 아니었다.

아마도 태자의 가장 큰 실수는 처음부터 임자를 자신의 사람으로 만들지 못한 것일 터였다.

어쨌든 아버지의 여자를 간하는 태자의 패륜은 태자궁 침전 밖에서 여감의 등장을 알리는 상궁의 말에 의해 중단됐다.

황후는 재빨리 옷차림을 갈무리하고 침전을 나갔다.

여감은 다소 당황하는 얼굴로 황급히 사라지는 황후를 보다가 침전에 들어섰다.

옷차림이 흐트러진 것은 태자 역시 마찬가지였다.

여감은 일그러진 얼굴로 태자를 물끄러미 보다가 한숨과 함께 자리에 앉았다.

"여감! 왜 그러는 게냐?"

태자가 별일 아니라는 듯 태연하게 그 곡절을 물었다.

"태자전하! 부디 황후마마를 가까이 하지 마시오소서."

여감의 말은 진심이었다.

만약 이 사실이 밖으로 새어 나가고 왕의 귀에까지 들어가게 되면 어찌 되겠는가?

"전하! 옛 정분은 이미 지난 일이옵니다. 지금 두 분은 태자전하이시자 한 분은 대왕폐하를 모시는 황후마마이시옵니다."

"여감! 남녀의 일이 어디 마음대로 된다더냐? 그리고 황후는……. 아니다. 됐다."

"황후마마는 장차 태자전하의 독이 될지도 모르옵니다. 그 점을 유념하여 주시오소서."

"됐다고 하질 않았느냐!"

태자가 큰소리를 냈다. 그는 아직도 자신의 여자를 아버지에게 뺏긴 것을 인정하지 못하는 듯했다.

"그리고 말이 나온 김에 말하자면 황후가 어디 아바마마의 여자라더냐? 설사 그렇다하더라도 이미 버려진 여자가 아니냐!"

"전하! 어찌 그런 말씀을 하시옵니까? 누가 듣게 될까 두렵사옵니다."

그러나 태자의 화는 삭여지지 않는 것 같았다. 그것은 평소 왕에 대한 불만이 머리끝까지 차 있다는 것을 의미했다.

"아바마마도 그러시지! 자식의 가슴에 비수를 꽂고 황후를 데려갔으면 그에 맞게 대우해 줘야 할 게 아닌가! 그런데 비루먹은 강아지처럼 내팽개치고 다른 궁녀들의 치마폭이나 들추시다니? 어찌 그러실 수 있단 말이더냐! 이건 나를 부아가 치밀어 죽게 하려는 것이야!”

“태자전하! 그러시면 아니 되옵니다!”

“됐다! 됐다고 하지 않았느냐!”

화가 풀리지 않은 태자는 계속해서 씩씩거렸다.

보통 문제가 아니었다.

여감은 힐책을 받더라도 이번 기회에 황후에 대한 태자의 감정을 깡그리 없애야 한다고 생각했다.

“황후마마는 장차 전하를 궁지에 몰아넣을지도 모르옵니다. 지금의 태자전하께서는 위험이 되는 것은 절대로 피하는 것이 중요하옵니다. 전하……! 얼마나 많은 사람이 전하를 노리고 있는지를 모르신다는 말씀이옵니까?”

“…….”

“자고로 많은 사내들이 여자 때문에 일생을 망친 경우가 허다하다는 사실을 명심하소서! 하오니 용상에 오를 때까지 만이라도 황후마마를 멀리 하셔야 하옵니다.”

“…….”

“태자전하!”

“알았다! 내가 어찌 네 염려를 모르겠느냐? 그리 하마.”

여감의 간곡한 청이 먹혔는지 이윽고 태자의 고개가 끄덕여졌다.

하지만 여감은 여전히 마음이 무거웠다. 그가 보아온 태자는 머리보다는 가슴으로 사는 사람이기 때문이었다.

지존이 되려는 사람은 가슴보다는 머리로 살아야 한다. 그래야 냉정하게 아랫사람을 거느리고 세상을 다스릴 수 있는 법이다. 그러나 태자에게는 그것이 부족했다.

대군은 칙칙한 산 속에 있는 동굴 앞에서 말을 멈췄다.

칡넝쿨이 주변을 완벽하게 감싸고 있는 것으로 보아 이곳을 알거나 찾는 사람이 거의 없다는 것을 알 수 있었다.

대군은 말에서 내려 동굴을 향했다.

그때 음침한 나무숲속에서 10여 명의 사내들이 장검을 겨눈 채 대군을 향해 달려왔다.

모두 검은 옷에 복면을 한 것으로 보아 산적이나 자객들임이 분명했다.

사내들은 대군을 모르는지 일제히 검을 겨누었다.

꽤나 훈련이 잘된 것처럼 일사분란했다.

그때였다.

"물러서라! 너희들이 함부로 대할 분이 아니시다!"

동굴 안에서 흰 복면을 한 사내가 걸어 나오며 한 말이었다.

그러자 사내들이 대군을 겨눈 장검을 거둬들였다.

흰 복면이 두령인 모양이었다.

그는 부하들에게 자리를 벗어나라는 명령을 내렸다.

곧이어 검은 복면 사내들이 바람처럼 사라졌다.

흰 복면 사내는 대군 앞에 무릎을 꿇었다.

"어서 오시오소서! 대군마마!"

그는 대군을 알고 있는 듯했다.

대군은 고개를 끄덕였다.

"만서! 너는 백제의 제일가는 자객단 두령이다."

"모두가 대군마마의 은혜인 줄 아옵니다."

"지금까지 내가 지시한 일을 몇 번이나 해치웠지?"

"여섯 번이옵니다. 그리고 단 한 번의 실패도 없었사옵니다."

"여섯 번이라……? 그렇다면 며칠 안으로 일곱 번째의 임무를 맡아야겠다."

"하명하시오소서."

"내 집안에 특출한 노비 한 놈이 있다. 그러니 내 집 주변에 웅크리고 있다가 내가 신호를 보내면 놈의 입을 막아라!"

"……!"

"보통 놈이 아니니 사력을 다해야 할 것이야."

"알겠사옵니다."

"실패하면 목을 내놓아야 한다. 죽음이 두려워 도망친다면 너희들의 가족이 그 대가를 치르게 될 것이고! 집에서 기르는 하찮은 축생들까지 모조리 말이야. 알겠느냐?"

"예, 대군마마!"

만서의 대답은 우렁찼다.

그래서인지 대군의 입가에 살짝 미소가 피어올랐다.

그는 지금 누군가를 제거하라는 명령을 내렸다.

특출한 노비.

누굴 말하는 것인가?

이렇듯 대군이 자객 두령에게 살인명령을 내리고 있을 즈음.

무휼은 사비성을 끼고 도는 천산(天山) 계곡에서 수도 없이 몸소 자신이 만든 박달나무 방망이를 휘두르고 있었다.

그냥 휘두르는 것이 아니었다.

밤톨만한 돌멩이를 위로 던졌다가 돌이 떨어져 내리면 방망이로 그 돌을 강하게 쳐내는 것이었다.

손에 물집이 잡히고 피가 맺혀 있는 것으로 보아 수만 번 이상 방망이를 휘두른 모양이었다.

딱!

방망이에 맞은 돌이 파공음을 일으키며 날아갔다. 그리고서는 표적으로 정해놓은 팔목 크기의 나뭇가지를 명중시켰다.

나뭇가지가 우지끈 떨어져 나갔다. 엄청난 힘과 빠르기였다. 정말 눈으로 보고서도 얼른 믿을 수 없는 광경이었다.

무휼은 이어 발부리에 있는 주먹만한 돌을 나뭇가지에 올려놓았다. 그리고 다시 밤톨만한 돌멩이를 위로 던졌다가 떨어져 내리자 방망이를 힘껏 휘둘렀다.

방망이에 강타당한 돌멩이가 빛처럼 나뭇가지 위의 돌을 향해 날았다.

빡!

정확하게 명중했다. 그러자 놀라운 일이 발생했다. 작은 돌멩이가 주먹만한 돌을 박살내 버린 것이다.

무휼의 얼굴에 미소가 떠올랐다.

그리고 이만하면 충분했다.

'누구든 내가 겨눈 과녁을 벗어날 수 없다……! 누구든!

무휼은 몸을 돌려 계곡을 빠져나가기 시작했다.

앞으로 그가 겨눌 과녁은 누굴까?

아무래도 여감일 것이었다.

마인은 바위 뒤에 숨어서 재미있다는 듯 부여해를 보고 있었다.

그가 몰래 부여해를 따르고 있는 것은 무휼의 명령 때문이었다.

신기했다.

여자가, 그것도 공주가 사내들처럼 말을 타고 들판이나 산길을 질주하는 것도 그랬지만 마상에서 활을 쏘는 모습이 참으로 볼 만했다.

그는 아직까지 말을 타는 여자를 본 적이 없다. 더구나 말을 달리면서 활을 쏘아대는 여자는 더더욱이나.

"형님은 어디서 저런 처자를 알게 됐다냐? 가만히 봉께 어느 대갓집 처자 같은디……? 나의 여자 용정이 보다는 쬐까 못해도 암튼 징

허게 이쁜 가시내고만!'

마인의 탄성이었다. 하지만 거리가 멀어 부여해에게 들릴 리 만무했다. 만약 마인이 부여해의 신분을 알았다면 지금처럼 태연할 수 있을까? 그래서 때로는 모르는 게 약이고 무식한 것이 용감하다고 하는 것인지도 몰랐다.

"이쁜 가시내를 따라댕깅께 좋기는 허다만……! 싸나이 대장부가 가시내 꽁무니만 따라댕기는 것 같아서 쬐까 껄쩍지근 허기도 허고……! 쩝."

이때 활쏘기를 마친 부여해가 말에 올라 다시 산길을 달려나가기 시작했다.

마인의 몸놀림이 바빠졌다.

하지만 추적술에 있어 마인을 능가할 사람은 그리 많지 않을 것이다.

그의 직업이 무엇인가?

아무튼 사람은 한 가지 일에 오랫동안 종사하다 보면 장인(丈人)이 되는 모양이었다.

백제의 조정은 뒤숭숭했다.

신라의 김춘추가 당나라와 고구려를 연달아 방문하고 김유신이 군대를 동원하여 백제 영토를 칠 준비를 한다는 정보가 세작으로부터 들어온 때문이었다.

김춘추가 두 나라를 찾는 이유는 뻔했다.

바로 백제를 고립시키기 위함일 것이리라.

의자왕은 고민 끝에 신료들의 의견을 받아들여 맞불을 놓기로 결정했다.

외교에서 당나라는 신라와 워낙 친분이 두터웠기에 포기하고 대신 고구려를 끌어들일 계획을 세웠다.

김춘추가 당나라 방문을 마치고 고구려에 당도했을 때 신라의 계획을 저지하기로 한 것이었다.

아마 2~3개월 후가 될 것이다.

그 일을 맡을 사람은 성충으로 결정됐다. 백제에서 김춘추와 외교전쟁을 벌일 수 있는 인물은 성충이 유일했기 때문이었다.

의자왕은 성충을 좌평 중의 으뜸인 상좌평으로 임명한 다음 외교전쟁을 준비하라는 명을 내렸다.

성충을 중히 쓰라는 대군의 말도 들어줄 겸 그의 화려한 외교술을 필요로 했던 것이다.

그리고 김유신의 침공에 맞설 장수로는 계백이 아닌 의외로 젊은 흑치상지였다.

왕은 계백을 싫어했다. 아니, 싫어한다기보다는 계백의 능력을 두려워했다.

왕은 능력이 있는 자는 등용하되 절대로 중책을 맡기지 않았다. 그것이 의자왕의 용인술이었다.

능력 있는 자에게 권한까지 줄 경우 언제든 반란을 일으킬지도 모른다는 생각이 그의 뇌리를 지배하고 있었던 것이다.

성충은 김유신의 침공이 틀림없이 가잠성일 것이라고 보았다.

가잠성은 두 나라 간에 뺏고 빼앗기는 치열한 전투 속에 20년 전 백제가 차지한 성이었다.

국경을 마주하고 있는 가잠성은 백제의 주요 거점으로 신라의 대야성과 매포리성에 견줄 만했다.

의자왕은 흑치상지를 신임 가잠성주로 임명해 전쟁에 대비케 했다.

왕궁 성문 앞.

계백은 새로운 임지로 떠나는 흑치상지를 배웅하고 있었다.

흑치상지는 마음이 무거운 모양이었다.

계백이 전투력만큼은 백제 최강의 성으로 다져놓은 가잠성을 경력이 일천한 자신이 망치거나 김유신에게 빼앗기게 되면 그야말로 낯을 들 수 없을 것이기 때문이었다.

거기다 백제의 국력이 현저하게 약해지면서 가잠성의 군사도 고작해야 1천5백 명에 지나지 않았다.

그 병력으로는 김유신이 대군을 몰고 올 경우 사실상 전면전은 불가능한 것이었다.

계백은 흑치상지의 어깨를 부여잡았다.

"흑치상지 장군! 가잠성은 전략적으로 아주 중요한 곳일세. 반드시 지켜야 하네."

"예, 장군! 진력을 다하겠사옵니다!"

"사실 우리 백제의 전력은 신라에 비해 초라하기 짝이 없네. 하지만 자네의 명예를 걸면 적의 어떠한 공격도 충분히 막아낼 수 있을 것이야."

"사실 그간 장군님께서 쌓아올린 전공을 소장이 망치게 될까 봐 두렵사옵니다."

"아니야. 자넨 백제의 호랑이일세. 틀림없이 잘 해낼 것이야."

계백은 흑치상지를 물끄러미 쳐다보았다.

젊은 장수에게는 무엇보다 경험이 중요했다.

하지만 만약 김유신을 상대하게 될 경우 그것은 경험이라기보다는 생사의 경계에 운명을 내맡겨야 하는 위험천만한 경우가 될 것이다.

어쨌든 지금으로서는 모든 것을 하늘에 맡겨야 할 뿐이었다.

흑치상지는 계백을 향해 정중하게 군례를 했다.

군문에 들어선 이후 오직 계백의 발자취를 따라 하기 위해 필생의 노력을 해온 그였다. 존경하기 이전에 우상과 같은 존재가 바로 계백이었다.

흑치상지가 말에 올라 가잠성을 향해 떠나자 계백은 다시 몸을 돌려 왕궁 안으로 들어갔다. 성충과 홍수를 만나기 위함이었다.

두 사람은 신료들의 대기실에 머물러 있었다.

계백이 은밀히 면담을 청했기 때문이었다.

계백이 자리에 앉자마자 성충이 물었다.

"장군! 이 사람에게 할 말이 있다고 하셨는데? 말씀해 보시구려."

"상좌평! 소장도 김유신의 목표가 가잠성이라는 것은 인정합니다. 그곳은 두 나라의 상징이 되는 곳이니까요. 허나 지금 우리의 힘으로는 김유신에게 가잠성을 지켜내지 못합니다."

계백의 말에 성충과 홍수가 고개를 끄덕였다.

그들도 계백과 같은 생각이었기 때문이었다.

사실 지금의 백제는 고구려는 물론 신라와 일전을 겨루기에는 국력이 너무 쇠약했다.

왕이 가무음주에 빠져 국사를 챙기지 않았고 태자는 병관좌평임에도 불구하고 군력(軍力)을 키우기는커녕 대군과의 치열한 권력싸움에 매달려 있었다.

거기다 과거의 힘만 믿고 지금도 신라를 상대로 충분히 이길 수 있다는 착각에 빠져 있었던 것이다.

그러나 신라는 달라졌다.

김춘추와 김유신이 힘을 합해 군제를 개혁했고 젊은 화랑들을 적재적소에 배치해 그야말로 그들의 사기는 하늘을 찌를 듯했다.

군대는 사기가 가장 중요한 법이다.

허나 백제는 어떤가?

군사들에게 녹봉을 제대로 지급하지 못할 정도로 휘청대는 재정에다 가장 중요한 것은 능력 있는 장수들을 대하는 왕실의 태도가 문제

였다. 심지어 왕은 불패의 신화를 갖고 있는 대장군 윤충을 고구려
와 신라의 접경지역에서 빼내 느닷없이 당나라를 견제하겠다며 수
군 제독으로 임명했다. 그것은 성충 일파에 권력이 집중되는 것을
막기 위한 의자왕의 술책이었다.

물론 성충이 그것을 모를 리 없었다.

외국은 국론을 하나로 모아 힘을 키우고 있는데 의자왕은 오직 자
신의 권위와 왕실의 안녕만을 위해 힘을 분산시키고 있었던 것이다.

그것은 아주 아둔한 짓이었다. 하지만 어쩌겠는가? 왕의 명은 천명
이지 않은가.

"장군! 허면 어찌해야 좋겠소?"

홍수가 굳은 얼굴로 물었다.

일흔이 다된 노대신의 얼굴에 긴장이 배어 있었다.

"김유신이 가잠성을 친다면 우린 다른 곳을 쳐야 합니다. 그래야
가잠성을 지킬 수 있을 것이옵니다."

"다른 곳을 치다니……? 가잠성을 지켜내지 못할 정도로 약해진
군력으로 어딜 친다는 말이오?"

"매포리성을 쳐야 하옵니다. 물론 전면전이 아닌 다른 방법으로
말입니다."

계백의 말에 성충과 홍수의 눈이 휘둥그레졌다.

매포리성이라니?

매포리성은 가잠성 서남쪽에 있는 신라의 요충지였다. 구름도 자
고가고 바람도 쉬어간다고 할 정도로 높은 운풍령에 있는 요새 중의
요새.

성충의 질문이 뒤따랐다.

"매포리성은 김춘추의 셋째 아들이 성주로 있는 곳이 아니오?"

"그렇사옵니다. 하지만 김유신은 아직 나이 어린 성주를 신임하지

않사옵니다. 하여, 용맹하기 짝이 없는 자신의 심복 무장들을 보내
군사들을 훈련시킨 결과 지금은 신라에서 가장 강한 성이 되어 있사
옵니다. 매포리성을 잃는 것은 김춘추나 김유신에게 있어 안방을 내
주는 것과 같은 것이기에 이를 염려한 김유신이 강한 성으로 만든 것
이옵니다."

"그런 성을 우리가 공격한단 말이오?"

"예. 우리가 신라를 이길 수 있는 유일한 길이옵니다. 힘의 균형이
이뤄지지 않았을 때 적을 이길 수 있는 방법은 단칼에 적의 심장을
찌르는 것뿐입니다."

"장군! 그 방법이 무엇이오?"

"김유신이 가잠성을 공격해 점령하기 전에 매포리성의 자존심을
무력화 시키는 것입니다."

성충과 홍수가 어리둥절한 얼굴로 서로를 마주보았다.

전면전이 아닌 적의 자존심을 무력화시킨다?

계백의 말이 계속됐다.

"지금 우리 힘으로 전면전을 펼쳐 매포리성을 무너뜨린다는 것은
불가능합니다. 우리의 전력이 그에 백분 미치지 못하니까요. 그러니
먼저 공세를 취하는 것이 아니라 공작을 통해 겁에 질린 김춘추의 아
들인 성주를 매포리성에서 도망치게 만들어야 합니다."

"성주가 성을 버리고 도망친다는 것은 패전이나 마찬가지. 하지만
무슨 방법으로 그런 공작을 한단 말이오?"

"뛰어난 첩자를 보내면 가능할 것입니다."

"첩자를……? 아니, 다른 인물도 아닌 김춘추의 아들에게 접근할
수 있을 정도로 뛰어난 첩자가 우리 백제에 있단 말이오?"

"……"

"보통 세작이라면 은밀히 정보를 캐오는 것이 전부가 아니겠소?

그런데 죽음의 위험을 무릅쓰고 누가 그런 일을 할 수 있겠소?"

"있사옵니다. 어쩌면 그런 일을 해낼 수 있는 유일한 자일지도 모릅니다."

"그가 누구요?"

"지금은 말씀드릴 수가 없사옵니다. 하오나 때가 되면 상좌평께서 그자를 안내해 오셔야 할 것입니다. 지금으로서는 소장의 힘으로 그를 데려올 수 없기 때문이옵니다."

"……?"

"상좌평! 이제 우리 백제의 세작도 그 임무를 다양화 할 필요가 있습니다. 정보를 캐내는 것뿐만이 아니라 필요하다면…… 나라를 위해 적의 심장에 칼을 대야 합니다. 아시겠지만 서로의 군대를 향해 병장기를 휘두르는 것은 지지 않기 위한 전쟁일 뿐입니다."

"……."

"이기기 위해서는 전쟁이 아닌 전투를 해야 할 필요가 있고 그 전투를 이끄는 것은 우리 같은 장수나 군대가 아니라 두려움을 모르고 물러섬이 없는 그림자 인간이어야 합니다."

"첩자를 이용해 전쟁에 승리한다……? 그럴 수만 있다면 우리가 흘리게 될 피가 대하에서 실개천으로 바뀌게 될 거요. 하지만 과연 그런 일을 해낼 수 있는 그림자 인간이 있을 수 있을지? 그것이 문제가 아니겠소?"

"그 문제는 소장에게 맡겨 주시지요."

세 사람의 대화는 이후로도 한참 동안 계속됐다.

왕과 왕실이 팽개치고 있는 나라에도 이런 사람들은 존재하고 있었다. 하긴 그래서 왕실이 없어도 나라는 존재하는 것인지도 모를 것이었다. 반대로 백성이 없는 나라는 존재하지 않는다.

계백과 성충 그리고 흥수는 백제의 백성이었다.

여감은 호위무사들의 삼엄한 경계를 받으며 집을 나섰다. 그런데 평소와는 달리 그의 표정이 그리 밝지 않았다. 간밤에 꾼 꿈 때문이었다.

"책사님! 안색이 밝지가 않사옵니다. 무슨 일이 있사옵니까?"

호위무사 장표가 걱정스러운 얼굴로 물었다.

장표는 태자가 보내준 여감의 호위 책임자였다.

"글쎄다. 왠지 몸이 무겁구나. 어젯밤 꿈자리도 뒤숭숭하고……."

"꿈이라니요?"

"비가 오는 어두운 밤길을 혼자 걸어가는데 나를 향해 까마귀 한 마리가 날아들더니 갑자기 피를 토하며 죽더구나."

"……!"

"내 어깨에 앉아 슬피 울다가 말이다."

"책사님! 까마귀는 흉조가 아니옵니까?"

"그래서인지 마음이 더 쓰이는구나."

"하오면…… 책사님! 그냥 댁으로 돌아가는 것이 어떻겠사옵니까? 느낌이 좋지 않사옵니다."

"……."

"말머리를 돌릴깝쇼?"

"아니다. 태자전하께서 기다리실 게야. 설마 무슨 일이야 있겠느냐? 더구나 오늘은 태자전하가 가장 좋아하는 병법을 공부하기로 했으니."

"그렇다면 소인들이 경계를 더욱 철저히 하도록 하겠사옵니다."

"그래, 좌우간 어서 가자."

여감의 말에 장표가 길을 재촉했다.

그 시각.

무휼은 여감이 늘 지나다니는 길이 내려다보이는 나무숲에서 여감의 출현을 기다리고 있었다.

무휼의 손에는 박달나무 방망이와 몇 개의 밤톨만한 돌멩이가 들려 있었다.

마인은 어리둥절한 얼굴로 무휼의 얼굴로 방망이를 번갈아 쳐다봤다.

"형님! 지금 뭣 헐라고 그라요?"

"왜?"

"얼라리? 그 여감이라는 사람을 노리는 모양인디 택도 없수! 따르는 무사들이 보통이 아니랑께라."

"그자들은 칼과 활에 단련된 놈들이다. 그러니 칼과 활의 파공음에는 반사적으로 반응을 보여 검으로 쳐낼 수 있겠지만…… 이 돌의 파공음은 칼이나 활과는 다르다. 그리고 만에 하나 돌의 파공음을 느꼈을지라도 그때는 반응이 느려 모든 것이 끝나 있을 것이다."

"돌멩이를 날려 사람을 죽인단 말요? 그 요상한 막가지로?"

마인은 어이가 없었다.

이게 말이나 되는 소린가? 방망이로 돌멩이를 날려 표적을 제거하겠다니? 마인은 아직까지 그런 경우를 들어본 적도 없고 본 적도 없다. 그리고 그건 상식적으로도 있을 수 없는 일이었다.

그때였다.

멀지 않은 곳에서 말발굽 소리가 들려왔다. 소리로 보아 달리는 것이 아니라 천천히 걸어오는 듯했다.

마인은 크게 긴장한 얼굴로 무휼을 향해 속삭이듯 말했다.

"형님! 지금 제정신이쇼? 지발 말이 되는 소리를 좀 하쇼. 돌멩이를 던져서 사람을 맞추는 것도 이 먼 거리에서는 힘든 판에 막가지로 돌을 날려 사람을 죽이겠다니……? 미쳤수?"

마인이 질린 얼굴로 결사적인 반대를 하는 동안 무휼의 눈에 여감과 호위무사들이 들어왔다.

무휼은 마인에게 나무 위로 올라가라는 신호를 보냈다.

가지와 잎이 무성해 밑에서는 볼 수 없는 소나무였다.

마인은 잽싸게 나무을 타기 시작했다.

"나도 모르겠소. 대신 잘못되면 내가 있는 곳으로 오지 말고 다른 디로 도망치씨요! 괜히 나까지 죽게 맹글지 말고!"

마인이 나무 위로 사라지자 무휼은 박달나무 방망이를 치켜세웠다.

여감과의 거리는 스무 장쯤 되어 보였다.

여감과 호위무사들은 아무것도 알아차리지 못한 채 무휼이 정면으로 내려다보고 있는 길을 지나기 시작했다.

무휼은 예의 밤톨만한 돌멩이를 공중으로 던졌다. 그리고 돌멩이가 떨어져 내리자 빠르게 방망이를 휘둘렀다.

딱!

방망이에 맞은 돌멩이가 빛처럼 여감을 향해 쏘아갔다.

그때까지도 여감과 호위무사들은 전혀 낌새를 알아차리지 못하고 있었다. 그도 그럴 것이 활이라면 모를까? 누가 작은 돌멩이를 방망이로 날려 습격을 하리라고 생각하겠는가. 더군다나 호위무사들은 칼이나 화살과는 다른 돌멩이의 파공음조차 듣지 못하고 있었다.

빡!

무휼이 날린 돌멩이가 여감의 관자놀이를 정통으로 강타했다.

호위무사들은 그때까지도 그 사실을 전혀 느끼지 못한 채 행여 누가 달려들어 습격할지도 모른다는 생각에 주위를 살필 뿐이었다.

여감은 입이 벌어지고 눈이 불거지면서 말 위에서 떨어져 내렸다.

장표와 호위무사들은 그때서야 경악하며 여감을 살피기 시작했다.

여감의 관자놀이에서는 피가 흐르고 있었다. 말에서 떨어질 때 다쳤는지 어땠는지 알 수 없는 지경이었다.

장표는 질린 얼굴로 여감의 상태를 살폈다.

순간.

그의 눈이 튀어나올 듯 붉어지며 온몸을 떨기 시작했다.

여감은 절명했다.

"책사께서 돌아가셨다!"

장표가 소리쳤다.

다른 호위무사들의 얼굴이 흙빛으로 변했다. 이게 도대체 무슨 일인가?

"암습일지도 모른다! 주변을 뒤져!"

장표의 외침에 무사들이 사방을 뒤지기 시작했다. 그리고 그들이 원래 무휼과 마인이 있던 곳까지 왔을 때는 사람의 그림자도 보이지 않았다.

장표는 덜덜덜 떨면서 여감의 시체를 보고 있었다.

큰일이었다.

범인을 찾으러 갔던 무사들이 질린 얼굴로 그냥 달려왔다.

"주위에는 아무도 없습니다!"

무사의 말에 장표의 얼굴이 일그러졌다.

"아무도 없다니? 그렇다면 책사께서 귀신의 손에 당하셨단 말이냐?"

"사방을 뒤져봤지만 범인의 그림자조차 발견하지 못했습니다. 범인이 사람이라면 그렇게 빨리 사라지지는 못합니다."

"……!"

장표는 손에 들고 있던 밤톨만한 돌멩이를 쳐다보았다.

이게 흉기라는 말인가?

"아무래도 이게 책사를 죽인 흉기 같은데?"

그러자 무사가 말도 안 된다는 듯 고개를 흔들었다.

"이건 돌멩이가 아닙니까? 이런 작은 돌멩이로 어떻게 사람을 죽인단 말입니까? 이런 돌멩이는 작은 생채기나 낼 수 있을 뿐입니다."

"으음……."

그랬다. 사실 무사가 그것을 흉기라 말한다 해도 장표는 믿지 않을 것이었다. 있을 수 없는 일이기 때문이었다.

"어쨌든 먼저 태자궁에 알려야겠다. 태자전하께서 기다리고 계실 터이니."

장표의 말에 무사가 여감의 시체를 들쳐 업었다. 그러고서는 부리나케 현장을 빠져나가기 시작했다. 그들로서는 참으로 해괴한 일일 것이었다.

여감의 호위무사들이 사라지자 무휼과 마인은 나무에서 내려왔다.

무휼은 아무 일 없었다는 듯 태연했지만 마인은 넋이 나간 모습이었다.

"오메에? 내 살다 살다 봉께 쥐붕알만한 돌멩이로 사람을 때려 쥑이는 것을 다 보게 되는 고만이? 이거이 뭔 일일끄나?'

마인의 눈이 귀신을 보는 것처럼 불거진 채 무휼의 위아래를 살폈다. 지금 그의 눈에 보이는 무휼은 영락없는 귀신이었다. 사람이라면 그럴 수가 없기 때문이었다.

"형님……? 혹시 사람이 아니라……? 귀신 아뇨?'

"가자."

무휼은 씩 웃어보이고서는 몸을 돌렸다.

마인이 뒤에서 소리쳤다.

"말 좀 해보시라니깐! 오메 징헌 것! 사람이라면 어치케 그럴 수 있다요……? 야? 말해 보랑께라!'

무휼은 대답도 없이 휘적휘적 걸어가기 시작했다.

그에게는 새삼스러운 일도 아니었다.

무섭다고 생각했는지 멀찍이 떨어져서 뒤를 따르는 마인의 중얼거림이 계속됐지만 무휼의 입에서는 마인이 기대하는 대답은 나오지 않았다.

태자는 질린 얼굴로 컥컥대고 있었다.

여감이 죽다니?

여감이.

무릎을 꿇고 앉아 있는 장표 역시 질려 있기는 마찬가지였다.

모시던 주인이 죽었는데도 어떻게 죽었는지조차 알아내지 못했던 것이다.

"도대체? 누가……? 누가 여감을 죽였단 말이냐?"

태자가 몸을 떨면서 물었다.

장표의 이마가 바닥에 닿았다.

"소인을 죽여 주시오소서! 범인은……. 알 수가 없사옵니다."

"뭐라……? 범인을 모른다?"

"예. 자객이 있는 것도 아니었고 그렇다고 주변에 수상한 자는커녕 새 한 마리조차 없었사옵니다. 단지 날아든 것이라고는 밤톨만한 돌멩이뿐이었사옵니다."

"작은 돌멩이뿐이라니……? 그게 무슨 소리냐? 사람이 어찌 그런 돌에 맞아 죽는단 말이냐?"

"다른 것은 아무것도 알아내지 못했사옵니다."

태자는 게거품을 물며 손으로 바닥을 내리쳤다. 그에게 있어 여감의 죽음은 있을 수도 있어서도 안 되는 일이었다.

"그게 말이나 되는 소린가! 사람이 죽었는데도 범인이 없다니? 이런 경우가 어디 있단 말이냐? 말도 안 되는 소리……! 도대체 말이 돼야 알아들을 게 아닌가! 말이!"

태자가 발악하듯 소리쳤지만 이미 상황은 그렇게 종료되고 있었다.

죽은 자는 살아 돌아올 수 없는 법이다.

어쨌든 태자에게는 청천벽력이었다. 그의 뇌가 사라졌기 때문이었다. 그렇게 태자가 믿을 수 없는 현실에 치를 떨고 있을 때…….

대군의 사랑채에는 무휼이 무릎을 꿇고 앉아 있었다.

대군은 그런 무휼을 득의의 표정으로 쳐다봤다.

"네놈은 역시 믿을 만한 놈이다."

"소인이 할 일이었을 뿐이옵니다."

"수고했다. 나가 봐."

무휼이 절을 한 다음 사랑채를 나가자 처음 흡족해 하던 대군의 얼굴이 차츰 굳어지기 시작했다.

막상 일을 성공하자 무휼이 두려워지기 시작했던 것이다.

하긴 그래서 대군은 다른 안배를 준비한 터였다.

그는 가장 쓸모 있는 것도 과감히 버릴 줄 아는 사람이었다. 그것이 자신의 야망을 위해 도움이 된다면 말이다.

태자는 태자궁에서 만취한 모습으로 술을 마셔대고 있었다. 그만큼 여감의 죽음이 안겨다 준 충격이 큰 탓이었다.

'여감……! 여감이 죽다니? 도대체 어떤 자가 여감을 죽였단 말이냐……? 어떤 자가……?

태자는 절망했다. 사실 그가 믿었던 것은 손에 쥔 나라의 병권(兵權)이나 자신을 따르는 무사들이 아니라 여감이었다. 형용할 수 없을 정도로 예리하고 쾌도난마처럼 맡은 일을 처리하던 여감은 책사라기보다는 분신 같은 존재였다. 그런 여감의 죽음은 태자를 식물인간으로 만들 것이었다.

그때 침전 밖에서 내관의 말이 들려왔다.

"태자전하! 황후마마께서 납시셨사옵니다!"

태자는 대답하지 않았다. 모든 것이 싫고 귀찮았다. 그런데도 문이 열리며 황후가 들어왔다.

사실 황후가 태자의 침전에 들어갈 때 굳이 허락을 얻을 필요도 없는 것이었다.

태자는 만취한 눈으로 황후를 올려다보았다.

"황후! 이곳에는 또 어인 일이시오?"

"제가 못 올 곳에 왔사옵니까?"

"이런! 황후의 잦은 이곳 출입을 대왕폐하께서 아시기라도 하면 어쩌려고 그러는 게요? 태자궁에 오지 말라는 내 말을 잊은 것이오?"

태자가 버럭 소리를 질렀다.

애꿎은 화풀이였다.

"경위야 어찌 됐든 나는 태자의 어미 자격인 황후입니다. 황후가 아들 격인 태자에게 온 것이 무에 잘못이라는 말이옵니까?"

태자는 황후를 보다가 다시 술잔을 들이켰다.

그럴수록 여감의 죽음이 가져다준 충격이 그를 비탄으로 몰아넣었다. 그만큼 모든 것을 여감에게 의지하고 있었다는 반증이었다.

황후가 걱정스레 물었다.

"대낮부터 술에 취하셨다는 말을 듣고 왔사옵니다. 도대체 무슨 일이옵니까?"

"여감이…… 여감이 죽었소. 이 태자의 머리가 사라졌단 말이오. 그러니 술을 아니 마시고 배길 수 있겠소?"

태자가 다시 비통에 잠기자 황후는 태자의 얼굴을 쓰다듬기 시작했다.

금방 어미에서 정인으로 바뀌는 순간이었다.

"전하! 전하께서는 이 나라의 태자이십니다. 그런데 어찌 일개 책사의 죽음에 마음을 쓰신단 말이옵니까?"

"여감은 단순한 책사가 아니오. 오직 나를 위해 태어난 내 분신 같은 놈이었단 말이오. 그런 놈이 죽었으니……. 황후! 이 일을 어찌 하면 좋겠소?"

"전하! 찾아보면 그자보다 뛰어난 자들이 많은 세상이옵니다. 부디 마음을 다잡으셔야 하옵니다."

"여감은 나를 위해 평생을 바쳤는데 나는 범인조차 모르고 있소. 어찌 이럴 수가 있단 말이오? 어찌?"

태자는 격정으로 온몸을 떨어댔다.

생각보다 훨씬 큰 충격을 받은 듯했다.

황후는 안쓰러운 표정을 지으며 태자의 얼굴을 자신의 가슴에 안았다.

"전하! 저를 보시어요."

"……."

"신첩이 전하 곁에 있사옵니다."

"황후."

"신첩은 어떠한 경우에도 전하의 곁을 떠나지 않을 것이니 힘을 내셔야 하옵니다."

황후의 얼굴은 청아했다.

태자는 황후의 얼굴을 쓰다듬다가 힘껏 껴안았다.

원래 비통에 잠긴 사람이 쉬이 이성을 잃게 되는 것이다. 그리고 여자를 더 찾게 된다. 그래서인지 지금 태자 앞에 있는 여자는 황후가 아닌 태자의 옛 정인이었다. 하지만 사내는 원래 여자 때문에 패가망신 하는 법이다. 그것이 진리였다.

바로 그 시각.

의자왕은 편전에서 대신들의 상소문을 읽다가 임자의 방문을 받
았다.

임자의 손에는 황금색 보자기가 들려 있었다.

"임자 좌평! 무슨 일이오?"

왕이 임자를 힐끔거린 후 물었다.

임자는 황금색 보자기를 왕에게 내밀었다.

"폐하! 여기 하늘이 대왕폐하를 위해 내려 보낸 물건이 있사옵니
다."

"……?"

"천 년 묵은 산삼이옵니다."

"산삼? 산삼이 천 년을 묵었다는 게요?

왕의 눈이 커졌다.

천 년 묵은 산삼이라니?

"예, 폐하! 국사에 바쁘신 폐하를 위해 소신이 가병들을 풀어 웅진
성의 대산에서 캔 천 년 묵은 산삼이옵니다. 하오니 이 영험한 산삼
을 드시고 천세만세 강녕함을 누리시면서 이 나라를 다스려 주시오
소서!'

왕의 얼굴에 흡족한 미소가 떠올랐다.

인간이란 누구나 뇌물에 약한 것일까?

"허허허. 임자 좌평! 짐을 위해 좌평께서 그런 수고를 하시다니?
고맙소이다."

"소신에게 소원이 있다면 폐하께서 오래토록 이 나라를 다스려 주
시는 것이옵니다."

"내 좌평의 충정이야 오래전부터 잘 알고 있소이다. 늘 잊지 않고
있어요."

"황감하옵니다."

"그래, 요새 좌평의 근황은 어떻소이까? 좌평께서 맡으신 조정 일이 어디 한두 가지여야 시름을 덜 수 있을 텐데."

"소신은 오로지 폐하와 나라를 위해 신명을 다할 뿐이옵니다. 다만…… 근래에 들어 한 가지 마음에 걸리는 것이 있다면…… 태자전하의 일이 마음에 걸리옵니다."

"태자의 일이 마음에 걸리다니? 태자에게 무슨 일이 있단 말이오?"

"폐하! 아뢰옵기 황송하오나…… 사실이 아닐 터이지만 지금 궁 안에서는 태자전하와 황후마마께서 사통을 한다는 소문이 파다하옵니다."

임자의 말에 의자왕의 눈이 뒤집혔다. 태자가 어미라고 할 수 있는 황후와 사통을 하다니? 그것은 패륜이지 않은가. 왕의 입 언저리가 심하게 떨리기 시작했다.

"태자가 황후와…… 사통을 하다니? 그게…… 무슨 말이오?"

왕의 말이 제대로 이어지지 않는다.

"폐하! 송구하오나 지금의 황후마마는 태자전하의 첫 정인이옵니다. 그것은 폐하도 아시고 세상이 다 아는 사실이 아니옵니까? 해서 그런 해괴한 소문이 돌고 있는 것 같사옵니다."

"좌평……! 그럴 리가 없소. 태자가 비록 출중하지는 못하다고 하나 애비의 여자를 넘볼 만큼 패륜아는 아닐 것이오. 암……. 그래도 짐의 아들이잖소."

"소신도 그리 생각하오나 지금도……. 아, 아니옵니다. 폐하!"

임자가 말끝을 흐리자 왕의 얼굴이 흙빛으로 변했다.

태자를 모함한다는 것은 이유 여하를 막론하고 즉참에 처해질 중죄다.

그렇다면 이건 뭔가가 있다.

감히 왕에게 와서 허튼 소리를 지껄일 수야 없지 않은가.

"좌평! 지금도 뭐요? 지금도 태자가 황후를 만나고 있다는 게요?"

"폐하……! 그것이……."

"그런 게요?"

임자는 갑자기 눈물을 글썽였다. 연극이 필요했다. 모든 것은 신하로서 왕을 위한 충정이어야 했기 때문이었다.

"황송하오나…… 태자전하께서 황후마마를 은밀히 태자궁으로 불러 두 분이 함께 계신다고 하옵니다."

"뭐시라?"

의자왕은 불거진 눈으로 벌떡 일어났다.

세상에 이런 일이? 이런 패륜이 어디 있다는 말인가?

의자왕이 태자궁의 침전 문을 열었을 때는 태자와 황후가 꼭 껴안은 채 입맞춤을 하고 있을 때였다.

현장을 목도한 왕의 눈이 금방이라도 튀어나올 듯 경악했다. 하지만 그보다 더 놀란 사람은 바로 태자였다. 뜻밖의 상황에 넋이 나간 태자는 황후를 밀어내는 것조차 잊은 채 멍하니 앉아 있었다.

왕은 대노했다.

"이놈! 태자……! 네놈이 어찌 이럴 수 있단 말이더냐?"

"아바마마!"

태자의 입에서 신음과 함께 가느다란 쉿소리가 흘러나왔다.

왕은 엄청난 충격에 몸을 휘청했다.

"네 이놈!"

이때였다.

잽싸게 태자를 밀치고 난 황후가 왕을 향해 눈물을 흘리며 기어가기 시작했다. 여자라는 동물은 울기도 금방 우는 모양이었다.

“대왕폐하!”

“황후! 짐이 버젓이 살아 있는데 이게 무슨 짓인가?”

“폐하! 신첩은 태자가 폐하의 일로 급히 찾는다는 전갈을 받고 왔을 뿐이옵니다! 그런데 신첩이 들어오자마자 영문도 모르는 저를 태자가 겁탈하려 한 것이옵니다!”

참으로 가관이었다. 그리고 요녀(妖女)다운 변신이었다. 황후의 거짓말에 태자의 입이 벌어졌다.

겁탈이라니?

분노에 찬 왕의 얼굴이 태자와 황후를 번갈아 쳐다보았다.

“이런……! 불충! 불효! 막심한 것들 같으니라고!”

“폐하! 태자가 연약한 여인네를 겁탈하려 한 것인데 어찌 신첩을 나무라시는 것이옵니까?”

태자는 기가 막혔다.

순간.

그는 자신이 완벽하게 덫에 걸려들었다는 것을 직감했다. 그리고 자신이 그토록 믿었던 황후마저 자신을 배신했다는 것을.

왕의 대갈이 계속됐다.

“태자 이놈! 네놈의 흑심을 모르는 바 아니었으나 천륜까지 저버리다니? 이 패악한 년놈들!”

황후는 애처로운 얼굴로 왕의 용포를 부여잡았다.

“폐하! 신첩은 오직 폐하만 생각하는…….”

“시끄럽다!”

왕은 차가운 얼굴로 황후의 손을 내쳤다. 이어 내관과 상궁들을 향해 소리쳤다.

“여봐라!”

상궁들과 내관들이 급하게 들어와 허리를 조아렸다.

왕은 태자와 황후를 가리키며 무섭게 명했다.

"이 시간부로 내 지시가 있을 때까지 태자를 한 발자국도 밖에 나가지 못하도록 태자궁에 연금시킬 것이며…… 황후 역시 중궁전에 연금토록 하라!"

왕의 싸늘한 명이 내려지자 먼저 상궁들이 자신의 잘못이 아니라며 울부짖는 황후를 제압한 후 끌고 나갔다.

왕은 멍하니 앉아 있는 태자를 잡아먹을 듯 노려본 다음 부서져라 문을 박차고 침전을 나갔다.

곧이어 태자궁 침전 문이 닫히며 밖에서 쇠사슬이 채워지는 소리가 들려왔다.

그러자 질린 얼굴로 멍하니 앉아 있던 태자의 얼굴에 차츰 알 수 없는 미소가 떠오르는가 싶더니 미친 사람처럼 키득대기 시작했다.

그러더니 그의 웃음소리가 태자궁 밖까지 크게 퍼져 나갔다.

"와하하하! 대군! 이것이었소……? 나를 끌어내리기 위한 안배가 이것이었냐는 말이외다……! 장하시오! 역시 대군답소이다……! 대군의 완벽한 승리요!"

태자는 멈추지 않고 한참을 웃어대다가 뚝 하고 웃음을 그치면서 한쪽에 치워져 있던 술상을 뒤엎어 버렸다.

"오늘을 위해 여감을 죽여 내 머리를 자른 것이고……! 천하에 믿을 게 못 되는 계집을 내세워 나를 패륜아로 몰다니? 와하하하……! 하지만 대군! 잊지 마시오! 누군가가 항상 대군의 목을 노리고 있을 것이라는 사실을 말이오! 그게 이곳 왕실의 실체라는 것을 잊는 순간…… 대군도 나와 다름없게 될 것이라는 사실을……! 와하하하!"

다시 태자는 통쾌하게 웃기 시작했다.

무엇이 그리 재미있는 것인가?

어쩌면 그의 웃음은 자신의 파멸을 받아들이겠다는 몸부림인 것인지도 모른다. 권력 싸움에서 패배한 사람의 최후는 파멸이기 때문이었다.

　대군의 사랑채에서는 웃음소리가 흘러나왔다.
　태자의 웃음과는 차원이 다른 박장대소였다.
　수년을 끌어온 대업이 드디어 성공했기 때문이었다.
　임자는 대군을 향해 끝없이 아부의 웃음을 흘렸다.
　그것은 충상과 상영도 마찬가지였다.
　이제부터 지존은 대군이 될 것이기 때문이었다.
　임자는 주인을 향해 꼬리를 흔드는 개처럼 허리를 조아렸다.
　"대군마마! 이제 태자는 끝장이옵니다! 대왕폐하께서 모든 것을 목도하셨을 테니까요."
　"이제부터가 중요하오. 상황이 어떻게 변할지 모르니 세 분은 궁을 떠나지 말고 내 지시를 기다리시오."
　"알겠사옵니다! 하오나 대군마마! 황후의 입을 막아야 하지 않겠사옵니까?"
　"……!"
　"황후가 입을 연다면 모든 것이 수포로 돌아갈 수도 있사옵니다."
　"그래야겠지. 비밀은 죽어야 유지되는 것이니 말이오."
　"대군마마! 그 말씀은 마마의 가노 놈에게도 해당되는 말이 아니겠사옵니까? 이번 일은 지난번 가잠성에서의 일과는 차원이 다르옵니다."
　임자의 말에 충상이 끼어들며 거들었다.
　"그렇사옵니다! 이번 거사는 대군마마께서 태자에 오르는 일이옵니다. 하온데 그 일의 내막을 그런 상놈이 다 알고 있다는 것은 대군마마께 좋을 것이 하나도 없사옵니다. 행여 그 비밀이 대왕폐하나 다른 사람에게 알려질 경우를 생각해보시오소서! 그 가노 놈의 역할은 이것으로 끝난 것이옵니다.”

“……”

다시 임자가 무휼의 문제를 물고 늘어졌다.

아예 끝장을 보려는 듯했다.

“대군마마! 어차피 마마께서 태자궁으로 들어가시면 그 노비 놈을 부릴 수도 없지 않사옵니까? 하오니 미리 위험요소를 제거하시오소서.”

대군은 잠시 생각하다 고개를 끄덕였다.

그 역시도 이미 그에 대한 준비를 해 놓은 터였다.

“놈에 대한 것은 내게 맡겨 주시오. 그리고 임자 좌평!”

“예, 대군마마!”

“황후를 우리 쪽으로 끌어들인 분은 좌평이외다. 허니 그 계집의 입을 막는 것도 좌평이 직접 마무리하시구려.”

임자의 얼굴이 굳어졌다. 황후를 없애라는 말이기 때문이었다.

“명령이오. 아시겠소?”

대군의 채근이 이어졌다.

“예, 그리 하겠사옵니다. 하옵고…… 이제 마마께서 태자에 오르는 일을 준비해야 하는데 상좌평 성충 일파가 문제이옵니다.”

“성충이라?”

“대왕폐하의 신임이 두터운 상좌평이 대군마마께서 태자에 오르는 것을 반대한다면 일이 어떻게 전개될지 모를 것이옵니다.”

“내가 직접 상좌평을 만나겠소이다. 담판을 지어야지. 상좌평도 대세의 흐름을 막기가 얼마나 어려운지를 잘 알고 있지 않겠소?”

말을 하는 대군의 눈에 불꽃이 일고 있었다. 그것은 이제까지와는 다른 위엄을 보이고 있는 것이다. 벌써 태자가 된 듯했다.

말을 타고 들판과 산길을 달리는 부여해는 아름다웠다.

그녀는 자신의 오라비들이 벌이고 있는 치열한 권력싸움에는 끼어들지도 않았고 알지도 못했다.

지금은 그저 왕궁을 벗어나 마음껏 자유를 느끼고 있는 자신이 즐거울 뿐이었다. 하지만 어찌 알았으랴? 사람을 미행하는 것이라면 타의 추종을 불허하는 사비성의 왕초 마인이 며칠 전부터 자신의 뒤를 그림자처럼 따르고 있다는 것을.

마인은 노송 뒤에 숨어서 부여해를 쳐다봤다.

손에는 별 모양의 표창이 두 개나 들려 있었다.

무얼 하려는 것인가?

'나는 어째 맨날 숨어서 이런 못된 짓만 허는 것이다냐……? 형님이랍시고 시키는 일이 꼭 넘의 꽁무니만 따라댕기라고 허니 미치겄고만!'

그랬다. 부여해를 따르라는 것은 무휼의 명령이었다. 그리고 무휼 역시 이쯤 어디선가 부여해를 보고 있을 것이다.

이때 속도를 줄인 부여해가 말을 타고 마인의 앞을 지나쳤다.

그녀는 노송 뒤에 숨어 있는 마인의 존재를 알지 못했다. 하긴 일개 아녀자에게 들킬 정도라면 마인이 아닐 것이었다.

마인은 손가락 사이에 끼고 있는 두 개의 표창을 휙 하니 연속으로 날렸다.

표창은 부여해가 타고 있는 말의 엉덩이를 향해 쏘아가다 정확하고 깊숙이 박혔다.

그 다음 표창도.

불에 덴 듯한 아픔에 깜짝 놀란 말이 앞발을 높이 치켜들며 몸서리를 치더니 느닷없이 내달리기 시작했다.

부여해는 크게 놀라 엎드리며 말갈기를 붙잡았다.

빠르게 질주하는 말에서 떨어지거나 뛰어내렸다가는 죽기 십상이었다.

비명을 질렀지만 주위에 사람의 그림자라고는 보이지 않았다.

말은 멈출 기색을 보이지 않은 채 방향감각을 잃고 미친 듯이 내달렸다. 그런데 하필이면 엄청난 급류가 흐르는 큰 하천이었다.

말은 부여해를 태운 채 그대로 급류 속으로 뛰어들었다.

고통이 그렇게 만들었다.

급류에 빠지면서 부여해는 말과 분리됐다.

하지만 한 번도 헤엄을 쳐본 적이 없는 그녀로서는 급류를 헤쳐 밖으로 나간다는 것은 불가능했다.

손을 허우적대며 비명을 지르려고 했지만 그보다 먼저 많은 양의 물이 그녀의 입안을 장악해 버렸다.

물을 뱃속으로 넘기고 소리를 지르려 했지만 그럴 때마다 그녀를 향한 물의 공격은 여지없이 계속됐다.

부여해는 차츰 힘이 빠지면서 의식을 잃어가기 시작했다.

이렇게 죽는 것인가?

죽음에 대한 공포나 두려움을 느낄 새도 없다.

이때였다.

어디선가 난데없이 달려나온 사내가 급류에 뛰어들었다.

무휼이었다.

그는 힘차게 급류를 헤쳐 부여해에게 가까이 다가간 다음 혼절해 있는 그녀의 어깨를 붙잡았다.

무휼은 수영에도 자신이 있는 사내였다.

무휼은 하천 둑에 널브러져 있는 부여해를 물끄러미 내려다보았다.

얼마나 많은 물을 마셔댔는지 부여해의 배는 임산부처럼 불룩 솟아 있었다.

여유 있게 하천 둑을 타고 휘적휘적 걸어오던 마인이 부여해를 보고서는 키득대기 시작했다.

"공주라서 그렁가? 기절해 있는 모습도 이쁘네 그랴? 히히히."

"……."

"그란디……? 형님답지 않게 뭣 땀시 이런 꼼수를 다 쓰고 그라요? 분명히 뭘 시커먼 속셈이 있는 것 같은디?"

"……."

"꿈도 야무지셔! 노비 주제에 감히 공주를……? 거시기 헐라고 그러지라?"

"쉰 소리 하지 말고 공주가 깨기 전에 얼른 사라져라."

"알았수다! 허지만 공주를 어치케 허든 모든 것이 내 덕인 줄 아쇼. 어쨌든 재미 많이 보슈. 나, 가요!"

마인이 휘파람을 불면서 멀어졌다.

말대로 모든 것은 마인 덕분이었다.

무휼은 먼저 부여해의 명치를 누르기 시작했다. 그러자 부여해는 푸우 하는 소리와 함께 많은 물을 토해냈다. 그것은 그녀가 죽지 않았다는 증거였다.

이어 무휼은 부여해의 입에 자신의 입을 댄 뒤 숨을 불어넣기 시작했다. 인공호흡이었다.

그리고 무휼이 혼신을 다해 계속해서 숨을 불어넣자 어느 순간 부여해의 손가락이 움직이는가 싶더니 눈이 떠졌다.

무휼은 부여해가 깨어났다는 사실을 알았다. 하지만 입술을 떼지 않고 숨을 불어 넣는 것을 멈추지 않았다. 모든 것이 다 계획된 행동이었다.

부여해는 느닷없는 상황에 비명을 지르며 무휼을 밀어냈다.

이어 극도로 화가 난 얼굴로 무휼의 뺨을 세차게 갈겼다.

무휼의 뺨에 부여해의 손자국이 선명하게 나타났다.

부여해는 상체를 일으키더니 무휼을 노려보고서는 큰소리로 울기 시작했다.

종놈에게 귀하디귀한 입술을 빼앗기다니? 살아난 기쁨보다 그 사실이 그녀를 서럽게 만든 것이었다.

"무엄하게도 천한 종것이 내 몸을 건드리다니……? 네놈은 능지처참을 당할 것이야!"

울부짖으며 내뱉는 그녀의 첫마디였다.

무휼은 대답하지 않았다.

그러자 더 화가 난 부여해는 손으로 자신의 입술을 마구 문질러댔다.

"불결해! 불결하단 말이야!"

"깨어나게 하기 위해서는 어쩔 수 없었사옵니다."

"그래도 그렇지! 네깐 놈이 어찌 내 몸에 손을 댈 수 있단 말이냐?"

"소인은 다시 그런 상황이 된다 해도 그리 할 수밖에 없을 것이옵니다."

"뭐라고? 이놈! 네놈이 지금 나를 능멸하는 것이냐?"

"사람을 살리는 일이었사옵니다. 그 상황에서 공주님의 신분은 제게 중요한 것이 아니었사옵니다."

무휼의 말에 부여해는 입술을 피가 나도록 깨물며 싸늘하게 노려보았다.

물론 이해할 수는 있다. 하지만 무휼이 노비라는 것이 문제였다. 짐승과 같은 부류.

부여해의 눈에 다시 눈물이 핑 돌았다.

"아무튼, 돌아가는 대로 네놈은 죽었어! 대군 오라버니가 네놈을 가만두지 않을 테니까."

　말을 마친 부여해는 다시 서럽게 울기 시작했다. 이제까지 고이고이 간직해 온 청백지신을 하필이면 노비 놈에게 진상하다니? 죽 쒀서 개 준 꼴이 아닌가.

　그러나 얼굴을 가린 채 서럽게 울고 있는 부여해를 쳐다보는 무휼의 얼굴은 여전히 무표정했다. 하지만 그 얼굴 속에 무휼의 계략이 들어 있었다. 그걸 부여해가 모를 뿐이었다.

가노의 정체

　황후는 주위를 두리번거리며 중궁전 뒤뜰로 향했다. 임자가 기다
린다는 말을 태자궁 내관을 통해 들은 후 달려나왔던 것이다.
　임자는 으슥한 곳에 혼자 서 있었다.
　다행히 보는 사람은 아무도 없는 것 같았다.
　황후가 다가가자 임자가 정중하게 인사를 했다.
　"어서 어시오소서."
　"왜 이리 늦었사옵니까?"
　"황후마마! 주위에 지켜보는 눈이 있을지 몰라 조심할 수밖에 없
었사옵니다."
　"주위에 사람이 있을 턱이 있겠습니까? 폐하께서 나를 중궁전 밖
으로 나가지 못하게 가둬놓지 않았습니까."
　"……."
　"그나저나 대군마마한테서는 왜 아무런 기별이 없는 것입니까?"
　황후의 말에 임자의 눈이 커졌다. 마치 처음 듣는 말인 듯했다.
　"무슨 말씀이옵니까? 대군마마께서 기별이라니요?"
　그러자 이번에는 황후의 눈이 휘둥그레졌다. 기껏 말해 놓고 모른
체하다니?
　"대군마마께서 이번 일을 도와주면 황후 자리를 보장해 주신다고

하지 않으셨사옵니까? 그리고 내 친정 식구들을 고관직에 출사시켜 주시겠다고…….”

“허어? 그랬던가요……? 소신은 금시초문이라서.”

“뭐라고요? 좌평께서 직접 내게 한 말이옵니다.”

“황후마마! 소신이 그런 말을 했던가요? 그렇다면 그 소원은 이승이 아닌 저승에서 이뤄질 것이옵니다.”

황후는 기절초풍했다. 임자가 말과 함께 품에서 단도를 꺼내 들었기 때문이었다.

임자는 주저하지 않고 단도를 황후의 복부에 깊숙이 찔러 넣었다.

황후의 입이 벌어졌다. 결국 처음부터 이리 되도록 계획돼 있을 것이었다.

황후는 자신의 배를 찌른 임자의 손을 잡으려 했지만 임자가 손을 놔 버리자 배에 박혀 있는 단도의 손잡이를 대신 잡았다. 하지만 빼내려고 했지만 이미 온몸의 기운이 빠져나간 뒤였다.

임자는 비틀거리는 황후를 넘어뜨렸다.

처참하게 쓰러진 황후는 자신의 배에 박힌 단도의 손잡이를 잡은 채 버둥거렸다.

음침한 죽음이 그녀를 유혹했다.

임자는 광기의 얼굴로 황후를 내려다보았다.

“황후마마! 사냥꾼은 사냥이 끝나면 사냥개까지 잡아먹는다는 것을 아셨어야지요. 허허허.”

황후가 마지막으로 본 것은 자신을 저승으로 보내면서 웃고 있는 임자의 얼굴이었다.

그리고서는 끝내 숨을 거뒀다. 얄팍한 여자의 욕심과 처세가 스스로를 죽음으로 인도한 것이었다.

임자는 황급히 몸을 돌려 현장을 빠져나가기 시작했다.

그리고 임자가 사라진 직후.

때마침 두 명의 상궁이 뒤뜰을 청소하려고 왔다가 죽어 있는 황후를 보고서는 비명을 질러댔다.

"황후마마께서 자진하셨다!"

그럴 만도 했다.

죽어 있는 황후는 자신의 손으로 배를 찌른 그대로의 모습이었다.

그리고 어차피 왕명에 의해 폐비가 됐든 죽음을 맞든 파멸이 준비되어 있질 않았는가? 그렇지 않아도 마음이 떠난 왕이 패륜을 저지른 황후를 그대로 놔둘 리 없기 때문이었다. 황후는 미리 겁을 먹고 스스로 자결한 것이었다. 적어도 모든 정황이 딱 맞아 떨어졌다.

대군은 상좌평 성충의 집에 들어섰다.

궁에 들어가려는 것인지 관포차림의 성충은 굳은 얼굴로 대군을 맞이했다.

"상좌평! 입궐하려는 중이셨소이까?"

"예. 마마! 왕실에 큰일이 난 모양이옵니다."

"큰일이라니요?"

"지금 막 전갈을 받았는데 황후마마께서 자진을 하셨다 하옵니다."

"뭐요? 황후께서 자진을?"

성충의 말에 대군은 짐짓 크게 놀라는 모습을 보였다.

하지만 그가 모르는 것이 어디 있겠는가? 모든 것을 기획하고 연출한 사람이 바로 자신인 것을.

"참으로 불미스러운 일인지라 경황이 없사옵니다."

"끝내 그런 일이 일어나다니……? 태자전하가 태자궁에 연금을 당하고 황후께서도 중궁전에 갇혀 계시다고 들었는데……."

"그렇사옵니다."

"큰일이오이다. 태자전하와 황후가 사통을 하여 그리 된 것 같은데 왕실이 그 모양이니 백성들이 뭐라고 할지……. 허어, 그것 참."

"소신도 몸 둘 바를 모르겠사옵니다."

"상좌평! 대왕폐하의 성정으로 보아 이번 일을 그냥 넘기시지는 않으실 게요."

"소신도 그 점이 걱정이옵니다. 더구나 황후마마께서 자진을 하셨다 하니 폐하께서 여간 충격이 아닐 것이옵니다."

성충의 말에 대군은 생각을 추스른 다음 물끄러미 쳐다보았다.

이제 본론을 꺼내야 한다. 그것 때문에 이 모든 일을 이끌어 오지 않았던가.

"지금 태자와 황후의 사통 사건으로 왕실과 조정이 발칵 뒤집혔을 것인데……? 상좌평께서는 어찌 생각하시오?"

"무슨 말씀이신지?"

"태자전하의 파직에 대해 묻는 것이외다."

"……!"

대군의 말에 성충의 얼굴이 창백해졌다. 물론 생각을 안 해본 것은 아니다.

왕의 여자를 건드린 죄만 해도 사지가 떨어져 나갈 중죄인데 거기다 아버지의 여자를 취한 것은 아무리 태자라 해도 성치 못할 것이었다. 그리고 이미 조정 대신들 사이에서는 그 문제에 관한 논의가 진행 중이었다. 물론 그 중심에는 임자와 충상 그리고 상영이 있었다. 그런데 대군이 그 문제를 직접 꺼내고 있는 것이다. 그것은 태자를 밀어내고 자신이 그 자리에 앉겠다는 분명한 뜻이었다.

대군의 말이 계속됐다.

"상좌평! 나는 지금 왕실의 장자로서 매우 분노하고 있소이다. 어

찌 자식이 어버이의 여자와 사통을 할 수 있단 말이오? 그것은 패륜
이외다. 패륜……! 그렇지 않소이까?"

"참으로 입에 담지 못할 정도로 비감한 일이옵니다."

"분명 태자는 이번 일에 대해 책임을 져야 할 것이오."

"……."

"그 다음에 누군가가 그 자리를 이어 받아야겠지. 태자라는 자리
는 단 한 시도 비워둘 수 없으니 말이외다."

"……."

"상좌평! 나는 권력에 욕심을 둔 사람이 아니외다. 허나…… 일이
이렇게 된 이상 내게 태자의 자리가 넘어온다면 왕실과 나라를 위해
분골쇄신할 생각이오. 허니 나를 도와주시겠소?"

"대군마마! 소신이 무슨 힘이 있겠사옵니까? 소신은 그저 왕명을
따를 뿐이옵니다."

"상좌평!"

"예."

"나는 상좌평의 힘이 필요하오. 그러니 내일 안으로 나를 도울 것
인지 아니면 적이 될 것인지를 결정해 내 사가를 방문해 주시구려.
내일 아침까지 말이외다."

"……!"

대군의 말은 최후통첩이었다. 자신의 사람이 될 것인지 아니면 적
이 되어 칼을 받을 것인지를 결정하라는 통첩. 그는 이미 자신이 태
자가 된 듯 자신감에 차 있었다.

"명심해 둘 것은……. 이 몸은 상좌평께서 반대한다고 해서 물러
나지는 않을 것이오. 약간의 어려움이야 있겠지만 반드시 태자에 오
를 거라는 뜻이외다. 무슨 말인지 아시겠소?"

"알고 있사옵니다."

"참, 이런 일은 군부의 협력도 필요할 터, 모든 장수들을 대신해 장군 계백과 함께 오시는 것이 좋겠소이다."

"……."

"상좌평! 이건 왕실의 장자 신분으로 명령하는 것이외다."

"알겠습니다. 대군마마! 그리 하겠사옵니다."

성충은 직감했다. 태자와 대군의 권력싸움에서 대군이 일방적으로 승리하고 있다는 것을. 그리고 그것이 대군의 무서움이라는 것을.

대군은 이렇게 성충을 향해 최후통첩을 한 다음 집으로 돌아왔다.

그는 자신만만했다.

이제 스스로 찾아들 권력만 손에 쥐면 끝이었다.

마당에는 군부인이 기다리고 있었다.

그녀 역시 태자가 황후와의 사통 사건으로 위기에 몰려 자신의 남편이 다음 태자에 오르리라는 기대에 가득 차 있었다.

대군은 군부인을 향해 고개를 끄덕였다.

모든 것이 순조롭다는 의미였을까?

그때였다.

잔뜩 골이 난 얼굴로 부여해가 대문 안으로 들어서고 있었다.

그 뒤를 따라 들어온 사람은 무휼이었다.

부여해는 대군을 보자 복받치는 설움을 견디기 힘들었는지 대군의 가슴에 얼굴을 묻고 흐느꼈다.

군부인이 놀란 얼굴로 물었다.

"공주 아가씨! 무슨 일이옵니까?"

군부인의 물음에 부여해는 대답도 하지 않고 대군의 품에서 도리질을 해댔다.

대군의 얼굴이 굳어졌다. 어지간해서는 눈물을 보일 부여해가 아니었다. 대군의 차가운 얼굴이 무휼을 향했다.

"공주에게 무슨 일이 있느냐?"

"소인은 모르는 일이옵니다."

무휼은 간단없이 대답했다. 그러자 울고 있던 부여해가 잡아먹을 듯 무휼을 노려보았다.

대군이 물었다.

"해아야! 말해 보거라. 무슨 일이냐?"

부여해는 눈물이 그렁한 얼굴로 무휼을 가리켰다.

"큰오라버니! 저 종놈이……."

"무휼이가 왜……? 또 너를 능멸했느냐?"

"……."

"말해 보거라. 그게 사실이라면 이번만큼은 저놈을 용서치 않으마."

부여해는 대답하지 않고 무휼을 노려보기만 했다.

얼른 입이 떨어지지 않는 모양이었다. 그러다가 그녀는 한숨과 함께 고개를 흔들었다.

"아니에요……. 아무 일도 아니에요."

"……!"

대군은 부여해와 무휼을 번갈아 쳐다보았다.

분명 무슨 일이 있는 것은 분명한데 대답을 안 하니 내막을 알 수 없다.

부여해는 몸을 돌려 내당 쪽을 향해 걸어갔다.

군부인이 뒤를 따르며 다시 물었다.

"공주 아가씨! 정말 무슨 일이 있는 거 아니에요……? 공주 아가씨!"

이어 두 여자가 내당으로 사라지자 대군은 물끄러미 무휼을 쳐다보았다.

무슨 생각을 하는 것일까?

번득이는 눈이었다.

무휼은 그런 대군을 향해 공손하게 절을 한 다음 몸을 돌렸다.

그는 대군과는 달리 무표정했다.

그날 밤.

늦은 시간인데도 대군의 사랑채 방에는 불이 켜져 있었다.

딱! 딱!

야간 순찰을 도는 순라꾼들이 목봉으로 삼경을 알리는 소리가 들려왔다.

대군은 그 소리에 맞춰 모래시계를 엎어 놓았다.

한 시진이 지나면 모래시계를 다시 엎어놓아야 할 것이었다.

그 시간 안에 자신의 계획이 성공해야 했다.

그때.

대군의 저택 담장을 뛰어넘는 일단의 무리들이 있었다.

모두 10명으로 장검을 든 채 검은 복면을 하고 있었지만 그 중 책임자인 듯한 사내는 흰 복면을 하고 있었다.

그 차림새가 어디선가 본 듯했다.

침입자들은 주저 없이 마당을 가로질러 노비들이 살고 있는 뒤채를 향해 내달렸다.

거리낌이 없는 것으로 보아 집안 구조를 잘 알고 있는 듯했다.

침입자들이 향한 곳은 불이 꺼진 무휼의 방이었다.

그들은 일제히 무휼의 방문을 향해 장검 끝을 겨누었다.

무휼은 잠들어 있었다. 그러나 그의 오감은 남달랐다. 남이 느끼지 못하는 감각을 그는 지니고 있었다. 눈을 뜬다. 그리고 본능적으로 상체를 일으킨 다음 이불 밑에 넣어놨던 대검을 손에 쥐었다.

이런 경우 수비보다는 공격이 우선이다. 그래야 암살자들이 당황하게 되고 그 틈을 노려야 했다.

무휼은 대검을 입에 물었다.

이어 그는 주저 없이 문을 박차고 밖으로 뛰쳐나갔다.

그 바람에 무휼의 방으로 뛰어들려던 침입자들이 깜짝 놀라며 일순 당황하는 모습을 보였다.

하지만 잘 훈련된 자객들답게 이내 진정을 되찾고 무휼을 에워쌌다.

흰 복면의 사내가 공격하라는 신호를 내렸다.

그러자 사내들이 일시에 검을 휘두르며 무휼을 향해 달려들었다.

무휼은 사내들의 암수를 절묘하게 피하면서 주먹과 발길질만으로 하나둘씩 사내들을 쓰러뜨리기 시작했다.

참으로 믿기 힘들 정도로 절제된 솜씨였다.

무휼의 엄청난 무술 실력에 놀라 몸을 떨고 있는 흰 복면을 보아도 알 수 있는 일이었다.

사내들은 평생을 검 하나를 닦고 살아온 자객들일 터였지만 무휼의 실력은 그들을 압도했다.

그리고 짧은 얼마의 시간이 흐르자 검은 복면의 자객들이 모두 나뒹굴고 있었다.

그때까지도 무휼은 입에 물고 있는 대검을 사용조차 하지 않았다.

이제 흰 복면만 남았다.

그는 일이 간단치 않다는 것을 깨달았는지 복면을 벗어 버렸다.

아무래도 결투를 하려면 복면은 거추장스러울 것이었다.

사내는 대군의 지시를 받은 자객단 두령 만서였다.

만서는 무휼을 향해 검을 겨누었다.

무휼은 씩 이빨을 보였다.

"살고 싶다면 배후를 밝히고 도망쳐라. 쫓지 않겠다."

"……."

"선택은 네놈의 자유다."

무휼의 말에 만서는 입술을 깨물었다. 도망친다 한들 어찌 살겠는가? 잘못하면 처자식들까지 죽을 판인데. 하지만 만서는 자신이 무휼의 상대가 아니라는 것을 느끼고 있었다.

기습이었다면 모를까.

이때 무휼에 의에 쓰러졌던 자객들이 하나둘씩 비틀거리며 일어서기 시작했다.

무휼이 손속에 사정을 둔 때문이었다.

만서는 입술을 깨물며 광기를 보인 다음 비틀거리는 부하들을 향해 느닷없이 검을 휘두르기 시작했다.

부하들이 만서의 검을 맞고 영문도 모른 채 일시에 죽어갔다.

마지막 남은 부하마저 베고 난 후 만서는 다시 무휼을 향해 검을 겨누었다.

"알 만하군. 스스로 부하들을 죽여 입을 막겠다니?"

"죽어라!"

만서가 검을 휘두르며 달려들었다. 하지만 예상대로 그가 무휼의 상대가 되기에는 너무나 나약했다. 아니, 무휼은 너무나 강했다.

신기의 솜씨로 만서의 연이은 공격을 피한 무휼은 수도(手刀) 끝을 만서의 목젖에 강하게 쑤셔 넣었다.

엄청난 고통에 만서의 입이 쩌억 벌어졌다.

무휼은 거침없이 만서를 향해 다가갔다.

하지만 그 순간. 만서는 장검을 거꾸로 쥐더니 자신의 복부를 그대로 강하게 찔렀다. 그러자 만서의 복부를 지난 검 끝이 등을 뚫고나왔다. 관통이었다.

만서는 통나무처럼 그대로 쓰러졌다.

그런 만서를 물끄러미 내려다보던 무휼은 이내 무슨 생각이 들었는지 갑자기 눈이 커지면서 사랑채 쪽을 향해 내달리기 시작했다.

바로 그 시간.

대군은 땀을 흘리며 크게 굳어 있었다.

이미 모래시계는 멈춰 있었다.

한 시진이 지났다는 뜻이었다.

'만약 실패했다면……? 놈은 주인인 내게도 칼을 들이댈 것이다. 스스로 죽겠다고 작정하지 않은 이상 놈은 자신을 노리는 자들을 절대로 살려두지 않을 테니까. 그게 놈의 본질이지.'

대군은 입술을 깨문 다음 한숨과 함께 단도를 꺼내 들었다.

그리고서는 자신의 어깨를 깊숙이 푹 찔렀다.

피가 튀었다.

간단치 않은 상처였지만 치명적인 것은 아닌 듯했다. 그리고 무휼이 마당을 가로질러 사랑채 대군의 방문을 열었을 때 대군은 어깨의 상처를 부여잡은 채 고통스럽게 헉헉대고 있었다.

"주인님! 괜찮으시옵니까?"

무휼이 대군의 두루마기를 찢으며 급하게 물었다.

대군의 얼굴은 심하게 일그러져 있었다.

"자객이 든 것 같다."

"……!"

"하지만 치명적인 것은 아닌 것 같으니 소란 피우지 마라."

"……."

"이 나라 왕실의 장자를 노리는 자들이 어디 한둘이겠느냐?"

무휼은 대군의 두루마기를 찢어 상처를 감싸기 시작했다.

꽤 깊숙이 찔렸지만 다행히 뼈에는 이상이 없는 것 같았다.

"너는 어인 일이냐? 이 밤중에 내가 이런 일을 당한 줄 알고 달려오다니?"

"소인도 급습을 당했사옵니다."

"뭐라? 네놈도?"

대군의 눈이 커졌다. 정말 대단한 연기였다.

"그렇사옵니다. 하지만 다행히 놈들을 물리칠 수 있었사옵니다."

대군의 얼굴이 순간적으로 크게 굳어졌다. 다만 무휼은 대군의 상처를 싸매느라 볼 수 없을 뿐이었다.

"누가 너를 노린단 말이냐……? 누가?"

"모르겠사옵니다. 놈들이 소인을 노리다가 스스로 자결하는 바람에 알아내지 못했사옵니다."

대군의 얼굴에 다시 안도의 빛이 떠올랐다. 참으로 다행이었다.

"아무튼 주인님께서 큰 상처를 입지 않아 마음이 놓입니다."

"나야 그렇지만 네가 다치지 않아서 다행이구나."

"……."

"네놈은 나를 위해 큰일을 했는데 자객들의 손에 죽음을 당했다면 내 마음이 어떻겠느냐? 나쁜 놈들 같으니라고."

"주인님! 심려 마시오소서."

"……."

"소인은 쉽게 죽지 않사옵니다."

"……!"

"소인이 원하지 않는 이상 어느 누구도 소인을 마음대로 죽이지 못하옵니다. 아마도 소인을 죽이려고 했던 자들은 그것을 몰랐을 것이옵니다."

듣기에 따라서는 미묘한 뜻이 내포되어 있는 것 같았다.

대군은 가슴이 철렁 내려앉는 충격을 느꼈다. 무휼의 말이 꼭 자신을 향한 것 같았기 때문이었다. 하지만 내색할 수도 없는 일이었다.

"어쨌든 우리 둘 다 무사하니 다행이로구나. 그리고 가솔들이 보기 전에 침입자들의 시체는 묻어버리도록 해라."

"알겠사옵니다. 그리고 사람들을 불러 주인님의 사랑채를 지키도록 하겠사옵니다."

"그럴 거 없다. 이런 사소한 일로 불안을 끼칠 필요는 없느니……. 별일 없을 테니 너도 그만 돌아가도록 해라."

"예."

사랑채를 나오는 무휼의 눈이 번득인다.

이미 모든 것을 알아차린 눈빛.

그것이었다. 그리고 그런 무휼의 뒷모습을 쳐다보는 대군의 얼굴이 심하게 씰룩였다. 여전히 음산한 얼굴이었다.

다음날 아침.

대군의 저택 주변에는 장검을 찬 가병들이 철통같이 지키고 있었다. 간밤에 대군을 노린 자객이 들었다는 소식에 군부인이 내린 조치였다.

성충과 계백은 대문 앞에서, 말에서 내리며 주변을 둘러보았다. 평소와는 다른 긴장감이 느껴지기 때문이었다.

집사가 기다렸다는 듯 인사를 했다.

"어서 오시오소서! 대군마마께서 기다리고 계시옵니다."

"대군마마 댁에 무슨 일이 일어난 것인가?"

성충이 물었다.

집사는 고개를 주억거렸다.

"실은 간밤에 자객이 들었사옵니다."

“뭐시라? 자객?”

“예. 자객들이 대군마마를 노렸사온데 다행히 어깨만 살짝 다치셨
사옵니다.”

“저런! 아무튼 대군마마의 상태가 중하지는 않단 말이지?”

“원체 강건한 분이신지라 상처를 이기고 조반까지 너끈하게 드셨
사옵니다.”

이때 심각한 얼굴로 생각에 잠겨 있던 계백이 물었다.

“이 댁의 가노 무휼이는……? 무휼이는 어떤가?”

“모르겠사옵니다. 분명 무슨 일이 있는 것 같은데 놈은 아무런 말
을 하지 않사옵니다.”

“…….”

계백의 얼굴이 굳어졌다. 그는 마치 무엇인가를 알고 있는 듯했다.
그리고 두 사람이 집사의 안내를 받아 대군의 사랑채에 들었을 때 대
군은 아무 일 없었다는 듯 환한 얼굴로 두 사람을 맞이했다.

어깨 부분이 천으로 감싸져 있는 것으로 보아 자객에게 어깨를 내
준 모양이었다.

성충이 걱정스러운 얼굴로 입을 열었다.

“대군마마! 오다가 들으니 자객이 들었다는데 참으로 큰일 날 뻔
했사옵니다.”

“신경 쓸 것 없소이다. 왕실을 적으로 생각하는 자들이 널려 있지
않소이까……? 또한 아무것도 모르고 달려든 좀도둑의 소행일 수도
있고.”

“그렇지만 참으로 무엄한 자들이 아니옵니까? 감히 이 나라의 태
자가 되실 분을 암살하려 하다니요?”

“별일 아니니 호들갑 떨 것 없소이다. 살다 보면 별일이 다 있는 법
이니.”

"그래도 대군마마께서 피습을 당하신 것이라면 이게 어디 보통 일이옵니까?"

"괜찮다니까요. 그러니 괘념치 마시오. 그런데…… 상좌평! 지금 나를 태자라고 했소이까?"

"그렇사옵니다. 어차피 대왕폐하께서도 그리 생각하시는 것 같고 조정의 여러 신료들도 그리 한 것 같으니 어찌 변동이 있을 수 있겠사옵니까."

"일이 그렇게 진전되고 있다면 나한테는 반가운 일이나……. 이 사람은 상좌평과 계백 장군의 심중을 알고 싶소이다."

"……."

"……."

"나를 도와주시겠다는 것이오?"

성충은 잠시 생각하다가 고개를 끄덕였다.

"대군마마! 모든 것은 순리에 따르는 것이옵니다. 내막이야 어찌 됐든 지금의 태자전하는 씻을 수 없는 죄를 지어 그 직위가 박탈될 것이옵니다."

"왕실의 장자로서 나 역시 참으로 부끄럽게 생각하고 있소."

"대군마마! 소신은 유달리 피를 싫어하는 겁쟁이이기도 하옵니다."

"무슨 뜻이오?"

"대군마마의 길을 막을 생각은 추호도 없다는 뜻이옵니다. 하오니 부디 태자에 오르시거든 항상 백성을 먼저 생각하는 성군이 되어주시오소서."

"물론이오. 상좌평! 백성이 곧 나라의 근간이 아니겠소이까."

"소신은 그저 대군마마의 큰 뜻을 도울 것이옵니다."

"고맙소이다. 상좌평! 허허허."

대군은 환하게 너털웃음을 터뜨렸다. 하지만 그는 속으로는 꺼림칙한 기분을 떨치지 못하고 있었다. 성충이 의외로 너무 순순했기 때문이었다.

대군의 눈이 계백을 향했다.

"장군! 장군도 나를 도와주시겠소? 군부의 신망이 두터운 장군이 나를 돕는다면 지금의 혼란을 단시간에 안정시킬 수 있을 텐데."

"대군마마! 소장 역시 상좌평과 뜻이 같사옵니다."

"고맙소. 장군!"

"하오나 한 가지 청이 있사옵니다."

"말해 보시오. 내 가능하다면 뭐든지 들어주겠소."

"대군마마! 마마의 가노 무휼이를 소장이 부릴 수 있도록 해주시오소서!"

계백의 말에 대군의 눈이 휘둥그레졌다. 너무나 뜻밖의 말이기 때문이었다. 도대체 무슨 심중이라는 말인가?

계백의 말이 이어졌다.

"놈을 오직 나라를 위하는 일에만 사용할 것임을 맹세하겠사옵니다."

"노비 무휼이라……? 국법에 따르면 적국의 포로출신 노비는 사사로이 남에게 내줄 수 없도록 되어 있소."

"알고 있사옵니다. 하여, 놈을 대군마마의 사가에 머물도록 하되 필요한 일에만 놈을 빌릴 수 있도록 허락하여 주시오소서. 그리만 해주신다면 소장과 소장을 따르는 여러 장수들은 대군마마를 크게 지지할 것이옵니다."

대군은 난감했다.

성충과 계백의 지지는 매우 중요했다. 사실 이 두 사람이 자신이 태자가 되는 것을 극구 반대한다면 난망한 일이지 않은가. 특히 이런 경우에 군부의 지지를 받는 것은 고금을 통틀어 가장 선결되어야 하는 문제였다. 그래서 반란으로 권좌에 앉는 절대자는 반드시 군부의 힘을 업고서야 그 일을 할 수 있는 것이었다.

이때 대군이 갈등하고 있다는 것을 알아차린 성충이 끼어들었다.

"대군마마! 그리 하시지요. 시국이 어수선할수록 군부의 힘을 얻는 것이 무엇보다 중요한 법이옵니다. 고금을 통해 보면 군부의 힘을 경원시 하는 군주는 모두 실패했사옵니다."

"……."

"그리고 지금은 비록 곤경에 빠졌지만 이 나라 군권은 아직 태자 전하가 온통 쥐고 있사옵니다. 그 점을 유념하셔야 할 것이옵니다."

"상좌평! 지금 나를 협박하는 것이오?"

대군이 성충을 노려보았다.

그리고 그것은 사실 협박에 가까운 말이기도 했다.

여차하면 현 태자의 폐위를 막을 수도 있다는.

태자가 일순 화를 냈지만 성충은 녹록한 사람이 아니었다.

"대군마마! 일종의 거래라고 생각하시오소서."

"거래라……? 거래."

대군은 눈을 가늘게 뜬 채 계백을 힐끔거렸다.

"장군! 놈의 무엇을 필요로 하는 것이오? 일개 노비 놈이 장군에게 그리 대단한 존재라는 말이오?"

"대군마마! 소장이 필요로 하는 것은 놈의 입이 아니라 몸이옵니다. 하오니 믿고 헤아려 주시오소서."

"……!"

계백의 말에 대군의 얼굴이 크게 굳어지며 흙빛으로 변했다.

그것은 계백이 이미 모든 것을 알고 있다는 뜻이기 때문이었다.

"내 가노 무휼이의 입이 아니라 몸이라……? 몸."

계백과 성충은 대군을 물끄러미 쳐다보았다.

이미 두 사람은 무휼을 빼내기 위한 작전에 돌입했고 먹음직스러운 미끼를 던져 대군을 유혹하는 중이었다. 그리고 권좌에 앉고 싶어하는 대군은 틀림없이 그 미끼를 물 것이라고 확신하고 있었다.

아니나 다를까?

"상좌평! 상좌평이 지휘하는 모든 신료들도 나를 따를 수 있게 해 주시겠소?"

"물론이옵니다, 대군마마."

"허허, 그것 참. 일개 노비 놈을 두고 조정의 거목들과 거래를 하게 될 줄이야."

"송구하옵니다. 대군마마!"

대군은 잠시 입맛을 다시다가 어쩔 수 없다는 듯 고개를 끄덕였다.

거절하기에는 두 사람이 내민 미끼가 너무 먹음직스러웠던 것이다.

"좋소이다! 나 외에 그놈의 재능을 헤아리는 두 분이라면…… 놈의 몸을 두 분이 마음대로 사용해도 좋소."

"황감하옵니다, 대군마마!"

"단 놈의 입을 열려고 하다가는 두 분은 내 손에 살아남지 못할 것이오. 아시겠소?"

"……."

"어차피 두 분은 모든 것을 알고 있지 않소이까? 모든 것을 말이오……. 내 짐작이 틀린 거요?"

"대군마마! 소신은 기억력이 그리 좋지 않사옵니다. 늙으면 모든 것을 쉬이 망각하게 되는 법이지요."

계백이 연이어 대답했다.

"소장 역시 그렇사옵니다. 군인은 전투 이외에는 다른 것을 알아서도 안 되고 알 필요도 없는 것 아니겠사옵니까."

대군은 흡족한 듯 고개를 끄덕였다. 미끼를 문 것이다. 그만큼 권력을 취하고 싶은 의지가 강했다. 하지만 그는 이 뜻하지 않은 결정으로 자신이 결국 지독한 절망과 두려움을 끝없이 겪게 될 것이라는 사실을 꿈에도 모르고 있었다.

사람을 이용하고 버리는 자는 천하를 얻을 자격도 없다는 사실 역시.

무휼은 대문 앞에서 성충과 계백이 타고 온 말고삐를 쥐고 서 있었다.

곧이어 대문을 나온 두 사람이 말에 올랐다.

이어 두 사람은 한참 동안 무휼을 물끄러미 내려다보았다.

저 한 놈을 얻기 위해 그들 두 사람은 악(惡)을 모른 척한 것이다.

계백은 무휼을 향해 입을 열었다.

"무휼아! 오늘 밤에 내 집으로 오너라."

"……."

"대군마마께 말씀드리지 않아도 된다. 이미 약조된 것이니라."

"알겠사옵니다."

두 사람은 무휼의 인사를 받으며 대문 앞을 떠나기 시작했다.

무휼은 망부석처럼 서서 두 사람의 뒷모습을 응시하고 있었다.

자신의 운명이 자의가 아닌 타의에 의해 바뀌고 있다는 것을 감지한 것일까?

지그시 입술을 깨무는 모습에서 그것을 느낄 수 있었다.

성충은 마상에서 멀리 보이는 무휼을 쳐다보았다.

표정이 그리 밝지 않은 것으로 보아 대군과 손을 잡게 된 것이 마음에 걸리는 모양이었다.

"장군! 우리가 대군의 음모를 묵인하면서까지 데려와야 하는 사내가 저놈이오?”

“그렇사옵니다.”

“노비라……? 이 성충이 노비 한 놈을 빼내오기 위해 불의를 모른 척할 뿐 아니라 오히려 손을 내밀다니……? 허허허. 재미있구려.”

“송구하옵니다만……. 저놈은 충분히 그럴 만한 가치가 있는 놈이옵니다. 소장을 믿어 주시오소서. 모두가 이 나라를 위해섭니다.”

“…….”

“상좌평! 저 아이를 대군이 계속 부리는 한 이 나라에서는 피가 끊이질 않을 것이옵니다. 하여, 차라리 놈을 대군의 손에서 빼내 필요한 곳에 쓰려는 것입니다.”

“알겠소. 장군이 오죽 했으면 그랬겠소? 괘념치 마시구려.”

성충은 계백을 믿고 있었다.

이 나라에 이보다 더 나라를 사랑하는 장수가 어디 있겠는가? 그렇기에 앞으로는 무휼도 믿을 것이었다. 계백이 선택한 종놈이기에.

무휼은 두 사람이 시야에서 사라지자 몸을 돌려 대문 안으로 들어갔다.

마당에는 대군이 여러 가지 복잡한 표정으로 서 있었다.

무휼은 대군을 향해 허리를 숙였다.

대군은 한숨을 내쉬며 입을 열었다.

“나는 곧 궁으로 들어가게 될 것이다.”

“경하드리옵니다. 주인님!”

“이 집은 부여해 공주가 거처하게 될 것이야. 그 아이는 궁이 싫다는구나. 네놈은 내 대신 공주를 보살피면서…… 네 개인적인 일을 마음대로 해도 좋다.”

“……!”

“계백이 네놈을 부리게 될 것이야. 내가 그것을 허락했다.”

“…….”

“하지만 네놈은 여전히 내 노비다. 네놈을 하시라도 잊지 않겠다는 뜻이다. 내 말이 무슨 뜻인지 알겠느냐?”

“예, 주인님!”

“명심해라. 내가 이 나라의 태자가 된다는 것을!”

“알겠사옵니다.”

“물론 네놈의 입이 무겁다는 것은 잘 안다. 허나”

“…….”

“배신을 생각하면 머리보다 입이 먼저 열리는 법.”

“소인은 아무것도 아는 것이 없사옵니다.”

“그래야지. 아는 것이 있다면 머리가 사지에서 떨어져 나갈 테니! 하찮은 노비 한 놈의 목이 떨어졌다고 해서 안타까워할 사람은 아무도 없을 게야.”

“…….”

“그것이 네놈이 처한 현실이니라. 그걸 잊지 말아라.”

말을 마친 대군은 몸을 돌려 사랑채로 향했다.

또다시 그런 대군을 향해 무휼은 허리를 굽혔다. 하지만 무휼의 얼굴에는 그 자신만이 알 수 있는 비릿한 미소가 살짝 떠올랐다. 그가 보기에 대군은 지금 세상에서 가장 어리석은 사람이 되어가는 중이었다.

그때 집사가 종종걸음으로 달려와 부여해가 급히 찾는다는 전갈을 했다.

이어 얼른 가보라면서 집사가 무휼의 등을 떠밀었다.

집사의 허둥대는 모습으로 보아 벌써 부여해가 새로운 주인이 될 거라는 소문이 집안 전체에 알려진 모양이었다.

부여해는 사랑채와 내당 사이에 있는 정자에 서 있었다.

　무휼이 다가가자 그녀는 두 손을 허리춤에 대며 차갑게 쏘아보기 시작했다.
　"야! 이 종놈아!"
　"말씀하시오소서."
　"너? 내가 이 집안의 새 주인이 된다는 것 알지?"
　"……."
　"알아? 몰라?"
　"압니다. 하오면 소인에게 시키실 일이라도 있사옵니까?"
　무휼의 말에 부여해는 순간적으로 당황하는 빛을 띠었다.
　딱히 시킬 일이 뭐 있을까? 우선 불러놓고 본 것인데.
　"뭐……. 그런 것은…… 없다. 왜?"
　"하오면 소인은 가보겠사옵니다. 해야 할 일이 많사옵니다."
　무휼은 몸을 돌렸다.
　"잠깐!"
　무휼이 다시 부여해를 쳐다보았다.
　"너? 그때……! 내가 큰 맘 먹고 봐준 거야. 그거 몰라?"
　"……."
　"내가 큰오라버니한테 사실대로 말했으면 네놈은 살아남지 못했단 말이야."
　"소인은 무슨 말인지 모르겠사옵니다."
　무휼의 말에 부여해의 눈 꼬리가 찢어졌다. 고맙다고 감지덕지해도 모자랄 판에 무휼의 태도가 너무나 태연하고 당당했기 때문이었다.
　"뭐야……? 모른다구?"
　"아무런 잘못이 없는데 소인이 왜 죽는단 말이옵니까?"
　"……!"

"소인은 공주님을 살린 것뿐입니다. 아니옵니까?"

"그거야…… 야! 누가 너한테 살려 달라고 했어? 네깐 종놈한테!"

"다음에 그런 일이 있으면 그냥 죽도록 놔두겠사옵니다."

"……!"

무휼은 간단없이 몸을 돌려 뒤채를 향해 걸어가기 시작했다.

부여해는 그런 무휼을 보며 화가 머리 꼭대기까지 솟았는지 눈물까지 글썽였다. 이윽고 무휼의 모습이 보이지 않게 되자 혼자서 길길이 날뛰기 시작했다.

"나쁜 자식! 종놈이라 그런지 예의라고는 눈꼽만큼도 없어. 지놈 주제에 언제 나 같은 신분의, 어여쁜 여자의 손이라도 잡아볼 수 있겠어? 그런데…… 허락도 없이 내 입술을 훔쳤으니 고맙다고 엎드려 절해도 모자랄 판에 잘못이 없다고?"

이어 분을 삭이지 못한 부여해는 정자 기둥을 이마로 들이받았다.

쿵!

상당히 큰소리가 났다.

"에라이! 이 개망나니 같은 자식!"

이렇듯 날뛰며 무휼이 사라진 곳을 노려보던 부여해는 기둥을 들이받은 이마에 통증이 몰려오자 머리를 감싸며 울음을 터뜨렸다.

"아이고, 아파라……! 으앙!"

부여해의 수난이었다.

사비성 왕궁 대전에는 달솔 이상의 문무신료들이 굳은 얼굴로 서 있었다.

의자왕은 이마에 손을 댄 채 연신 한숨을 내쉬었다.

사통을 한 태자의 문제를 처리하기 위한 회합이었다.

의자왕은 힘없이 입을 열었다.

"모든 것이 짐의 부덕에서 비롯된 것이오. 짐이 덕이 없기에 오늘날의 이런 치욕스러운 일이 벌어진 것이외다."

"아니옵니다. 대왕폐하! 고정하시오소서!"

문무신료들이 이구동성으로 허리를 조아렸다.

이어 임자가 먼저 앞으로 나섰다.

"폐하! 세상을 살다 보면 별의별 일을 다 겪게 되는 법이옵니다! 황송하오나 왕실 역시 따지고 보면 다를 게 없다고 사료되옵니다! 하오니 부끄러운 일은 재빨리 치유하고 모든 것을 새롭게 시작해야 할 것이옵니다!"

"새롭게 시작하자?"

"그렇사옵니다! 이런 불미스러운 일은 오래 끌 일이 아니옵니다! 더구나 후회막급인 황후가 스스로 자진을 했사오니 이제 태자전하에 대한 일만 마무리 짓고 다시 시작해야 할 것이옵니다!"

"태자에 대한 일을 마무리 짓는다……? 어떻게 하자는 말이오?"

"……."

"의견이 있으면 말해 보시오."

이때 충상이 나섰다.

그들끼리는 이미 결론이 나 있는 모양이었다.

"대왕폐하! 신, 좌평 충상 아뢰옵니다!"

"말해 보시오."

"폐하! 자고로 만고에 으뜸은 효라고 했사옵니다! 효가 없으면 충도 없으며 인치도 펼치지 못하옵니다! 하온데 태자전하께서는 감히 어미격인 황후와 사통을 하였으니 이는 불효 중의 불효라고 할 수 있을 것이옵니다!"

"……."

"이미 이 사실은 조정은 물론 온 백성들이 다 아는 바! 불효자 태자

를 참수하시고 새로운 태자전하를 책봉하여 왕실의 기강을 새롭게
하셔야 할 것이옵니다!"

충상의 말에 왕은 물론 여타의 신료들이 크게 굳어졌다. 태자를 참
수하라니? 물론 지은 죄를 보면 능지처참을 해도 모자랄 중죄이긴
했다. 하지만 다른 사람도 아닌 왕의 아들이 아닌가.

왕의 얼굴이 심하게 일그러졌다. 비록 태자와 뜻이 맞지 않아 많은
부분에서 부딪치기는 했어도 그는 자식이었다.

"짐 역시 경들의 뜻을 모르는 바 아니오! 그리고 국법에 따라 태자
를 참하여야 마땅하나 짐도 사람인지라 차마 자식을 죽일 수는 없소
이다! 하여, 태자의 직위를 파하고 유배를 보내는 것으로 모든 것을
끝낼 생각이오. 애비 된 짐의 이런 마음을 경들이 헤아려 주기 바라
오!"

"황송하옵니다! 폐하!"

신료들은 왕의 말을 수긍했다. 사실 법이 그런 것이지 태자를 참수
하는 것은 모두에게 그리 유쾌한 일이 아니었던 것이다.

"그렇다면 새로운 태자에는 누가 좋겠소이까?"

왕의 말에 임자가 다시 나섰다.

"폐하! 소신의 생각으로는 사가에 계시는 부여효 대군마마께서 새
로운 태자에 오르셔야 할 줄 아옵니다!"

"대군이 말이오?"

"그렇사옵니다! 대군마마는 왕실의 장자인데다가 그 출중함이 타
의 추종을 불허하옵니다. 하오니 마땅히 대군마마께서 새로운 태자
에 오르시는 것이 합당한 줄로 아옵니다!"

"대군이라……? 대군이 새로운 태자라……?"

웬일인지 왕은 말꼬리를 흐렸다.

이 일이 있기 전에는 대군을 태자에 앉히지 못한 것을 크게 후회하

지 않았던가.

의자왕의 눈이 성충을 향했다.

"상좌평! 좌평의 으뜸인 상좌평도 같은 생각이시오?"

"대왕폐하! 소신이 어찌 다른 생각을 하겠사옵니까? 당연히 대군 마마께서 새로운 태자에 오르시는 것이 마땅하다고 보옵니다."

성충의 말에 임자 일당의 얼굴에 득의의 미소가 떠올랐다. 이미 대군을 통해 성충과 계백이 협력하기로 했다는 것을 알고 있었던 것이다.

왕은 성충까지 거들고 나서자 할 수 없다는 듯 고개를 끄덕였다.

"좋소이다! 경들의 뜻이 그러하다면……! 짐은 왕실의 질서와 체통을 문란케 한 부여융을 평민으로 강등시켜 유배를 보낼 것이며 새로운 태자에 왕실의 장자인 부여효 대군을 책봉하노라! 여러 신료들과 백성들은 짐의 이 같은 뜻을 헤아려 왕실과 나라에 충성을 다하도록 하라!"

"대왕폐하! 신명을 다해 폐하의 뜻을 받들겠사옵니다!"

모든 신료들이 허리를 조아렸다.

이렇게 해서 태자와 대군의 피를 말리는 권력싸움은 대군의 승리로 막을 내렸다.

참으로 집요하게 물고 늘어진 대군다운 승리였다.

하지만 사람들은 모른다. 그 권력 싸움의 한복판에서 칼을 휘두른 자가 있다는 것을. 그는 신분이 천한 젊은 노비라는 것을.

무휼은 결국 자신의 주인을 권력의 추에 올려놓았다.

사실 모든 것은 그의 공이라고 할 것이었다.

임자의 집에서는 자축연이 벌어지고 있었다.

역시 참석자는 충상과 상영이었다.

그리고 또 한 사람의 참석자는 임자의 가노 조미압이었다.

조미압은 40대 중반의 나이에 가노에 어울리지 않게 도포를 입었으며 생김새가 아주 날카로웠다.

그는 신라에서 사로잡혀 온 적국포로였다.

충상은 자신들이 있는 자리에 일개 가노가 버젓이 앉아 있는 것이 기분 나빴던지 인상을 찌푸렸다.

"네놈은 이 댁의 가노 조미압이 아니냐?"

"그렇사옵니다."

"가노 놈이 감히 좌평과 달솔의 술자리에 들어오다니? 무례한 놈 같으니라고."

"송구하옵니다."

이때 주인인 임자가 손사래를 쳤다.

"두 분! 내가 불러들인 것이니 노여움을 푸시구려. 조미압은 비록 가노이기는 하나 얼마 전에 내가 집사로 봉했소이다."

임자의 말에 충상과 상영의 눈이 휘둥그레졌다.

노비를 집사로 봉하다니?

상영이 말도 안 된다는 듯 큰 눈으로 말했다.

"아니? 좌평? 비천한 가노에게 집안 살림을 맡겼단 말입니까?"

"그렇소이다. 조미압이 비록 가노이기는 하나 신라 부산현의 현령을 지냈던 놈이외다. 지난 전쟁 때 포로로 잡혀 내 집안의 가노가 됐지만 워낙 이재에 밝고 머리가 좋아 집안 살림을 맡긴 것이외다."

"그래도 그렇지? 어찌 가노에게 집사라는 중책을 맡긴단 말이옵니까? 더구나 신라의 지방 관리를 지낸 놈이 아니옵니까?"

"다 내게 생각이 있어서 그리 한 것이외다. 가노만 아니라면 내 책사로 쓰고 싶을 정도로 비상한 놈이라서 그런 것이니 그리들 알고 계시구려. 허허허."

그러나 충상과 상영은 여전히 못마땅한 것인지 눈살을 찌푸렸다. 그들로서는 가노를, 거기다 신라출신의 적국 포로를 집사로 봉한 것이 여간 불쾌한 모양이었다.

하지만 조미압은 자신들이 부리는 노비가 아닌지라 더 이상 문제 삼을 필요가 없는 일이었다.

충상은 술잔을 입에 대며 본론을 꺼냈다.

"그나저나 우리가 대군마마를 태자에 올려놓았으니 이제 우리 세상이 아니겠소이까?"

그러자 상영이 흡족한 얼굴로 거들었다.

"그렇다마다요. 우리가 아니었으면 대군께서 어찌 태자 자리를 꿈이나 꿀 수 있었겠사옵니까?"

그런데 임자는 두 사람에 비해서는 그리 썩 좋아하는 표정이 아니었다.

"글쎄올시다. 사실 다루기에는 부여융이 훨씬 쉽지 않았소? 대군의 야망이 워낙 지대하고 성정이 무서운지라 함께 손을 잡긴 했지만 따지고 보면 그 사람이 그 사람이지요. 우리야 누구한테 충성을 한들 뭐가 달라지겠소이까."

"그렇기야 하지만 어쨌든 우리 손으로 대군을 태자로 만들었으니 누가 우리를 두려워하지 않겠습니까. 태자가 우리 사람이니 말입니다. 이제 상좌평 일파도 우릴 경원하지 못할 것이외다. 허허허."

임자는 천천히 고개를 끄덕였다.

어쨌든 대군을 태자로 만든 자신들은 일등공신이었다.

"아무튼 모든 일이 우리 뜻대로 이뤄졌으니 태자 책봉이 끝나고 나면 거기에 대한 논공행상이 뒤따르지 않겠소? 대군께서 책봉이 끝난 후에 어찌 나오는지는 두고 보도록 합시다."

"설마하니 모른 척할 리야 있겠습니까? 일등공신들에게 말입니다.

허허허."

세 사람은 이렇게 꿈에 부풀어 있었다. 그도 그럴 것이 대군을 태자로 세운 것은 자신들이라는 생각 때문이었다. 그래서인지 충상과 상영은 거나하게 취해 만족한 모습으로 집에 돌아갔다.

그들에 비해 주량이 월등한 임자는 아직도 너끈한 모양이었다.

임자는 혼자 술을 따라 마시기 시작했다.

그때 충상과 상영을 배웅하고 돌아온 조미압이 다시 방 안으로 들어왔다.

"왜? 내게 할 말이 있느냐?"

임자가 술을 입에 대며 물었다.

"그렇사옵니다."

"무엇이냐? 말해 보거라."

"나리! 이제 대군이 태자에 오르면 논공행상에 끼지 말고 멀찍이 물러나 계시오소서."

조미압의 말에 임자의 눈이 휘둥그레졌다. 논공행상에 끼어들지 말라니?

"이놈아! 그게 무슨 말이냐? 내 손으로 대군을 태자에 앉혔는데 아무런 보상도 받지 않고 물러서라니?"

"나리! 나리께서 태자가 될 대군의 사람이라는 것은 온 조정이 알고 대왕폐하께서도 아시옵니다. 아니 그렇사옵니까?"

"그게 어쨌다는 말이냐?"

"하오면 대군을 적으로 두지 않은 것에 만족하시고 이제부터는 꼭 대왕폐하의 사람이 되셔야 하옵니다."

"……!"

"만고의 역사에 태자를 적으로 둔 사람은 살아남았지만 지존을 적으로 둔 사람은 살아남지 못했사옵니다. 소인의 말을 흘려듣지 마시오소서."

"대왕폐하께서 나를 견제하고 내칠 수도 있다는 말이더냐?"

"그렇사옵니다. 대왕폐하께서도 분명 이번 태자 교체 사건에 대해 잘 알고 계실 것이옵니다. 다만 너무 강하게 나오는 태자를 내치기 위해 모른 척했을 뿐일 것입니다."

"……."

"나리! 아무리 힘이 없는 지존이라고 해도 권좌에 대한 욕심은 끝이 없는 법이며 그것을 지키기 위해서는 자식도 내치는 법이옵니다. 하물며 혈육이 아닌 나리를 내치는 것이야 무엇을 망설이겠사옵니까?"

조미압의 말에 임자의 표정이 매우 심각해졌다. 참으로 날카로운 지적이었다. 그리고 충분히 있을 수 있는 일이었다.

"내가 태자를 갈아 치웠으니 대왕폐하한테도 그럴 수 있을 것이라고 여길 수 있다는 말이렷다?"

"그렇사옵니다. 나리! 보시지 않으셨습니까? 그토록 힘이 넘치는 태자를 태왕폐하께서는 별 힘을 들이지 않고 비참하게 내친 것을 말이옵니다."

"그러니까…… 폐하께서 우릴 이용한 것일 수도 있다?"

"예. 그리고 그것이 비록 초라해 보여도 권좌에 앉아 있는 사람의 무서운 힘인 것이옵니다."

"……!"

"지존이 살아 있는 한 태자는 그저 태자일 뿐 부딪쳐보면 그 힘은 아주 보잘것없는 것일지도 모릅니다. 소인의 말을 유념하시오소서."

임자는 가슴이 덜컥 내려앉았다. 만약 조미압의 말이 사실이라면 진정 무서운 사람은 의자왕일 것이고 승자 또한 그럴 것이었다. 그리고 그럴 개연성은 충분했다.

"그래, 조미압! 네놈의 말이 맞다. 태자의 말은 묵살될 수 있지만 용상의 말은 곧 법인 것이지. 내가 큰 실수를 할 뻔했구나."

"그리고 이 사실은 충상 좌평과 상영 달솔은 몰라야 하는 것이며 오직 나리 혼자만 알고 대왕폐하께 근접하시오소서."

"……."

"태자 책봉이 끝나고 나면 대왕폐하의 응징이 곧 시작될 것이옵니다. 허면 누군가는 희생양이 되어야 하지 않겠사옵니까."

"그 경우……? 내가 아닌 그 두 사람이 되어야 한다?"

"그럴 수도 있고……. 아니면 폐하의 응징은 그보다 훨씬 차갑고 예리할지도 모르옵니다."

임자는 긴장으로 등허리에 땀이 흐르는 것도 잊은 채 조미압의 충고를 새겨듣기 시작했다. 그리고 조미압의 말을 들을수록 간담이 서늘해지고 있었다.

그동안 왕의 존재를 잊고 지냈던 것일까. 나라의 지존은 태자가 아닌 용상에 앉은 사람이 주인인 것을.

아무튼 임자에게 조미압이 있다는 것은 그에게 있어 커다란 행운 중의 행운이었다.

조미압은 이렇게 해서 다시 임자의 신임을 더한층 쌓고 있었다.

특별한 전쟁

무휼이 계백의 집에 도착한 것은 초경이 지난 으슥한 밤이었다.

뜻밖에도 계백의 방에는 성충이 와서 함께 앉아 있었다.

무휼은 성충을 향해 큰 절을 올렸다.

노비였지만 대군을 통해 성충에 대해서는 너무나 잘 알고 있었다.

계백은 무휼을 잠시 물끄러미 보다가 대뜸 물었다.

"네놈이 부여융 태자의 책사인 여감을 죽였느냐?"

"……."

"말할 수 없다는 것이냐?"

"장군님! 장군님께서는 지금 입에 담지 않아야 할 말을 묻고 계시옵니다."

"……!"

계백과 성충은 무휼의 당돌한 말에 놀란 얼굴로 서로를 마주보았다. 백제에서 그 두 사람의 면전에서 이런 말을 할 수 있는 사람이 있을 수 있을까? 하지만 두 사람의 앞에 앉아 있는 사람은 다름 아닌 무휼이었다.

무휼은 허리를 조아렸다. 그는 아직도 여전히 노비였다.

“소인은 아는 바 없사옵니다.”

“그래, 대답을 한다면 네놈다운 모습이 아니지. 아무튼 무탈하게 대군마마의 손에서 벗어나게 되어 다행이다. 운이 좋았어. 하마터면…… 아니다. 내가 괜한 말을 할 뻔했구나.”

“소인이 제 주인님의 손에 죽을지도 모른다고 생각하신 것이옵니까?”

“……!”

계백의 얼굴이 굳어졌다. 이놈은 어떻게 생겨먹은 놈인가? 도대체 모르는 것이 없고 막히는 게 없다. 그리고 상대의 생각을 읽을 줄 안다. 놀라기는 성충 역시 마찬가지였다.

무휼의 말이 이어졌다.

“장군님! 운은 피 말리는 승부를 펼치는 승부사에게 따른다고 믿사옵니다. 소인은 제 주인님과 끝없는 승부를 펼친 것뿐이옵니다. 그리고 이렇게 살아남았으니 소인이 이긴 것이옵니다.”

계백은 몸을 떨었다.

할 말이 없다. 노비 주제에 하늘 같은 주인을 상대로 끝없이 승부를 펼쳤고 그 승부에서 자신이 이겼다니? 더구나 이 노비 놈의 주인은 이 나라 지존의 아들이자 며칠 안에 태자가 될 사람이다. 그런데 그런 사람을 상대로 자신이 승자라고 주저 없이 말하다니?

이어지는 계백의 말이 떨리는 듯했다.

“그래, 네놈은 참으로 영악하고 특별한 놈이다. 살아남기 위해서는 귀신의 바짓가랑이라도 붙잡고 늘어질 놈이지.”

“그렇사옵니다. 소인은 살기 위해서라면 무엇이든 할 수 있고 누구라도 섬길 수 있으며…… 누구라도 죽일 수 있사옵니다.”

무휼의 말을 듣는 성충의 눈이 조금씩 경련을 일으킨다.

그는 칠십 평생을 살아오면서도 아직까지 이런 놈을 본 적이 없다.

대체 이 괴상한 놈을 어떻게 평가해야 하는가?

그것은 계백 역시 마찬가지였다.

"그렇다면 지금 네놈이 섬기는 주인은 누구냐? 이제 곧 태자가 되실 대군마마시더냐?"

"주인님께서는 저를 버리려고 하다가 남에게 주는 것이 아까워 죽이려고 했사옵니다."

무휼은 알고 있었다. 며칠 전 만서가 이끌고 온 자객들의 표적이 자신이었다는 것을. 그리고 그 배후에 대군이 있다는 것도. 그런데도 그는 아무렇지 않은 듯했다.

"그런데도 네놈은 왜 대군을 살려둔 것이냐? 누구라도 죽일 수 있다고 한 것 같은데?"

계백의 말에 무휼은 대답 대신 살짝 미소를 머금었다.

무슨 의민지 알 수 없는 괴이한 미소였다.

그렇다면 대군을 살려둔 것에는 그만의 비밀이 있다는 말인가?

이때 성충이 계백을 향해 굳은 표정으로 끼어들었다.

"일개 노비 놈이 장차 이 나라의 태자가 되실 분을 어찌 노릴 수 있겠소? 정녕 망령이 든 자가 아니라면 말이오."

그러나 계백의 생각은 성충과 달랐다. 그는 무휼이라면 충분히 그러고도 남을 놈이라는 것을 알고 있었다.

"사람이란 목숨이 두 개가 있는 것이 아니니라. 그러니 주제넘은 생각으로 하나뿐인 아까운 목숨을 헛되이 버려서는 안 될 것이야."

"명심하겠사옵니다."

무휼이 순순히 대답하자 계백은 조금은 안심이 되었다. 대답 하나라도 절대로 그냥 하는 놈이 아니라는 것을 느꼈기 때문이었다.

"그건 그렇고…… 무휼아!"

"예, 장군님!"

"나와 여기 상좌평을 따를 수 있겠느냐?"

"……."

"나라를 위해서 말이니라."

"장군님! 소인에게는 나라가 없사옵니다."

무휼의 대답에 성충이 화가 난 얼굴로 노려보았다. 그는 나라에 충성하지 않는 사람을 가장 싫어하고 혐오하는 사람이었다.

하지만 그와는 달리 계백은 차분했다.

"네 뿌리가 신라라서 그러는 게냐? 네가 노비로 태어난 곳은 우리 백제이니 어느 나라든 네 모국이 아니라는 생각에서 말이다."

"소인에게는 소인의 탈을 벗겨주는 사람이 곧 나라이옵니다. 두 분이 그렇게 해줄 수 있사옵니까?"

"너를 노비의 신분에서 해방시키는 것을 말하는 게냐?"

"그렇사옵니다."

그러나 계백은 고개를 흔들었다. 그것은 불가능한 일이기 때문이었다.

"백제의 국법은 적국의 포로노비는 오직 대왕폐하만 그 신분을 사면하고 격상시킬 수 있다. 거기다 그런 전례도 없고……. 우리 두 사람의 힘으로 될 일이 아니니라."

"그렇다면 두 분을 섬기지 않겠사옵니다. 소인이 모실 분들이 아니기 때문이옵니다. 송구하옵니다."

"……!"

계백이 더 이상 묻지 못하고 입을 다물자 성충이 대갈을 터뜨렸다. 그가 보기에 무휼은 제정신이 아닌 넋 나간 놈이었다.

"네 이놈! 정말 더 이상 할 말이 없을 정도로 무엄한 놈이로구나! 허나 그 솔직함이 좋고 그 의지와 끈기가 사내다워 차마 네놈을 탓하지는 못하겠구나!"

성충의 말에 무휼은 얼굴이 바닥에 닿을 정도로 허리를 숙였다. 노비의 자세였다.

"이놈의 간절한 소원은……. 훗날 태어나게 될 소인의 후손들이 버러지 같은 노비 신세가 아니라 사람으로 살아가기를 바라는 것뿐이옵니다. 소인은 그것을 위해 몸부림치는 것이옵니다. 헤아려 주시오소서."

성충은 차마 더 이상 호통을 칠 수가 없었다.

노비의 삶을 살면서 얼마나 찢어지고 찢어지는 한과 아픔을 겪었으면 저리 할까? 언뜻 이해할 만도 했다.

계백은 조건을 내걸었다. 무슨 수를 써서라도 무휼을 끌어들여야 했다.

"확답을 줄 순 없다만 그 일을 위해 나 계백의 이름을 걸고 최선을 다하겠다는 약속은 할 수 있다. 사나이의 신의를 잃지 않기 위해서라도 그 약속을 위해 최선을 다하겠다는 말이니라."

"……."

"신의가 내 양심이다."

"그렇다면 두 분을…… 지극히 섬기겠사옵니다."

"……!"

"두 분을 위해 무엇이든 하겠사옵니다. 두 분이 소인의 나라이기 때문이옵니다."

"우릴 믿는단 말이냐?"

"소인이 알고 있는 장군님의 신으로 믿사옵니다."

이어 무휼은 자리에서 일어나 두 사람을 향해 큰 절을 하기 시작했다.

"부디 소인의 탈을 벗겨 주시오소서!"

"……."

“소인을 마음대로 사용하셔도 되옵니다.”

“내가 누군가를 죽이라고 명한다면……? 주저하지 않을 수 있느냐?”

“표적을 말씀하시면 그자의 피가 틀림없이 제 칼에 묻을 것이옵니다.”

“……”

“소인은 앞을 가로막는 사람은 절대로 살려두지 않을 것이옵니다.”

계백과 성충은 굳은 얼굴로 서로를 마주보았다.

과연 무휼을 끌어들이는 것이 최선이라는 확신은 없었다.

하지만 그들에게는 무휼과 같은 자가 필요했다.

계백은 때가 되면 부르겠다며 돌아가라는 명을 내렸다.

무휼이 절을 하고 돌아가자 두 사람은 한동안 아무런 말없이 앉아 있었다.

그들로서는 그 괴상한 놈을 끌어들이는 것이 커다란 도박인 셈이었다.

그리고 한참 만에야 성충이 입을 열었다.

“장군! 무휼이라는 아이……! 참으로 소름 끼치도록 무섭고 단단한 놈이외다. 감히 우리 앞에서 자신의 나라는 없다고 말하다니……? 내 이 나이 때까지 그런 놈은 보질 못했소이다.”

“상좌평! 그렇기에 오히려 더 필요한 놈이 아니겠사옵니까? 그런 배짱과 의지가 없는 놈이라면 결코 우리가 원하는 인물이 될 수 없사옵니다.”

“단단하기에 이를 데 없지만 너무 과격한 것 같아서 걱정이 되오이다. 특히 놀라운 것은 자칫 자신에게 겨눠질지도 모를 올가미를 전혀 두려워하지 않는 파격……! 정말 처음 대하는 놈이오.”

"그 아이는…… 새로 즉위하는 태자전하까지 죽일 생각을 했을 것이옵니다."

"뭐요?"

"그리고 태자전하의 배신을 확인하는 순간, 망설임 없이 칼을 빼들지도 모릅니다."

"장군! 어찌 그럴 수 있단 말이오? 놈이 정녕 그런 놈이라면 나라를 위해서도 그냥 두어서는 안 될 것이오."

"소장은 오히려 놈의 그런 점을 필요로 하고 있사옵니다. 불가능을 가능으로 여기고 칼을 빼드는 오만……! 우리에겐 그런 놈이 절실히 필요합니다.

"그렇다 해도 태자전하까지 노리는 불충은 용서받을 수 없는 것이외다."

"상좌평! 태자전하는 머리가 비상하지만 심성이 용렬한 사람입니다. 소장은 비록 그런 태자를 잃을지언정 나라는 잃을 수 없사옵니다. 지금 이 나라에는 태자전하보다 무휼이 같은 놈이 필요할 것입니다."

"으음……."

"소장은 놈을 믿사옵니다. 놈은 피가 마르고 살이 찢겨지는 보이지 않는 전쟁터에 뛰어들 것입니다. 그리고 놈의 전쟁은 가장 약한 곳에서 시작하여 모든 것을 붕괴시키고 결국 가장 강한 적까지 으스러뜨릴 것입니다."

"하긴 칼날 위를 걷는 생사의 전쟁에 가장 어울릴 놈인 것은 분명한 것 같소이다."

"그렇사옵니다. 놈을 상대하는 적은 그의 재능을 간파하지 못한 죄로 철저히 무너지게 될 것입니다."

"하지만 놈을 선택한 우리의 결정이 옳은 것인지는 누구도 모를 것이오."

"모든 것은 하늘이 결정해 주지 않겠사옵니까?"

결국 이렇게 해서 무휼과 계백 그리고 성충의 연합은 시작되었다.

그 결과는 아무도 모를 것이었다. 그리고 이제부터 무휼의 무시무시한 전쟁은 끝없이 펼쳐질 것이다. 사람으로 살아가고자 하는 노비의 전쟁이.

거기에는 반드시 피가 따르지 않겠는가.

부여효 대군은 말을 탄 채 누군가를 기다리고 있었다.

그가 기다리는 사람은 유배지로 떠나는 전 태자이자 자신의 동생인 부여융이었다.

정적을 제거한 대군은 당당한 모습이었다.

하지만 그는 모퉁이 옆의 정자나무 뒤에서 누군가 자신을 응시하고 있다는 사실은 꿈에도 모르고 있었다.

몸을 은밀히 숨긴 채 대군을 응시하는 사람은 무휼이었다. 그리고 그의 손에는 날이 시퍼렇게 선 대검이 들려 있었다. 꼭 누군가를 해치울 것 같은 그런 느낌이었다.

그때였다.

대로 저쪽에서 죄인 호송용 마차가 다가오는 모습이 보였다.

마차 안에는 유배를 떠나는 부여융이 타고 있었다.

호송을 담당한 관리가 대군을 발견하고서는 마차를 세웠다.

장차 태자가 될 사람이 아니던가. 먼저 그 뜻을 알아차리는 것이 중요했다.

대군은 말을 탄 채 호송용 마차 가까이 다가갔다.

부여융은 다가오는 대군을 물끄러미 쳐다봤다. 그리고 두 사람은 목제 창살을 사이에 두고 잠시 말이 없었다.

이윽고 먼저 입을 연 사람은 부여융이었다.

"형님! 형님이 이겼습니다. 경하드립니다."

대군은 고개를 끄덕였다.

"아우! 세상이란 그런 것일세. 틈을 보이면 허무하게 무너진다는 것을 왜 몰랐단 말인가?"

"그러게 말입니다. 어쨌든 패자가 무슨 할 말이 있겠습니까?"

"가서 조금만 기다리시게. 그래도 우린 피를 나눈 형제가 아닌가. 허나 두 번 다시 내게 반기를 들거나 모함을 하려 든다면……? 그땐 살려두지 않을 것이야. 간단없이 자네의 목을 베어버릴 것일세. 명심하게나."

"형님! 권력이라는 괴물이 어디 마음대로 말을 듣는 놈입니까? 하오나 소제는 형님보다 아바마마가 무서워서라도 이제 끝낼 생각입니다. 믿으시지요."

"아바마마라니? 이번 일은 모두……."

"압니다. 알고말고요. 허허허."

"때가 되면 내가 친히 부르겠네. 태자인 내가 동생 하나 간수하지 못하겠는가?"

"일각이 여삼추같이 기다리겠사옵니다. 허나 형님!"

"말씀하시게."

"형님께서 대역죄인인 소제를 부르기가 쉽지 않을 것입니다. 아바마마께서 형님께 그런 권한을 주실 것이라고 믿는 것입니까?"

"……!"

"조심하셔야 할 것입니다. 형님이나 저는 어쩌면…… 꼭두각시였을지도 모르니까요."

"……."

"그럼 가보겠습니다."

부여융은 호송 관리에게 어서 길을 떠나라고 소리쳤다.

그러자 다시 호송행렬이 대오를 이뤄 떠나기 시작했다.

대군은 부여융의 모습이 멀리 사라질 때까지 보고 있다가 가느다란 한숨과 말머리를 돌려 내닫기 시작했다.

그때였다.

어디선가 빛처럼 날아온 대검이 달리는 말의 정수리에 깊숙이 박혔다.

대군은 비명을 지르는 말과 함께 그대로 바닥에 나뒹굴었다.

말은 몇 번의 몸부림을 보이더니 이내 숨이 끊어졌다.

암습을 직감한 대군은 자리에서 벌떡 일어나 사방을 두리번거렸다. 그러나 꽤 많은 시간이 흐른 후에도 주위에는 아무도 보이지 않았다. 대군은 부여융의 추종자들이 자신을 노렸다는 생각에 더럭 겁이 났는지 꽁지 빠지게 도망치기 시작했다.

그리고 대군이 사라지자 정자나무 뒤에서 무휼이 모습을 드러냈다.

대군은 설마하니 무휼이 자신을 노렸으리라고는 상상도 못 했으리라. 그것은 자신을 배신한 주인에 대한 무휼의 1차 경고였다. 또한 앞으로도 경고는 계속될 것이었다. 그것이 무휼의 본질이었다.

이어 무휼은 별다른 표정 없이 천천히 자리를 벗어나기 시작했다.

예상대로 대군은 꿈에 그리던 대로 백제의 새로운 태자에 즉위했다.

그로부터 얼마 후.

사비성은 또다시 술렁이기 시작했다.

결국 신라의 김춘추가 당나라로 떠났고 김유신이 예상대로 2만의 대군을 이끌고 백제의 가잠성을 향해 진군하기 시작했다는 첩보가 들어온 때문이었다.

그러나 백제는 사실 김유신을 상대로 전쟁을 벌일 힘이 없었다. 있다면 오직 계백을 내세우는 것뿐인데 의자왕은 끝내 계백을 진압군 사령관으로 내세우지 않았다. 참으로 한심한 노릇이었다. 능력이 출중한 장수가 권한까지 갖게 되면 위험하다는 그릇된 생각에 나라를 누란의 위기로 밀어 넣고 있었던 것이다. 하긴 그것이 의자왕의 한계이기도 했다.

하지만 그렇다고 해서 두 손 놓고 가만히 있을 계백이 아니었다.

계백은 백강(白江)나루에서 무휼과 함께 무심히 흐르는 강물을 쳐다보고 있었다.

그곳은 지난날 무휼이 계백의 목에 칼을 들이댄 곳과 아주 가까운 곳이었다.

계백이 강을 가리켰다.

"저곳이 지난날 네놈이 내게 칼을 들이댔던 곳이지?"

"……."

"그날……. 내가 네놈의 말을 거절했다면 정말 나를 죽일 생각이었느냐?"

"그렇사옵니다. 말씀드렸지만 소인은 주인이 시키는 일은 무엇이든 하는 놈이옵니다."

무휼의 회피하지 않는 즉답에 계백은 너털웃음을 터뜨렸다.

"그래, 표적을 앞에 두고 한 번 뺀든 칼을 휘두르지 않는다면 단숨에 칼날이 무뎌지는 법이지. 역시 네놈답구나. 허허허."

무휼은 무심한 눈으로 계백을 쳐다보았다. 웃고는 있지만 안색이 지극히 어두웠다.

"하명하시오소서. 소인이 해야 할 일이 무엇이옵니까?"

무휼의 말에 계백은 정색했다. 아무래도 돌아가는 급박한 정세가 그를 초조하게 만드는 모양이었다.

“지금 신라의 명장 김유신이 2만 대군을 이끌고 가잠성을 향해 진 군해 오고 있다. 흑치상지 장군은 맹장이지만 지금으로서는 절대로 김유신을 상대할 수 없다. 허약한 전력이라 맞부딪치면 무조건 지게 돼 있어.”

“……..”

“부끄럽게도 우리 백제는 예전의 위대함과 강렬함을 다 잃어버렸 느니라. 국력 역시 신라와는 비교가 안 될 정도로 쇠약해져 있어. 참 으로 부끄러운 일이다.”

“소인과는 상관없는 일이옵니다. 저는 그저 장군님의 명만 따를 뿐이옵니다.”

“무휼아! 신라의 매포리성을 아느냐?”

“모르옵니다.”

“우리 백제와 근접해 있는 신라의 요충지이자 서라벌 왕실의 상징 적인 곳이니라.”

“……..”

“매포리성에는 장차 신라의 군왕이 될 김춘추라는 자의 셋째 아들 이 성주로 있다. 또한 그의 주변에는 내로라하는 김유신의 맹장들이 포진해 있어. 그리고 성의 경비가 철저하기로 다른 성에 견줄 바가 아니다.”

“성주라는 자를 죽이는 것이 소인이 할 일이옵니까? 하명하시면 소인이 알아서 해치우겠사옵니다.”

“예서 매포리성까지는 사흘이면 도착할 수 있을 것이야.”

“하오면 4일째 되는 날 밤에 그자의 목을 취하겠사옵니다.”

“……!”

“한 명의 적에게는 한 번의 검! 한 무리의 적에게는 하나의 칼이면 족하옵니다.”

“허허허. 그래, 네놈이라면 그럴 수 있을지도 모르지. 허나 성주를
죽이려는 것이 아니라 그자를 성에서 도망치게 만들어야 해. 그래야
이번 전투에서 신라를 이길 수 있다. 아니, 이길 수 있는 유일한 길이
다.”

“…….”

“성주가 무서움에 떨고 두려움에 질려 도망가게 만드는 것, 그것
이 네가 해야 할 임무다. 앞으로 네가 끊임없이 해야 할 전쟁이란 그
런 것이야.”

“…….”

“나는 너를 도울 수도, 가잠성의 흑치상지 장군을 도울 수도 없다!
내게 흑치상지 장군을 도와 김유신을 막으라는 군령이 내려질 리가
없기 때문이다.”

“…….”

“이 위기를 벗어나기 위해서는 네 역할이 절대적이다. 할 수 있겠
느냐?”

“이레째 되는 날이 성주라는 자가 성을 도망치는 날이 될 것이옵
니다.”

계백의 눈이 믿을 수 없다는 듯 커졌다. 정말 그 짧은 시일 내에 가
능한 것일까? 그렇지만 그 말을 하는 놈은 바로 무휼이다.

“목을 취하는 것은 쉬우나 상대를 겁에 질리게 만드는 것은 시간
이 필요하옵니다.”

“정말 이레면 되겠느냐? 그렇게만 된다면 우린 저들을 이길 수 있
을 것이다.”

“대신, 소인이 한 사람을 데리고 가게 해주십시오. 믿고 맡길 수 있
는 아우가 있사옵니다.”

“얼마든지 그리해라. 얼마든지.”

이렇게 해서 계백에 의해 첫 번째 명령이 내려졌다.

그리고 이제부터는 무휼의 특별한 전쟁이 시작될 것이었다.

그의 전쟁은 누구도 간섭하지 못할 혼자만의 전쟁이다.

모든 것은 혼자 판단하고 결정해야 한다.

그 시간.

저택의 새로운 주인이 된 부여해의 집에는 남녀 가노들과 가병(家兵)들이 도열해 있었다.

부여해의 취임식이 진행되려는 모양이었다.

부여해는 내당에서 대녀 명연의 옷시중을 받고 있었다.

치마가 아닌 날씬한 바지차림에 손에는 가죽으로 된 지휘봉을 들고 서 있는 부여해. 그야말로 매력덩어리였다.

명연은 부여해의 아름다움에 탄성을 지른 뒤 허리를 조아렸다.

"공주님! 천녀에게 안방살림을 맡겨 주시니 황공하옵니다."

"궁으로 간 올케가 그렇게 하라고 했어. 앞으로 잘해. 알았지?"

"물론이옵니다."

"좋아, 따라와."

"가솔들에게 가시려는 것이옵니까?"

"응, 군기 좀 잡아야 하지 않겠어?"

"네에?"

"태자전하가 궁으로 떠나 아무도 없다고 생각할 거 아냐……? 천만의 말씀! 내가 새로운 주인이 됐고 절대 만만한 사람이 아니라는 것을 깨닫게 해줘야 한다구."

부여해와 명연은 가솔들이 기다리고 있는 마당으로 향했다.

가솔들은 부여해가 가까이 오자 크게 긴장했다. 그녀의 행동이 워낙 천방지축이었기 때문이었다.

부여해는 맨 앞에 당당하게 자리를 잡았다.

"모두 알지? 지금부터 내가 이 집안의 주인이라는 것을?"

"물론이옵니다. 공주님!"

집사가 얼른 대답했다. 대답조차 늦으면 무슨 트집을 잡을지 알 수 없기 때문이었다.

"그런데 내가 여자라고 해서 무시하려는 자들이 있을 것 같단 말이야! 나는 너희들에게 무시당해서는 안 되는 이 나라 공주야!"

"소인들이 어찌 공주님을 무시하겠사옵니까? 천부당만부당한 말씀이옵니다!"

"정말이야? 모두 나를 그렇게 존중한단 말이지?"

"그렇사옵니다!"

"그런데 내가 모두 모이라고 했는데 왜 한 놈이 안 보이는 거야? 이건 나를 아주 우습게 본다는 뜻이 아니고 뭐겠어?"

"공주님! 빠짐없이 다 모였사옵니다!"

"무슨 소리야? 젊은 노비 놈이 빠졌잖아!"

"무휼이 말이옵니까?"

"무휼인지 비러먹을 놈인지 내가 알게 뭐야!"

"공주님! 무휼이 놈은 태자전하께서 집안 일이 아닌 다른 일을 해도 좋다고 했사옵니다. 무슨 일인지는 모르오나 지금쯤 다른 일을 하고 있을 것이옵니다."

"뭐야……? 오라버니가……? 그랬어?"

"예. 태자전하께서는 무휼이 놈이 무슨 일을 하든지 소인에게도 그 내막을 알려고 하지 말라고 명하셨사옵니다."

집사의 말에 부여해의 얼굴이 시큰둥해졌다. 사실 그녀의 군기잡기 목표는 무휼이었던 것이다. 그런데 당사자가 없으니 맥이 빠지는 건 당연했다.

"공주님! 지시하실 일이 있으면 소인에게 하시오소서!"

집사의 말에 부여해는 심술이 난 얼굴로 몸을 돌리며 소리쳤다.

"없어! 그러니 모두 해산해! 빨리!"

말을 마친 부여해는 화가 난 얼굴로 다시 내당으로 들어가 버렸다.

명연이 황급히 뒤를 따랐다.

"공주님."

부여해가 자리에 앉자마자 명연이 불렀다.

부여해는 여전히 화가 가시지 않은 얼굴이었다.

"왜? 나한테 할 말 있어?"

"노비 무휼이 때문에 화가 나신 것이옵니까?"

명연의 말에 부여해는 일순 당황하는 모습을 보였다. 내심을 읽혀 서는 곤란하기 때문이었다.

"무슨 소리야? 내가 왜 그놈 때문에 화가 나? 별꼴이야."

"공주님. 행여 무휼이를……?"

부여해는 명연의 말이 채 끝나기도 전에 펄쩍 뛰었다.

"대녀! 그게 무슨 소리야? 내가 그놈을 마음에 두기나 하겠어?"

"예에?"

"나는 이 나라 공주고 그놈은 이 집안의 노비야. 신분이 하늘과 땅 차이라구! 그런데 내가 그놈을 마음에 둘 수 있단 말이야……? 말이 되는 소리를 해야지! 말이 되는 소리를!"

부여해의 말에 오히려 당황한 것은 명연이었다. 지금 무슨 말을 하 는 것인가?

"공주님! 저는 공주님께서 무휼이를 내쫓으려는 것인지 여쭤보려 고 한 것이옵니다."

"어……? 어, 그런…… 거…… 였어?"

부여해는 내심이 탄로나 당황한 것인지 명연의 시선을 피하며 괜히 손바람으로 자신의 얼굴을 팔랑이기 시작했다. 하지만 사내만을 상대해 온 기생 출신의 명연이 부여해의 그런 마음을 모를 리 없었다. 부여해를 쳐다보는 명연의 눈이 복잡해졌다. 그녀는 아직도 죽은 옥서를 기억하고 있었던 것이다.

물론 부여해는 옥서를 까맣게 모를 것이었다.

무휼은 백제와 신라의 접경지대 가까이 있는 계곡에 앉아 있었다.

사비성을 떠나온 지 이틀만이었다.

내일이면 신라의 매포리성에 도착할 수 있을 것이었다.

무휼의 옆에는 마인이 골이 난 얼굴로 연신 구시렁대고 있었다. 그는 이유도 모르고 무휼에게 끌려오다시피 했다.

"형님! 제발 말이나 좀 해보쇼! 나를 끌고 도대체 어딜 가냔 말요? 야?"

"……."

"귀 먹었수……? 나는 웅진성에 가야 헌당께라. 거가 내 색시감이 있당께!"

"……."

무휼은 여전히 아무런 대꾸 없이 미소만 보일 뿐이었다.

마인은 답답했다. 분명 신라에 잠입하는 것 같은데 자신은 그 이유를 알 수 없으니 그럴 만도 했다.

견디다 못한 마인이 버럭 소리를 질렀다.

"지기미……. 야! 돼지도 목을 딸 때는 제사상에 올려야 뎅께 어쩔 수 없다면서 이유를 말해 준다고 허드라! 그랑께 매포리성까지 나를 데리고 가는 이유가 뭐시냐고?"

"마인! 매포리성의 지리를 잘 안다고 했지?"

"얼래? 입은 살아 있었고만……? 과거에 밥 먹듯이 출장 댕겼던 곳잉께 웬간헌디는 다 알지라.”

“그래?”

“그란디? 요새는 가본 적이 없당께! 뭐……? 신라 고관대작의 아들이 성주로 온 뒤로는 우리 백제 사람들을 봤다 하면 모가지를 풍뎅이처럼 비틀어 죽인다고 헝께라. 안 그라몬 노비로 맹글어 버린다고 안 허요. 그 징헌 놈들이!”

“우린 지금 그 성주의 목을 비틀러 가는 길이다.”

“……!”

무휼의 말에 마인은 경악했다. 이게 무슨 얼토당토 않은 말인가? 매포리성 성주의 목을 취하려 간다니? 그것도 겨우 둘이서?

마인은 멍청한 표정으로 손가락을 자신의 머리 가까이에 대고 빙빙 돌려대며 물었다.

“형님! 혹시 이거 아뇨? 미친 것 아니냐고라……? 매포리성이 어딘지 알고 그런 소리를 허는 것이오? 거그는 일반 백성들보다 군사들이 더 많은 곳이어라우! 그란디 그런 곳에 가서 뭣을 어치케 헌다고라……? 성주의 모가지를 비틀어?”

“못 할 것도 없다.”

“얼빠진 소리! 제발 정신 좀 차리쇼! 정신 좀……! 당최 말이 되는 소리를 해야 씨알머리가 멕히제! 그런 일이 어디 가당키나 허겠소?”

“날 믿어라.”

“얼씨구? 그런다고 내 맘이 바꿔질 줄 아쇼? 어림없는 소리! 나는 안 가……! 못 가! 내가 미쳤간디 호랑이 주둥이에 대가리 들이대려고 가겠소?”

마인은 펄쩍 뛰었다. 무휼의 말은 그에게 있어 절대 불가능한 말이었다.

무휼은 자리에서 일어났다.

"가자. 시간이 많지 않아."

"나는 못 가! 갈라몬 정신 빠진 당신이나 부지런히 가랑께!"

그러나 무휼은 마인을 달래지도 않고 벌써 휘적휘적 멀찍이 걸어 가고 있었다.

마인은 절대 따라갈 수 없다는 듯 아예 팔짱을 끼며 눈을 감아 버렸다.

그에게 있어 이것은 분명 미친 짓이었다.

하지만 무휼은 벌써 저만큼 뒷모습이 희미해지고 있었다.

이윽고 실눈을 뜨며 무휼의 멀어지는 뒷모습을 쳐다보는 마인은 이내 울상으로 변했다.

마인이 악다구니를 썼다.

"무휼아⋯⋯! 야! 이 미친 인간아! 너는 호랑이 간을 삶아 먹었냐? 어째서 꼭 죽을 곳만 찾아가는 것이냐고?"

그러나 그동안 무휼은 더 멀어지고 있었다.

마인은 화가 머리 꼭대기까지 치민 듯 주위의 돌멩이를 주워 무휼 을 향해 내던졌지만 거리가 너무 멀었다.

마인은 몇 개의 돌멩이를 더 주워 든 다음 무휼을 향해 달려가며 계 속해서 던지기 시작했다.

"야! 너, 거기 안 서⋯⋯! 아이고! 내가 미쳤제! 어쩌다가 저런 인간 을 만나가꼬 생지옥으로 길을 떠난다냐⋯⋯? 인간아! 이 몰상식한 인간아⋯⋯! 나 죽으면 니가 책임질래? 책임질 거냐고?"

그러나 무휼의 모습은 이내 나무숲에 가려 보이지 않았다. 돌아오 는 것은 길길이 날뛰는 마인의 악다구니 메아리뿐이었다.

무휼의 전쟁은 그렇게 첫 발을 내딛고 있었다.

(2권에 계속)

계백의 칼 ①

●
초판 1쇄 발행 ǁ 2007년 07월 31일

●
지　자 ǁ 황운성
펴낸이 ǁ 김규현
펴낸곳 ǁ 경성라인
주　소 ǁ 경기도 고양시 일산동구 백석동1456-5
전　화 ǁ 031) 907－9702
팩　스 ǁ 031) 907－9703
E-mail ǁ kyungsungline@hanmail.net
등　록 ǁ 1994년 1월 15일(제311-1994-000002호)

●
ISBN 978-89-5564-084-7
ISBN 978-89-5564-083-0(전2권)

정가 ǁ 10,000원